# Secrets

DU MÊME AUTEUR CHEZ MIRA

Le cercle secret

SUZANNE FORSTER

# Secrets

Roman

MIRA

*Titre original :*
THE ARRANGEMENT
*publié par* MIRA®

*Traduction de l'américain par* JOËLLE TOUATI



*Photo de couverture*
*Grille d'un château :* © ROYALTY FREE / MICHEL GILE


83-85 boulevard Vincent-Auriol 75646 PARIS CEDEX 13.
www.harlequin.fr
ISBN 978-2-2808-4795-7 — ISSN 1765-7792

# Prologue

Andrew n'avait pas fermé l'œil depuis que sa femme avait disparu en mer. C'est-à-dire depuis soixante-douze heures. S'il ne la retrouvait pas vivante, il serait inculpé de meurtre.

Des paquets de mer s'abattaient sans merci sur son yacht. Un éclair déchira la nuit. Une bourrasque lui fouetta le visage. Il s'agrippa au mât tandis qu'une lame déferlait sur l'avant du voilier.

Riche, influent, privilégié, Andrew Villard menait une vie de rêve. Dans un monde partagé entre les losers et les winners, il avait su se faire une place au soleil. Mais cet ouragan menaçait de tout lui reprendre.

Afin de pouvoir se consacrer exclusivement aux recherches, il avait un skipper chevronné à la barre, plus un équipier qui avait déjà réduit la grand-voile et réglé le tourmentin pour contribuer à stabiliser le bateau.

Trois jours plus tôt, il était parti en balade avec Alison. Alors qu'ils se dirigeaient vers la marina, en début de soirée, un grain s'était levé. Comme les gilets de sauvetage n'étaient pas dans le coffre du cockpit, où ils auraient dû se trouver, Andrew était descendu dans la cabine. Un choc violent s'était produit à l'arrière du bateau. Quand Andrew était remonté, la tempête faisait rage. Et Alison n'était plus à bord.

La chercher seul, pendant la nuit, alors que la mer était démontée, relevait de l'impossible. Poussé par les rafales, Andrew avait regagné le port. Contactés par radio, les garde-côtes avaient fouillé le littoral. En vain. Jusqu'à la veille au soir, ils n'avaient trouvé aucune trace d'Alison. Les vents redoublant de vitesse, ils avaient été contraints d'abandonner leurs recherches.

Andrew, lui, n'avait pas renoncé. Néanmoins, la gendarmerie maritime semblait douter de la thèse de l'accident. Le shérif du comté avait été alerté. Tout le monde savait qu'Andrew Villard était un passionné de voile. A vingt ans, il avait été sélectionné pour les jeux Olympiques d'été. L'océan n'avait aucun secret pour lui. Il était inconcevable qu'un navigateur de son envergure perde quelqu'un en mer.

Les hommes du bureau du shérif avaient inspecté son yacht, le *Bladerunner*. Ils avaient constaté les dégâts de la coque et du garde-corps, ce qui ne les avait pas empêchés de considérer Andrew comme un suspect. A cause de la mort tragique de son ex-fiancée, bien entendu. On chuchotait déjà que la « malédiction Villard » avait encore frappé. Si Andrew ne retrouvait pas Alison, la police ne tarderait pas à l'arrêter.

***

L'avant du yacht se souleva et retomba sur l'océan avec fracas. Andrew perdit l'équilibre mais réussit tant bien que mal à se traîner à quatre pattes jusqu'au cockpit. Le skipper s'accrochait désespérément au gouvernail, tandis que l'équipier se retenait à la porte de l'habitacle.

— Change de cap ! hurla Andrew en agitant les bras. On rentre !

Le soulagement se peignit sur le visage des deux hommes. Cette décision était la seule à prendre, songea Andrew. Il n'avait pas le droit de mettre leur vie en danger.

Un coup de houle fit chavirer le navire.

— Hé ! cria le skipper en tendant le bras vers le sud-est. Regardez ! Là-bas, sur les rochers…

Andrew se redressa et regarda attentivement dans la direction indiquée. La brume était épaisse… Qu'avait vu le skipper ?

Le *Bladerunner* fit une autre embardée. Une vague inonda le bateau. Mais, tandis que le yacht remontait sur une crête, Andrew put constater qu'au loin l'horizon s'éclaircissait. La tempête s'éloignait.

Parmi les rochers noirs, il distinguait à présent une tache claire. Il n'eut pas besoin de donner la moindre instruction au pilote qui savait exactement ce qu'il avait à faire. En manœuvrant habilement, il se rapprocha des brisants. Un corps gisait sur les récifs. Celui d'une femme, inanimée, nue. La mer lui avait arraché ses vêtements. Elle n'était pas empalée sur une pointe rocheuse, comme Andrew le redoutait, mais tout son corps était à vif. Sur son visage, on discernait la bouche, le nez, mais elle était méconnaissable. Le tronc d'arbre sur lequel elle était accrochée l'avait maintenue à flot, mais elle avait quand même été projetée contre les rochers.

Andrew et l'équipier se hâtèrent de descendre un canot de sauvetage à bord duquel ils s'approchèrent de la jeune femme, en faisant fi du danger. Andrew hissa le corps inerte à bord de la frêle embarcation. La rescapée respirait faiblement. Andrew frissonna d'horreur et de soulagement en reconnaissant à son poignet le bracelet d'or qu'il avait offert à Alison pour son dix-huitième anniversaire. Sa femme était vivante. Défigurée mais vivante.

Andrew aurait volontiers arraché ces panneaux d'interdiction de fumer qui semblaient le narguer. Il n'avait pas touché une cigarette depuis plus de un an, mais, dans cette salle d'attente de l'hôpital Providence-Saint-Joseph, il était en proie à un impérieux besoin de nicotine, dont ni le pot de café fumant ni les en-cas qu'on lui avait apportés ne parvenaient à le distraire.

Il aurait pu s'allonger sur le canapé et regarder la télé à écran plasma, mais il ne tenait pas en place. Heureusement, il était seul dans ce salon de luxe réservé aux gens importants.

Pour la énième fois, il consulta sa montre. 6 heures du matin. Douze heures que sa femme était au bloc opératoire.

Depuis le port, une ambulance avait conduit Alison à l'hôpital public de San Diego, où les urgentistes avaient déclaré qu'elle ne souffrait d'aucun traumatisme interne sérieux. Andrew l'avait alors fait transférer par hélicoptère à Saint-Joseph, où opéraient les meilleurs chirurgiens plastiques du monde : des virtuoses qui avaient promis de reconstruire son visage.

Andrew leur avait remis toutes les photos de son épouse qu'il gardait dans son portefeuille. La belle Alison au visage de poupée... Sans doute aurait-elle préféré perdre un bras ou une jambe plutôt qu'être défigurée. En dépit de son physique sublime, elle était si fragile, si peu sûre d'elle. Les miroirs lui renvoyaient une image parfaite, mais il fallait toujours la rassurer. Elle répétait constamment que seule la gloire l'aurait délivrée de ses complexes. Andrew ne se faisait pas d'illusions : elle l'avait épousé dans l'espoir de devenir grâce à lui une star de la chanson. Et c'était en partie pour cette raison que leur mariage était en déliquescence.

Une lueur bleutée l'arracha à ses réflexions. Le chirurgien refermait la porte de la salle d'attente et s'approchait de lui avec une expression indéchiffrable. Seule une extrême fatigue se lisait sur ses traits.

— Comment va-t-elle ? demanda Andrew avec impatience.

Le chirurgien se passa une main lasse sur le front. Sa manche était tachée de sang.

— C'était une intervention très délicate, mais elle s'est déroulée pour le mieux.

— Elle va s'en sortir ?

— Oui. Comme nous vous l'avons déjà dit, seul son visage présentait de graves lésions. Nous avons reconstitué sa mâchoire et remodelé son nez. Elle devra subir d'autres opérations, mais nous avons bon espoir de pouvoir restaurer non pas seulement la structure mais aussi le caractère de sa physionomie.

— Vous avez travaillé d'après les photos que je vous ai données ?

— Oui.

Un sourire étira les lèvres du chirurgien. Un sourire de triomphe.

— Nous avons même réussi à effacer l'angiome de son cou, ajouta-t-il fièrement.

— L'angiome de son cou ? répéta Andrew, saisi de vertige.

Aveuglé par les néons, il tituba et s'adossa au mur.

— Monsieur Villard ? Ça va ?

— Oui, oui, ne vous inquiétez pas, répondit-il en se massant les tempes. Le manque de sommeil, sûrement…

— Ce ne sera plus très long, lui assura le médecin.

# 1.

*New York, six mois plus tard*

A contrecœur, Alison Fairmont Villard ouvrit les yeux et parcourut la chambre du regard. Au réveil, il lui fallait toujours un certain temps pour reconnaître son environnement : la villa d'Oyster Bay, à Long Island, où Andrew tenait à ce qu'elle passe sa convalescence.

Son amnésie n'était pas totale, comme les médecins l'avaient pronostiqué. Certes, elle n'avait aucun souvenir de la noyade ni de sa chute dans l'océan démonté, mais les réminiscences des instants précédents, si furtives soient-elles, la remplissaient d'effroi. Des flashes terrifiants, obsédants accaparaient entièrement son esprit. Lorsqu'ils survenaient, elle était incapable de se concentrer sur autre chose. Peut-être était-ce un effet des médicaments qu'elle prenait pour dormir. Dès qu'elle avalait l'une de ces petites pilules bleues, elle était transportée dans un univers paisible, serein, protégé : un lagon tropical ombragé où elle flottait à l'abri de toute vicissitude. Elle dormait d'un sommeil de plomb, du sommeil innocent de l'enfant.

Elle referma les doigts autour de la pièce de cuivre

percée accrochée à son bracelet, amulette dépareillée au côté des fines pendeloques du bijou en or. Le simple fait de la toucher suffisait à la réconforter. Ce vieux talisman l'avait sauvée. Par instinct de survie, elle s'était agrippée dans la tempête à un tronc ballotté par les vagues. Son vieux porte-bonheur s'était coincé dans une aspérité du bois. Elle qui n'avait jamais été superstitieuse, elle croyait maintenant à ses pouvoirs magiques.

Elle se redressa contre les oreillers sans prendre la peine de couvrir sa poitrine nue. A quoi bon ? Il n'y avait personne pour la voir. Andrew ne partageait pas avec elle cette suite somptueuse où elle passait ses journées à dormir. Cette chambre n'avait jamais été la leur. Avant « l'accident » — le terme qu'ils employaient désormais couramment —, ils vivaient à Manhattan. Ici, à Oyster Bay, ils avaient chacun établi leurs quartiers dans deux ailes différentes de la vaste maison. Chambre à part. Vie à part.

Lorsque Andrew le lui demandait, elle l'accompagnait à des dîners ou des soirées. C'était tout ce qu'ils faisaient ensemble, et ces occasions étaient somme toute assez rares.

Dans les semaines qui avaient suivi sa sortie de l'hôpital, il avait passé de longues heures auprès d'elle, à combler les trous de sa mémoire, à lui raconter sa vie avant et avec lui. Il lui avait retracé tout ce qu'il savait de son passé et leurs années de vie commune.

Avant l'accident, ils étaient en instance de divorce. Manifestement, il n'éprouvait aucun désir de réconciliation. Il semblait même n'avoir plus pour elle la moindre affection. Malgré ses questions, il ne lui avait pas expliqué la raison pour laquelle ils envisageaient de rompre. Elle lui en voulait de la laisser dans l'ignorance. Comment pouvait-elle reconstituer le puzzle, s'il ne lui fournissait pas toutes les pièces ?

Elle n'était pas sûre de l'avoir aimé et elle avait du mal à définir les sentiments qu'il lui inspirait aujourd'hui. En tout cas, quand elle aurait recouvré suffisamment de forces, ils feraient leur vie chacun de leur côté. Plus rien ne les unissait hors l'accord qu'ils avaient passé, un arrangement purement pratique au terme duquel ils se sépareraient définitivement.

Elle se leva et étira ses muscles engourdis. Dans le salon adjacent à la chambre, le plancher était jonché de vêtements, de magazines et de livres ouverts. Avait-elle toujours été aussi désordonnée ? s'interrogea-t-elle avec un vague sentiment de culpabilité. Ou bien cette pagaille était-elle une marque de rébellion contre la maniaquerie d'Andrew ? Dans son aile de la maison, il ne laissait jamais rien traîner : toutes ses affaires étaient rangées avec un soin méticuleux.

— Tu n'es qu'un zombie, se dit-elle. Secoue-toi. Ce n'est pas en jouant la Belle au bois dormant que tu reprendras le dessus !

La matinée touchait à sa fin, et pourtant elle n'éprouvait aucune sensation de faim. Elle avait perdu l'appétit, et ce n'étaient pas les aliments diététiques dont le réfrigérateur était rempli qui allaient le lui rendre.

Deux fois par semaine, quelqu'un venait faire le ménage et apporter les provisions commandées par Andrew. Il avait remercié tout le reste de ses employés de maison, de crainte qu'ils ne divulguent des informations à la presse people.

Organisateur d'événements et dénicheur de talents, Andrew Villard s'était fait un nom dans l'industrie de la musique. Mais ce n'était pas tant sa réussite professionnelle que sa vie privée qui intéressait les médias. Quelques années auparavant, Regine, sa fiancée, une star de la pop qu'il avait lui-même lancée, s'était noyée dans leur piscine, dans des circonstances que l'on avait qualifiées de mystérieuses. Un accident malheureux qui avait donné lieu aux ragots les plus délirants. Les tabloïds avaient parlé de la « malédiction Villard » qui s'abattait sur toutes les femmes chères au beau et ténébreux Andrew. Car sa mère, chanteuse à l'opéra de New York, avait elle aussi connu une fin tragique, lors d'une répétition. Andrew était adolescent, à l'époque. Il avait été pris en charge par le mentor de sa mère, qui était aussi directeur artistique de l'opéra. Ses parents avaient divorcé quand il était tout petit. Son père s'était exilé au fin fond du Wyoming et avait fondé une nouvelle famille. Il n'avait émis aucune objection à ce que son fils soit adopté par le compagnon de son ex-femme.

Lorsque Alison avait demandé à Andrew des détails sur la mort de Regine, il avait eu une réaction presque agressive. Apparemment, même au bout de cinq ans, c'était encore très douloureux pour lui. Alison avait été sommée de ne plus jamais poser de questions à ce sujet. Andrew avait néanmoins fait allusion à un « triangle amoureux » dont elle, Alison, aurait été l'un des protagonistes. Cette expression la laissait perplexe.

Regine avait dix-huit ans lorsqu'elle avait rencontré Andrew. Ils n'avaient d'abord entretenu que des relations strictement professionnelles. Jusqu'à ce qu'Andrew et Alison se séparent, sur l'insistance de Julia, la mère d'Alison. Andrew et Regine s'étaient alors fiancés, mais elle avait trouvé la mort avant que le mariage ne soit célébré. Un an plus tard, Andrew épousait secrètement Alison. Et voilà qu'elle aussi avait failli mourir…

Comme chaque fois qu'elle pensait à cela, une sensation de malaise l'étreignit. Andrew préférait-il se débarrasser de ses femmes plutôt que les quitter ? Non… Il n'était pas possible qu'elle ait épousé un psychopathe. Andrew la plongeait néanmoins dans un abîme d'incertitudes.

Le décor vert sauge de la salle de bains avait le don de l'apaiser. Structure de verre et d'acier bâtie sur les dunes, la résidence secondaire d'Andrew était l'une des rares constructions modernes d'Oyster Bay. Il l'avait aménagée avec goût, dans un style à la fois design et naturel qui évoquait le paysage extérieur.

Dans la cabine de douche, elle tourna le robinet chromé et savoura l'impact de l'effet cascade tropicale. Le jet hydromassant était ce qu'elle préférait dans cette maison.

Son bracelet tinta. Elle ne l'enlevait jamais, pas même pour se laver. Sans lui, elle se sentait vulnérable.

Sa toilette terminée, elle s'enveloppa dans un drap de bain et regagna le salon. Sur le bureau, une enveloppe attira son attention. Une luxueuse enveloppe bleu ciel qui avait été déposée là pendant qu'elle se douchait. Une enveloppe manuscrite qui lui était personnellement adressée mais qui avait été ouverte. Un petit mot était placé à côté :

« Alison, cette fois, tu ne peux plus te défiler. Nous devons nous rendre à Mirage Bay.

Andrew. »

De l'enveloppe, elle retira une feuille de papier à lettres.

« Ma très chère fille,

» Ton silence me brise le cœur. Ton vingt-huitième anniversaire approche, et bien qu'une invitation ne soit pas nécessaire, car Sea Clouds sera toujours ta maison, je t'invite à venir le fêter avec nous. Accepte, je t'en supplie ! J'aimerais tant te revoir ! Bien sûr, Andrew sera aussi le bienvenu.

» Affectueusement,

Ta maman. »

La gorge serrée, elle résista à l'envie de déchirer le billet en mille morceaux. Une invitation ? Cela était un ordre, pas une invitation. Et Andrew avait déjà décidé qu'elle ne s'y soustrairait pas. Elle n'était qu'un pion qu'il manipulait à sa guise.

Il s'était permis de lire la lettre de sa mère, et il osait même lui dire comment elle devait y réponde, alors qu'il s'agissait d'une histoire de famille qui ne concernait qu'elle. Il estimait qu'il était temps de faire la paix avec sa mère, parce que cela faisait partie de leur arrangement. Certes, elle avait acquiescé sur ce point, mais retourner si tôt à

Mirage Bay la glaçait de terreur. Bien sûr, il serait là pour la soutenir, mais elle avait encore besoin d'un peu de temps. Elle n'était pas prête.

Sans aucun doute, le rameau d'olivier que lui tendait Julia avait un rapport avec le fonds de cinquante millions de dollars qui, selon les dispositions testamentaires de la grand-mère d'Alison, devait lui revenir à son vingt-huitième anniversaire, si elle n'avait pas décidé, en épousant Andrew, de renoncer à la fortune familiale. Julia Fairmont en avait été malade. Pendant quatre ans, elle avait coupé tous les ponts avec sa fille. D'après Andrew, Alison n'avait pas cherché à renouer le contact.

Jusqu'en février dernier. A ce moment-là, saisie de remords, elle avait émis le désir d'aller passer des vacances d'hiver à Mirage Bay afin de faire amende honorable auprès de sa mère. Andrew avait expédié le *Bladerunner* sur la côte Ouest afin de pouvoir en profiter durant ce séjour.

Alison s'était heurtée à un violent rejet de la part de sa mère. Quelques jours plus tard, comble de malchance, elle avait été jetée en mer par la tempête. Et voilà que, subitement, Julia passait l'éponge. Forcément, elle avait une idée derrière la tête.

Et Andrew tenait à ce qu'Alison accepte le calumet de la paix. Cela la contrariait qu'il soit entré dans ses appartements pendant qu'elle prenait sa douche. Ou pendant qu'elle dormait. Ce n'était pas la première fois. A deux reprises au moins, il avait laissé des traces évidentes de ses intrusions. Une porte entrebâillée ou un petit mot comme celui-ci.

Essayait-il de lui faire comprendre qu'elle était en permanence à sa merci, même quand elle dormait ? Les somnifères lui assuraient une parfaite insouciance, mais il ignorait qu'elle en prenait. Les médecins et les infirmières qui s'occupaient d'elle l'approvisionnaient dans la plus grande discrétion.

Parfois, elle avait l'impression d'être une otage dans cette maison isolée au bord de la mer, d'être en quelque sorte une captive privée de réelle intimité. Andrew ne violait-il pas sans cesse son espace vital dans le dessein de la rendre anxieuse et, par là même, d'accroître sa dépendance envers lui ?

Elle s'efforçait de se convaincre qu'il ne pouvait être aussi pervers. Non, il ne cherchait pas à la miner. Il lui avait sauvé la vie et, maintenant, il veillait sur elle. Néanmoins, elle ne pouvait s'empêcher de douter de lui. Combien de fois s'était-il approché d'elle sans qu'elle en ait conscience ? Que faisait-il exactement dans sa chambre pendant qu'elle était endormie ? Rien que le fait de se poser de telles questions lui donnait envie d'avaler une pilule bleue. Elle y serait probablement accro avant d'avoir pu recouvrer un semblant de contrôle sur son existence.

Son dressing était aussi grand qu'une petite boutique, et le choix de vêtements était impressionnant. Elle opta cependant pour la même tenue que la veille : un short blanc et un débardeur noir. De toute façon, plus rien ne lui allait, tellement elle avait maigri après l'accident.

Elle brancha le sèche-cheveux avec une immense lassitude. Les longs préparatifs du matin — brushing, maquillage —

lui semblaient terriblement fastidieux. Pour qui se faire belle ? Andrew vivait de l'autre côté de la villa et elle ne croisait jamais personne lors de ses longues promenades sur la plage.

Tant pis si elle frisait. Après tout, ça ne lui déplaisait pas. Elle avait arrêté aussi — contre l'avis de son mari — de se faire décolorer les cheveux pour être blonde. Pour une fois, elle avait réussi à imposer sa volonté. A présent, elle avait complètement retrouvé sa couleur châtain foncé, et elle se sentait ainsi mieux dans sa peau.

— Andrew, tu m'écoutes ? Je les programme quand, ces concerts ?

La voix exaspérée de sa fidèle assistante, Stacy, l'arracha à la contemplation du papier millimétré fixé sur sa table à dessin. Un soupir de frustration s'échappa du combiné.

— Une fois que McGraw, Crow et Alvarado auront confirmé leurs dates, tu pourras booker le reste de la tournée US. Mais précise bien à tout le monde que nous n'acceptons aucune doléance. Tous les bénéfices, j'ai bien dit *tous*, seront reversés à l'œuvre humanitaire. Les artistes n'auront que des carottes crues et de l'eau du robinet.

— De l'eau du robinet ? Tu es sérieux ?

— Parfaitement.

Du pouce, Andrew lissa le bord de la feuille sur laquelle il avait ébauché un croquis. Il s'était réveillé avec une inspiration, ce matin, ce qui ne lui était pas arrivé depuis longtemps. Aussitôt son petit déjeuner avalé — fruits frais et pain complet —, il avait esquissé une coque et une voile, mais il était resté bloqué là : les détails du navire refusaient de se matérialiser.

— Andrew, tu m'écoutes toujours ? Les agents de Christina Alvarado refusent de traiter avec moi. Ils veulent avoir affaire directement à toi. Sinon, elle annule sa participation.

— Tant pis pour elle. Elle sera la seule chanteuse de variétés américaine à ne pas participer à la manifestation. Dis à ses agents que *Rock Rescue* va faire encore plus de bruit que *We Are The World*. Si elle ne veut pas en être, c'est son choix.

— Christina Alvarado n'est pas une chanteuse de variétés !

— Stacy, ne perds pas de vue le but de l'opération. Ce concert est destiné à récolter des fonds. Que les artistes rangent leur ego au placard, pour une fois !

Un autre soupir exaspéré monta du combiné.

— Ecoute, débrouille-toi comme tu veux, Stacy, je te fais confiance, ajouta Andrew avant de couper la communication.

Stacy n'avait pas son pareil pour gérer les caprices des stars. Il pouvait compter sur elle. La célébrité et l'argent tournaient trop facilement la tête des jeunes chanteurs. Parfois, il était bon de les replonger dans le bain glacé de la réalité. Mais, en ce moment, Andrew n'avait tout simplement pas l'esprit à ces futilités.

Il repoussa sa chaise et ouvrit l'une des fenêtres de son bureau. La chaleur estivale l'enveloppa. Aveuglé par le chatoiement de l'Atlantique, il inspira une grande bouffée d'air marin. Naviguer… Le besoin devenait impérieux. Il y avait six mois maintenant — depuis l'accident d'Alison — qu'il n'était pas remonté sur un bateau.

Le *Bladerunner* avait été réparé, mais il était toujours à Mirage Bay. Finalement, c'était une bonne chose, songea-t-il en contemplant les dunes de sable blanc parsemées d'herbes jaunies. Son yacht serait déjà sur place quand il retournerait là-bas pour l'anniversaire d'Alison.

Il appréhendait toutefois de reprendre la mer. Lui non plus n'était plus le même depuis l'accident. Son métier l'excitait beaucoup moins qu'avant, voilà pourquoi il déléguait de plus en plus de responsabilités à son assistante. Sortir ne lui disait plus rien. Il était devenu presque aussi solitaire qu'Alison, présence étrange et silencieuse à l'autre bout de la maison.

Alison. Sans cesse, ses pensées revenaient à elle. Elle était au centre du mystère qui le hantait. Elle était elle-même un mystère.

Il referma la fenêtre et alla se servir un verre de jus de carotte-ananas. A la mort de Regine, il avait arrêté de boire et adopté des habitudes de vie saines. Non pas qu'il ait été alcoolique, mais il aurait pu aisément le devenir dans le milieu où il évoluait. Les dîners et les soirées de gala étaient presque quotidiens. L'alcool y coulait à flots, et l'alcool facilitait les conversations. Il était rare qu'il soit franchement ivre, mais il se couchait bien des fois dans un état second.

Un soir, il avait téléphoné à une rock star en la prenant

pour une autre, et l'avait félicitée pour le trophée qui avait été décerné à sa rivale. Elle l'avait traité de tous les noms. Il avait trouvé ça drôle. Un peu moins lorsqu'il s'était rendu compte qu'il venait de descendre en quelques heures une bouteille de whisky à lui tout seul.

Cet incident avait provoqué le déclic…

Son verre à la main, il retourna s'asseoir devant sa table à dessin. Stacy était une perle. Pendant qu'il dessinait des bateaux à Oyster Bay, elle s'occupait de tout à Manhattan. Sans doute devrait-il bientôt embaucher quelqu'un pour la seconder dans l'organisation et la promotion de Rock Rescue, mais peu importait. Financièrement, il pouvait se le permettre. Il n'avait pas besoin d'argent. Seulement de temps.

Les murs de son bureau étaient couverts de photos et de tableaux de vieux bateaux, des embarcations de bois comme il les aimait. Les yachts de course modernes avaient leur charme, eux aussi, et ils pouvaient atteindre des vitesses époustouflantes, mais il leur manquait le cachet et la grâce de leurs ancêtres.

Il ajouta quelques traits à la coque du sloop qu'il avait ébauché. Il serait petit, rapide, gracieux. Comme elle.

De nouveau, ses pensées revinrent à Alison. Comment ne pas être obnubilé par cette jeune femme qui dormait nue toute la journée, dans la pénombre et la fraîcheur d'une chambre aux persiennes fermées ?

Souvent, il allait frapper à sa porte. Elle ne répondait pas. Il se glissait alors dans la chambre à pas de loup et observait son corps à demi caché par le drap, aussi lascif et sensuel que les nus des toiles de maître.

Parfois, il aurait juré qu'elle dormait les yeux ouverts, pareille à un sphinx. Cette mystérieuse créature qu'il avait sortie de l'océan en furie était une véritable énigme. Il ne savait qu'une chose : il ne pouvait pas se permettre de succomber à son charme, au risque de se fracasser lui-même contre un écueil fatal.

Quelqu'un avait monté un coup contre lui en tentant de faire passer l'accident de sa femme pour un meurtre. S'il voulait savoir qui avait cherché à causer sa perte, il devait garder la tête froide.

Un mois avant le drame, une police d'assurance d'un montant de deux millions de dollars avait été souscrite à son nom sur la vie d'Alison. Tous les documents, y compris un examen de santé, avaient été transmis à l'assureur par fax. Alison avait très bien pu manigancer ce plan en déguisant sa voix ou en faisant appel à un complice masculin.

Quelques jours avant l'accident, il lui avait annoncé qu'il allait entamer une procédure de divorce. Leur contrat de mariage prévoyait qu'elle touche dans ce cas un million de dollars par année de vie commune. Sans ciller, elle avait immédiatement réclamé son dû. Il avait fait virer la somme sur l'un de ses comptes personnels. Quarante-huit heures plus tard, elle disparaissait en mer.

De quoi éveiller les soupçons… La femme dont il était sur le point de divorcer se volatilisait avec un magot substantiel et il était accusé de l'avoir assassinée… Ç'aurait pu être une belle revanche. Si son stratagème ne s'était pas retourné contre elle…

— Andrew ?

Sa voix le fit sursauter. Son timbre n'était plus le même et il ne parvenait pas à s'y faire.

Elle se tenait dans l'encadrement de la porte, élancée et bronzée, ses longs cheveux châtains ondulant sur ses épaules, une enveloppe à la main. Elle l'avait trouvée. Parfait.

Enfin, elle avait quitté son lit ! Elle était debout, elle marchait, elle parlait. Elle ne dormait plus comme un sphinx. Enfin, elle revenait à la vie !

# 2.

Julia jeta un coup d'œil à son décolleté. Suffisamment provocant. Impeccable. Quant à sa jupe à franges, elle lui arrivait à mi-cuisse. Une tenue des plus sages dans ce quartier mal famé.

Une Porsche gris métallisé se rangea le long du trottoir. Elle s'approcha de la portière passager. La vitre descendit.

— Je cherche une blonde : une jeune avec des gros nichons.

— Tu as de la chance, répondit Julia avec un clin d'œil, en repoussant son foulard de soie à l'arrière de sa tête pour révéler une cascade de boucles platine à faire pâlir Gwen Stefani.

Une perruque achetée tout spécialement pour satisfaire ses fantasmes.

En soulevant sa poitrine au creux de ses mains, elle se pencha vers l'automobiliste.

— Monte ! lui dit-il avec un sourire salace.

A peine se fut-elle installée dans la voiture qu'il démarra sur les chapeaux de roues.

— Ici, ce sera parfait, annonça-t-il en se garant dans une ruelle déserte.

Son sourire lubrique revint tandis qu'il descendait la fermeture de sa braguette.

— Allez, ma belle, applique-toi !

Pauvre connard ! songea Julia en prenant son sexe dans sa bouche. Presque aussitôt, il se mit à émettre des grognements porcins et tenta de lui glisser une main entre les cuisses.

— J'ai envie de toi, salope…

Elle le repoussa violemment.

— Hors de question ! On ne baise pas. Je croyais que c'était clair.

— Tu m'excites, Julia.

— Et ne m'appelle pas par mon nom !

— Pardon.

Il se redressa et indiqua du doigt le petit square mal entretenu près duquel ils étaient garés.

— Allons sur ce banc, dit-il. Je te prêterai mon manteau pour que tu t'assoies dessus. Je suis galant, hein ?

Quelques minutes plus tard, les jambes écartées sur le banc public, Julia se retint de hurler de plaisir lorsqu'il monta sur elle avec l'agilité d'un gymnaste. Les paumes calées contre le dossier, il commença à se mouvoir en elle avec autant d'énergie que s'il faisait des pompes.

Elle faillit gémir mais elle se retint. Il ne devait pas savoir qu'il lui procurait une telle volupté. Elle avait d'abord refusé qu'il la pénètre sans préservatif. Après quoi, elle avait perdu toute capacité de réflexion. Les flics pouvaient passer, elle n'en avait que faire.

— Dis que je te fais jouir ! Dis-le !

Son visage se contracta.

— Oh, oui... Oh, oui..., souffla-t-il.

Julia étouffa un petit cri lorsqu'il se retira brusquement pour éjaculer sur sa poitrine et son cache-cœur en cachemire.

Pauvre type... Non seulement c'était un gros porc mais il ne l'avait même pas attendue. Tu parles d'une galanterie...

Enfin... Puisqu'il fallait qu'elle en passe par là pour parvenir à ses fins... Les enjeux étaient de taille, mais quel tableau pathétique devait-elle offrir, songea-t-elle en s'essuyant avec un mouchoir en papier. Jusqu'où serait-elle capable de se rabaisser pour obtenir ce Saint-Graal dont il était le gardien ?

Elle se leva, lissa sa jupe et attaqua sans perdre de temps :

— OK, tu as eu ce que tu voulais. A mon tour, maintenant.

— Tu m'as fait du bien, répondit-il en se rhabillant, mais je n'ai pas encore eu ma dose. Il me faut une ou deux autres petites gâteries... voire trois.

— Jack Furlinghetti, tu n'es qu'un menteur.

— Eh, je suis avocat, ne l'oublie pas ! rétorqua-t-il en lui caressant les lèvres du pouce. Ne t'inquiète pas, tout vient à point pour qui sait attendre.

Julia lui décocha un regard furieux. Un jeune loup

aux dents longues, voilà ce qu'il était ! Et elle qui pensait pouvoir le manipuler à sa guise justement en raison de sa jeunesse…

— Je n'irai pas, déclara Alison en déchirant l'enveloppe et en la laissant tomber à ses pieds. Je ne suis pas encore prête, tu le sais.

Elle s'efforçait de paraître déterminée, mais sa voix tremblait légèrement. Elle avait peur.

Andrew posa son crayon.

— Ne dramatise pas. Tu n'as pas le couteau sous la gorge.

— Tu as écrit noir sur blanc que nous devions aller à Mirage Bay, lui rappela-t-elle avec un regard accusateur.

— Alison, ne sois pas ridicule ! dit-il en se levant. C'est ta famille.

Elle caressa la pièce de cuivre de son bracelet.

— *Ma* famille, exactement. Une famille destructrice. Je ne suis pas prête à les affronter.

— Il y a des choses pour lesquelles on n'est jamais prêt : le mariage, les enfants, une grosse opération chirurgicale. Mais on rassemble son courage et on se jette à l'eau. Après, on est content que ce soit fait.

— Andrew, je t'en prie, tu les connais ! Ils vont me crucifier.

— Il s'agit de ta mère et de ton frère.

— Ils me détestent autant l'un que l'autre. Ma mère

m'en veut à mort d'avoir renoncé à l'héritage de ma grand-mère pour me marier avec toi. Elle a horreur des situations qui échappent à son contrôle. Quant à Bret, il n'a jamais pu me voir en peinture. Il me hait depuis sa naissance, parce que je suis l'aînée et la chouchoute. Il n'aspire qu'à me détrôner.

Andrew eut un mouvement approbateur.

— Bravo ! Tu vois que la mémoire te revient.

Elle secoua la tête d'un air las.

— Non, je ne me souviens de rien, surtout quand je suis angoissée. C'est le trou noir, dans ces cas-là. Imagine que je ne sache même pas comment me tenir à table, que je n'utilise pas les bons couverts… Je risque de me couvrir de honte. Imagine qu'ils me demandent de jouer un morceau au piano…

Andrew avait insisté pour qu'elle prenne des cours particuliers. Elle était censée savoir bien jouer, autrefois. Aujourd'hui, les partitions lui paraissaient aussi obscures que de l'hébreu.

Signe d'extrême agitation, elle porta la pièce de son bracelet à ses lèvres.

— Je t'avais demandé d'enlever ce truc, lui dit Andrew. Il n'est pas d'origine, on ne voit que ça.

Elle redressa le menton avec défiance.

— Et alors ? Cet objet me porte chance. Si j'ai envie de le garder, je le garderai.

Andrew n'insista pas. Après tout, il y avait plus important que cette breloque.

— Personne à Mirage Bay ne t'humiliera, dit-il. J'y veillerai personnellement.

— Ah, oui ? Et comment ?

— Laisse-moi faire. Jusqu'à présent, j'ai toujours su te protéger de ta famille. Ne t'inquiète pas, tout se passera bien. Je serai avec toi.

Lorsque Alison était à l'hôpital, il avait tenu Julia à distance, arguant que sa présence serait trop éprouvante pour sa fille qui était encore dans un état de grande fragilité. Julia n'avait pas insisté mais, maintenant qu'elle estimait Alison rétablie, elle revenait à la charge. Il ne serait bientôt plus possible de la faire patienter.

— J'ai accepté l'invitation de ta mère, poursuivit Andrew sur un ton ferme, en évitant de regarder le tiroir cadenassé où était rangé le pli qu'il avait reçu dans la semaine. Ça fait six mois que nous repoussons l'échéance. Le moment est venu.

— Tu n'aurais pas dû, murmura Alison, les yeux remplis de larmes. Tu n'avais pas le droit.

Il détourna le regard, par crainte de céder. Ses yeux bleus étaient si bouleversants… Il avait su lui résister, autrefois. Mais elle était une autre, à présent. Quand sa carapace se fissurait, elle le touchait au plus profond de son être.

Rageusement, elle éplucha une orange qu'il avait posée sur le coin de sa table à dessin, et en mangea plusieurs quartiers avec la voracité d'un enfant affamé. Elle se figea en remarquant qu'il l'observait. Le rouge lui monta aux joues.

— Alison, si tu as faim…

— Non, je n'ai pas faim, le coupa-t-elle d'une voix mal assurée. Quand je panique, je ne sais pas ce que je fais. Tu vois, je ne suis pas prête. Tu comprends, maintenant ?

Il comprenait, oui. Néanmoins, il était impératif qu'ils se rendent à Mirage Bay sans délai. Après quatre ans de *statu quo*, Julia souhaitait l'armistice. L'accident d'Alison l'avait incitée à revenir sur ses positions. Elle voulait revoir sa fille, l'enfant chérie qu'elle avait failli perdre. Mais, de toute évidence, ce n'était pas pour cette seule raison qu'elle avait convié Alison et Andrew à Sea Clouds, la villa méditerranéenne perchée sur les falaises de Mirage Bay, ce petit paradis californien où des générations de Fairmont avaient fui les rudes hivers de la côte Est et où Julia s'était définitivement installée à la mort de son mari.

Si, pour une raison ou pour une autre, Julia annulait son invitation, Andrew n'aurait peut-être plus jamais l'occasion de se rendre dans le domaine des Fairmont. Or, si l'un d'eux était l'auteur du piège machiavélique qu'on avait essayé de lui tendre, il devait le démasquer. Et, pour cela, il lui fallait absolument saisir la chance que lui offrait Julia.

A l'aide de la plus petite des clés pendues à sa chaîne, Andrew déverrouilla le cadenas du tiroir où était enfermé le numéro du quotidien de Mirage Bay, vieux de six mois, qu'il avait reçu dans la semaine, roulé et enveloppé dans une pochette en plastique. Depuis l'accident d'Alison, il était abonné au journal. Mais cette édition ne lui avait pas été adressée par le service clients. Il s'agissait d'un envoi personnel.

Alison avait quitté son bureau comme une furie. Il ne s'attendait pas à ce qu'elle revienne. Néanmoins, il avait pris soin de fermer la porte à clé. Si par malheur elle voyait ce journal, il ne pourrait plus la convaincre de partir pour la Californie.

L'édition était datée du 3 février. La disparition d'Alison faisait la une. L'article était encadré d'un épais trait de marqueur. Dessous, on avait inscrit au feutre rouge :

« Je sais ce que tu as fait, et bientôt la police sera au courant.

» Cette fois, tu ne t'en tireras pas aussi facilement.

» Quel est le prix de tes secrets ? »

Une tentative de chantage qu'Andrew ne pouvait pas se permettre d'ignorer. Il avait trop de choses à cacher. Mais qui était derrière ça ? Le maître chanteur n'avait donné aucun indice quant à son identité.

Clairement, la deuxième ligne du message faisait allusion à Regine. Avec le tapage qu'avait fait la presse de caniveau, des tas de gens connaissaient le passé d'Andrew. Mais qui détenait des informations réellement compromettantes ? Et pourquoi avoir attendu tout ce temps ? L'un des Fairmont ? Julia ou Bret ? Toutes les possibilités étaient envisageables.

Andrew remit le journal dans le tiroir et referma

le cadenas. *Quel est le prix de tes secrets ?* Ses secrets n'avaient pas de prix…

Sa première rencontre avec Alison lui revint à l'esprit. Il s'était rendu sur la côte Ouest afin de commander un voilier à l'un des constructeurs de yachts de luxe les plus cotés d'Amérique : Voyager Yachts, la compagnie de Grant Fairmont.

Alison flânait chaque jour aux abords des chantiers de son père. Elle n'avait que seize ans, à l'époque. Tel un papillon, elle batifolait en Bikini autour des étudiants qui fréquentaient le club d'aviron voisin. Elle était bien plus jeune qu'Andrew, mais la différence d'âge ne l'avait pas empêchée de lui jeter des sourires enjôleurs chaque fois qu'elle le croisait.

Régulièrement, Andrew traversait le pays pour suivre l'avancement de la construction de son yacht. Peu à peu, il s'était amouraché de cette délicieuse adolescente. Ils avaient couché ensemble, elle l'avait présenté à sa mère, et, là, les choses avaient commencé à se gâter, aucun homme n'étant assez bien pour la fille adorée de la grande Julia Fairmont.

Alison et Andrew avaient néanmoins continué de se voir, même après que le *Bladerunner* avait été expédié à Oyster Bay. Pour son dix-huitième anniversaire, il lui avait offert un bracelet en or orné de colifichets en forme d'instruments de musique, car elle rêvait de devenir chanteuse. Mais sa mère avait exigé qu'elle rende le bijou à Andrew. Elle avait même proposé à ce dernier de lui rembourser son cadeau. Il avait refusé l'argent et le bracelet, mais il avait mis un terme à sa relation avec Alison et il ne l'avait pas revue jusqu'à ce qu'elle emménage à Manhattan, l'année suivante, afin de suivre la formation de la prestigieuse Julliard School, l'école de spectacle de renommée internationale. Il sortait alors avec Regine, sa protégée, et partageait avec elle un immense appartement au dernier étage d'un gratte-ciel. La visite impromptue d'Alison n'avait pas été particulièrement appréciée. Elle avait toutefois juré ses grands dieux qu'elle désirait seulement connaître Regine, dont elle était une fan inconditionnelle…

Posté devant la fenêtre de son bureau, Andrew scrutait l'horizon d'un air absent.

Qui lui avait envoyé ces menaces ?

Alison elle-même ? Afin de lui extorquer encore un peu plus d'argent ? Avait-elle un complice ? L'hypothèse semblait tirée par les cheveux, mais Andrew s'était fixé pour mission de suivre toutes les pistes. Et, pour tirer le fil de la pelote, il allait remonter à la source, là où tout avait commencé. A Mirage Bay. Qu'Alison soit prête ou non.

Son premier tir perça un trou en plein milieu du cœur de la cible. La deuxième balle se logea juste entre les deux yeux de la silhouette. Pour faire bonne mesure, l'agent spécial Tony Bogart tira encore dans le ventre de son ennemi de carton.

Une autre cible surgit avant qu'il n'ait eu le temps de

remplacer le chargeur de son Glock semi-automatique calibre 40. Le mannequin avançait droit sur lui. Le magasin était coincé.

Tony rejeta la tête en arrière. Il était en sueur. D'un coup de poignet, il lança son revolver au plafond, vers les cintres qui actionnaient les cibles. Le moteur se tut. L'assaillant de papier s'arrêta net.

Avec un éclat de rire, Tony tira un calibre 45 du holster attaché à sa cuisse et descendit l'ennemi factice de quatre balles dans le front. Ça, c'était de l'efficacité.

Certes, il avait bousillé le mécanisme, mais il était là à titre privé, et le patron du club de tir le connaissait bien. Il ne lui facturerait pas les dégâts, et, s'il le faisait, Tony payerait rubis sur l'ongle.

Il rengaina son pistolet et s'épongea le front. Ces séances de tir lui faisaient un bien fou. Elles étaient son défouloir, sa soupape de sécurité. Une chance qu'il ait trouvé ce club, car le FBI ne voyait pas d'un très bon œil les agents qui saccageaient le matériel. On avait déjà effectué des retenues sur sa solde. Un autre que lui aurait probablement eu droit à des sanctions disciplinaires. Mais, parce que Tony comptait parmi les meilleurs éléments du Bureau, il jouissait d'un traitement de faveur. Dans le milieu de la police, et pas seulement, nul n'ignorait que c'était lui qui avait capturé Robert Starr, un dangereux terroriste qui envoyait des colis piégés, et qu'il avait joué un rôle clé dans la prévention d'un suicide collectif au sein d'une secte de l'Oregon.

Oui, Tony était en odeur de sainteté. Si bien qu'on

s'était contenté de lui donner un congé exceptionnel de six semaines, assorti de la chaleureuse recommandation de s'inscrire à une session de groupe sur la gestion de la colère. Tout ça parce qu'il s'évertuait à convaincre ses supérieurs de lui faire suivre la formation permettant d'intégrer le CIRG, l'unité d'élite chargée de fournir une assistance aux agents locaux dans les situations de crise grave.

Tony avait les capacités physiques mais un tempérament inapproprié, à en croire la psychologue qui lui avait fait passer divers tests. « Agressivité latente », avait-elle diagnostiqué. Pourquoi ? Parce qu'il s'était offusqué de ses questions pernicieuses et l'avait accusée d'avoir l'esprit tordu. Elle lui avait fait remarquer qu'il manifestait un mépris ostentatoire pour les règles. Ah, ah ! Elle n'avait jamais dansé au rythme d'une mitraillette. S'il s'était écouté, il lui aurait montré quelles règles il entendait que l'on respecte.

Tony avait deux grandes motivations dans la vie : entrer au CIRG et… une femme. Une femme qui lui avait filé entre les doigts. Il ne s'estimait pas vaincu, cependant. La vie lui claquait des portes au nez ? Qu'à cela ne tienne : il allait les enfoncer.

Ses congés forcés tombaient à pic. Il avait justement besoin d'un peu de temps pour régler une affaire personnelle. Depuis deux semaines, il recevait sur son mobile des messages anonymes insinuant que l'assassin de son frère n'était pas celui auquel il pensait… Puisque la police semblait incapable d'arrêter le coupable, il allait prendre les choses en main, lui. Butch avait été sauvagement tué à coups de fourche, six mois plus tôt, et Tony s'était juré de lui rendre justice.

Dans son dernier message vocal, le mouchard avait évoqué certains détails du crime qui incitaient Tony à penser qu'il ne s'agissait pas d'une imposture ou d'une plaisanterie de mauvais goût. Il avait donc décidé de se lancer sérieusement sur cette piste.

D'un coup de pied, il poussa la porte du club de tir. La chaleur moite de la Virginie lui tomba sur les épaules. Ce soir même, il partirait pour Mirage Bay retrouver le monstre qui avait assassiné son frère. Il avait juste le temps de passer chez lui se doucher en vitesse et prendre ses bagages avant de se rendre à l'aéroport.

Il était impatient de retourner dans la ville où il avait grandi. Pas seulement pour venger son frère cadet. Après tout, Butch n'était qu'une petite frappe, une brute épaisse qui prenait un malin plaisir à faire régner la terreur autour de lui. Il n'y avait rien d'étonnant à ce qu'il se soit fait des ennemis mortels. Certes, il ne méritait pas de mourir aussi jeune, mais il avait sans doute cherché les ennuis.

Tony allait tirer cette sombre histoire au clair, et il ferait peut-être d'une pierre deux coups. Lui qui aimait les affaires complexes et les psychopathes rusés, il allait être servi. Démêler un écheveau d'intrigues imbriquées les unes dans les autres, c'était un programme de vacances qu'il trouvait particulièrement alléchant. De toute façon, il n'avait pas d'autre raison d'entreprendre ce voyage à Mirage Bay.

Il n'avait plus de famille là-bas. Sa mère était décédée dans un accident qui avait tout du suicide. Avec ses deux fils à l'arrière de la voiture, elle s'était engagée à contresens sur une bretelle d'autoroute. Personne n'avait pu expliquer ce geste désespéré autrement que par une dépression postnatale. Elle avait été tuée sur le coup. Tony et Butch, eux, avaient eu la vie sauve grâce à leurs ceintures de sécurité. Ils s'en étaient même sortis sans la moindre égratignure. De ce drame, ils n'avaient gardé que des cicatrices psychologiques.

Leur père les avait élevés tant bien que mal, en essayant de se faire respecter comme il pouvait. Avec Tony, le rebelle, il avait imposé son autorité par la force, tandis que Butch avait été un enfant gâté, pourri.

A sa mort, leur père avait déménagé. Tony, lui, avait déjà quitté sa ville natale depuis plusieurs années. Après avoir roulé sa bosse aux quatre coins des Etats-Unis, il avait fini par s'établir en Virginie. Là, il s'était payé des études de droit en travaillant la nuit. Après quoi, il était entré au FBI.

Tout le monde — et lui le premier — avait été surpris qu'il soit accepté à Quantico. Tony l'asocial, qui n'aimait ni les enfants ni les chiens. A l'école, ses instituteurs prédisaient qu'il finirait derrière les barreaux. Avec l'âge, Tony n'avait pas changé d'un poil, mais il n'avait pas son pareil pour mettre la main sur les criminels et les déviants de la pire espèce. Probablement parce qu'il comprenait leur façon de penser.

Le col de sa chemise était trempé de sueur lorsqu'il atteignit sa voiture. En Californie, au moins, la chaleur ne serait pas aussi humide. Personne ne s'attendait à le revoir, là-bas… Un sourire étira ses lèvres. Ouais, il allait passer d'excellentes vacances…

# 3.

Son mobile contre l'oreille, Alison arpentait nerveusement la chambre en écoutant la tonalité qui résonnait sans fin à l'autre bout de la ligne.

Au cours des deux semaines précédentes, elle avait essayé d'appeler à diverses heures de la journée ou de la soirée. En vain. Elle commençait à être terriblement inquiète. Que ferait-elle, s'il était arrivé quelque chose à la seule personne de Mirage Bay à qui elle tenait vraiment ?

Lieu peuplé de démons et de fantômes, Mirage Bay représentait pour elle l'enfer sur Terre. Elle avait repoussé autant que possible le moment de retourner affronter les spectres qui la terrifiaient. Mais si elle ne voulait pas qu'ils la pourchassent jusqu'à la fin de ses jours, elle devait maintenant s'armer de courage…

Comme quatre-vingt-dix pour cent des mâles américains de moins de trente ans possédant un ordinateur et une connexion internet, Bret Fairmont avait un faible pour les sites de vidéos pornographiques. Ce qu'il ne cachait pas, contrairement à d'autres. Il prenait même un malin plaisir à laisser des scènes X défiler sur le moniteur de sa chambre…

Il aimait l'idée que sa mère puisse découvrir ses occupations. Certes, il en aurait fallu davantage pour la choquer. Sous ses airs de femme du monde à cheval sur les bonnes manières, l'honorable Julia cachait bien son jeu…

En bâillant, Bret s'étira dans le hamac suspendu sous le sycomore du jardin. Il s'ennuyait à force de ne rien faire. Il avait passé toute la matinée allongé à l'ombre, à siroter des cafés frappés en short et T-shirt froissé. Julia avait horreur qu'il reste ainsi désœuvré. Et Bret adorait contrarier sa mère.

Pauvre garçon…, songea-t-il. A vingt-cinq ans, tu n'as pas mieux à faire qu'attiser ce stupide conflit ? Pourquoi tant de haine ?

Il ferma les yeux. Le beau visage de Julia lui apparut, déformé par ce rictus méprisant qu'elle affichait chaque fois qu'elle posait les yeux sur son fils. Elle n'avait jamais eu le moindre geste de tendresse pour lui. Sans doute se mordait-elle les doigts de l'avoir mis au monde.

Il eut un ricanement amer. Il ne ressentait plus rien, lorsqu'elle l'accablait de ses sempiternelles remontrances. Un vague agacement, peut-être, mais en surface il demeurait aussi froid qu'elle.

— Bret ! Où es-tu ?

Sa voix perçante le fit tressaillir. Elle l'appelait de l'un des balcons de la villa et elle était en colère. Rien d'étonnant : il ne s'était pas présenté à l'entretien d'embauche qu'elle lui avait arrangé.

— Bret ! Pourquoi tu ne réponds pas ?

Vêtue d'un pantacourt impeccablement repassé, d'un chemisier sans manches et de nu-pieds à talons, elle traversa la pelouse à grands pas. Il posa son bras en travers de ses yeux et fit semblant de dormir.

Arrivée près de lui, elle renversa le hamac. Il s'étala dans l'herbe.

— Eh ! Ça va pas ? protesta-t-il en se relevant.

Elle brandissait une lettre.

— J'ai des nouvelles importantes qui te concernent, annonça-t-elle.

— Tu vas clamser et je vais hériter de toute ta fortune ? lui demanda-t-il avec un sourire narquois.

— Très drôle. Non, ta sœur vient nous rendre visite.

La voix de Julia tremblait légèrement. Elle appréhendait de revoir sa fille. Ah, ah… La grande Mme Fairmont qui se démontait… Il n'y avait rien de plus jouissif.

— Alison va venir ? répéta Bret avec une pointe de surprise.

— Oui, et j'aimerais que tu m'aides à préparer une petite réception pour son anniversaire. Je tiens à ce que nous lui réservions le meilleur accueil. Je ne pensais pas qu'Andrew la laisserait venir. C'est l'occasion ou jamais de la réintégrer au sein de la famille.

Bret sentit une nausée lui monter à la gorge.

— Je te rappelle qu'elle est mariée, dit-il.

— Il me l'a volée. Tu le sais aussi bien que moi !

— Il te l'a *volée*, c'est ça… Elle a craché sur ton pognon pour se barrer avec lui. Arrête de te voiler la face.

Une expression glaciale se peignit sur les traits de Julia.

— Elle a envie de nous revoir, dit-elle. Je viens d'avoir Andrew au téléphone, il me l'a dit lui-même. Ils viendront tous les deux et j'exige que tu sois présent.

— Elle est enfin remise de son accident ?

Julia recentra la bague de fiançailles en émeraudes et diamants qu'elle ne quittait jamais, bien que son mari soit mort depuis de nombreuses années. Ces pierres précieuses n'étaient pas un symbole d'amour, Bret en était persuadé. Elles n'étaient que l'un des signes extérieurs de richesse que sa mère affectionnait tant.

— Elle est encore faible, paraît-il, répondit Julia, mais Andrew dit que c'est normal. Il n'a pas voulu me la passer. Dieu sait quel calvaire il lui a fait subir, ces six derniers mois…

Bret scruta le visage de sa mère. Elle avait toujours considéré la belle Alison comme une enfant prodige. Sans doute avait-elle placé tous ses espoirs en elle, mais s'était-elle jamais souciée de son bonheur ? Et, après des années de brouille, pour quelle raison désirait-elle subitement réparer les pots cassés ?

— Je serai là, déclara Bret. Tu es contente ? Je peux reprendre ma sieste, maintenant ?

Julia jeta un coup d'œil à sa montre.

— Tu n'avais pas un rendez-vous, ce matin ?

— Pour un job dans le marketing. Je n'y suis pas allé parce que je n'y connais rien en marketing.

— Tu ne connais rien à rien, mon pauvre ! rétorqua

Julia en faisant inconsciemment tourner sa bague autour de son majeur. C'est une honte.

— Une honte pour qui ? Je n'ai pas honte, moi.

— C'est bien ce qui me chagrine, répliqua-t-elle d'un air indifférent.

En ricanant, il alluma une cigarette. Elle tourna les talons et s'éloigna. Il simula une quinte de toux, mais elle ne daigna pas se retourner. Il pourrait crever d'un cancer du poumon qu'elle ne s'en apercevrait même pas, à moins qu'il ne crache du sang sur les tapis du salon !

Il s'assit sur le hamac et lui imprima un léger balancement. Puis il ébouriffa ses cheveux blonds. Il se donnait un mal fou pour paraître négligé, mais en dépit de ses efforts il était aussi parfait qu'elle. Tous les membres de la famille ressemblaient à des mannequins. D'ailleurs, les seuls petits boulots que Bret parvenait à décrocher n'étaient autres que des séances photo pour les campagnes publicitaires de prêt-à-porter de luxe.

Un minable, voilà ce qu'il était. Pourquoi diable ne parvenait-il pas à prendre son courage à deux mains, faire ses valises et foutre le camp ? Il se nécrosait, ici. Les mouches lui tournaient déjà autour de la tête.

— Et merde ! grommela-t-il en se rallongeant.

Sa sœur allait donc revenir. Elle aussi devait avoir une idée derrière la tête. Il la connaissait, même s'ils n'avaient jamais partagé grand-chose. Et son mari, que cherchait-il ? Car lui non plus n'était pas clair. Bret n'avait jamais défendu Andrew que pour s'opposer à sa mère…

En tout cas, Julia pouvait compter sur sa présence. Il était curieux de revoir Alison, lui aussi.

— Alison, la voiture est là. Tu es prête ? lança Andrew depuis le bas de l'escalier.

En sous-vêtements de dentelle blanche, debout devant le miroir de son dressing, elle observait ses côtes saillantes, ses épaules anguleuses et ses jambes maigres.

Elle-même avait du mal à se regarder. Comment sa famille réagirait-elle en la voyant ? Les chirurgiens avaient accompli un miracle. Ses cicatrices se devinaient à peine et son visage était remarquablement naturel, même si certaines zones demeuraient encore insensibles. Mais son sourire avait quelque chose de bizarre. Ce qui n'avait guère d'importance… Elle souriait si rarement.

Elle se passa un doigt sur l'arête du nez, puis sur les lèvres. Elle ressemblait trait pour trait à la jeune femme dont Andrew avait remis les photos aux chirurgiens. Mais ce n'était qu'une illusion. Elle n'était qu'une créature créée de toutes pièces, une version féminine et moderne de Frankenstein. Un monstre, voilà ce qu'elle était. D'ailleurs, c'était ce qu'elle lisait bien souvent dans le regard d'Andrew.

— Alison ? Le chauffeur peut monter chercher tes bagages ?

Ses sacs gisaient sur le plancher, vides. Et elle n'était même pas habillée. Depuis une heure, elle se demandait ce qu'elle devait emporter.

Les placards étaient pleins à craquer, mais sur son corps décharné chaque vêtement ressemblait à un sac. Même les chaussures étaient trop grandes. Elle s'efforça de se concentrer sur les tenues rangées par couleur, style et saison. Et brusquement sa vision se brouilla.

— Alison, tu n'y arrives pas ?

Elle pivota sur ses talons. Andrew se tenait derrière elle, une lueur de compassion dans le regard. Force lui était d'admettre qu'il s'était mis en quatre pour adoucir l'épreuve que représentait ce voyage. Il avait même réservé un jet privé afin de lui épargner la fatigue des files d'attente et des contrôles dans les aéroports.

Elle évita de le regarder dans les yeux. Elle n'aimait pas sa pitié. Alors qu'il était sur le point d'entamer une procédure de divorce avant l'accident, tout le monde pensait maintenant qu'ils essayaient de repartir sur de nouvelles bases. Or, c'était absolument faux.

— Je... je n'arrive pas à faire mes bagages, bredouilla-t-elle avec un petit rire gêné.

— Je vais t'aider. Tu finis de t'habiller ?

— Oui. Tu sais ce que je dois emporter ?

Un sourire ironique étira les lèvres d'Andrew.

— Ne t'inquiète pas. Habille-toi. Je m'occupe de tes bagages.

Il posa les mains sur ses épaules, un geste qui se voulait rassurant. Elle frémit à son contact.

— Ça va être difficile, murmura-t-elle.

— Ne t'en fais pas, tout se passera bien.

Sa condescendance lui devenait de plus en plus insupportable. Il la coachait comme il devait le faire avec les starlettes de son écurie. A force de l'entendre répéter sans cesse les mêmes choses, elle connaissait son laïus par cœur. « Tu souffres d'amnésie transitoire. C'est normal que tu n'aies que des souvenirs fragmentaires de ton passé. Tu ne vas pas être soumise à un interrogatoire ni au détecteur de mensonges, tu n'as rien à craindre de personne. »

Il se baissa pour ramasser son kimono de soie blanche.

— Tu n'es plus tout à fait la même, dit-il. Mais ils sont au courant, je les ai prévenus.

Elle lui prit le peignoir des mains, l'enfila et noua la ceinture. Au fond, il se fichait royalement d'elle. S'il voulait retourner à Mirage Bay, c'était uniquement pour retrouver celui qui avait essayé de lui tendre un guet-apens.

— Alison, n'oublie pas que nous devons nous comporter comme un couple marié.

Elle le regarda dans le miroir. Il l'observait avec une expression protectrice.

— Un couple marié et uni, ajouta-t-il.

Comment ? Comment allaient-ils donner le change ? Ni l'un ni l'autre n'était suffisamment bon comédien. Personne ne serait dupe.

Des larmes roulaient sur les joues de Julia, tandis qu'elle s'épilait le dessus de la lèvre supérieure. Chez l'esthéticienne, on faisait ça beaucoup plus rapidement, mais elle avait besoin de s'infliger ce supplice pour se calmer les nerfs. La douleur physique provoquait une sécrétion d'endorphines qui pouvait devenir addictive, avait-elle lu quelque part. Il y avait toutefois peu de risques qu'elle développe des tendances masochistes. Non, cette obsession de l'épilation, elle l'avait héritée de sa mère.

Dès le plus jeune âge, celle-ci avait été une féministe engagée et une militante active pour les droits de l'homme. Eleanor Driscoll se croyait chargée de défendre tous les opprimés de la Terre. Elle avait pour valeurs le dévouement et l'abnégation, et elle n'était pas plus indulgente envers elle-même qu'envers les autres. Alcool, tabac et fornication représentaient à ses yeux trois vices inadmissibles. A son grand désespoir, Julia, sa fille unique, incarnait tout ce qu'elle abhorrait.

— *Mea culpa*, murmura Julia.

A quarante-neuf ans, elle était encore rongée par le remords, et elle le serait sûrement jusqu'au jour de sa mort. Heureusement, seuls sa mère et son dévoué mari étaient au courant de ses errements de jeunesse et ils avaient emporté leurs secrets dans la tombe. Elle avait tenté de faire pénitence en menant une vie exemplaire… jusqu'à très récemment. Elle avait élevé ses deux enfants et était devenue un pilier de sa communauté, comme tous les Fairmont et les Driscoll avant elle. Mais rien de tout ce qu'elle avait accompli ne rachèterait jamais ses péchés.

Oui, elle était coupable d'un crime impardonnable. En colère, aussi, et pas seulement contre elle-même. Contre ceux qui l'avaient trahie. L'épilation assouvissait quelque peu cette fureur. Parfois, elle avait envie d'arracher tous les poils de son corps. Elle se vengeait ainsi des infidèles qui lui avaient brisé le cœur quand elle avait encore un cœur à briser. Ce rituel avait quelque chose de libérateur.

Avec un soupir, elle posa sa pince à épiler et étudia son reflet dans le miroir. Etait-ce de la couperose qui apparaissait sur sa joue ? Elle jeta rageusement le miroir sur le plateau de granit de sa coiffeuse. A force de rester assise dans une position aussi tendue, elle avait la migraine.

De surcroît, sa fille et son gendre allaient arriver dans quelques heures et elle n'était pas prête.

Dans son dressing, sa robe de soie noire était exposée sur un mannequin de couturière. Elle alla en admirer la coupe sobre et élégante, qui mettrait en valeur sa broche et ses pendants d'oreilles en diamant.

Elle attendait la soirée avec impatience et appréhension. Andrew l'avait prévenue qu'Alison n'était plus la même. Julia ne pouvait toutefois l'imaginer autrement que telle qu'elle l'avait vue pour la dernière fois, quelques années plus tôt : gracieuse et insouciante, d'une beauté lumineuse, presque surnaturelle. Son rêve aurait été de l'enfermer dans une capsule temporelle afin qu'elle demeure à jamais une jolie et naïve débutante.

Un fantasme maternel qui comportait sa part d'égoïsme, mais aussi le désir de préserver sa fille des dangers du monde extérieur, de la protéger notamment des prédateurs tels qu'Andrew Villard.

Julia n'avait jamais compris pourquoi Alison s'était jetée à la tête de cet homme. Croyait-elle vraiment qu'il la propulserait au rang d'idole des foules ? Julia, elle, avait toujours su qu'il ne ferait rien pour l'aider. Son gendre ne lui avait jamais inspiré que de la méfiance. Et aujourd'hui plus que jamais. Après l'« accident » d'Alison, elle avait engagé un détective privé, et l'enquête qu'il avait menée à propos d'Andrew avait fait le jour sur des éléments pour le moins troublants…

Tout en s'habillant, Julia ne pouvait s'empêcher de se demander ce qu'Eleanor aurait pensé de ces étranges retrouvailles avec sa fille. Elle avait été emportée par un infarctus foudroyant, mais elle avait vécu suffisamment longtemps pour être témoin de l'affront qu'Alison avait infligé à Julia en épousant contre son gré un impresario au passé tumultueux.

Eleanor avait imputé ce désastre à la mauvaise éducation que Julia avait donnée à ses enfants. Elle avait même menacé d'invoquer la clause de moralité figurant sur son testament afin de déshériter sa petite-fille. Comme elle avait déshérité sa fille. Toutefois, les notaires de la famille n'avaient jamais reçu aucune consigne en ce sens. En principe, donc, à son vingt-huitième anniversaire, Alison devait toucher la coquette somme de cinquante millions de dollars. Une petite fortune placée sur un fonds en fidéicommis géré par un cabinet de notaires, sur laquelle Julia avait dû faire une croix.

— Tu étais tout de même une sacrée garce, maman, marmonna Julia. Et je suis en train de devenir pire que toi. Tu dois être fière.

Dieu merci, Julia n'avait jamais eu besoin de cet argent. Son mari, Grant Fairmont, qui était extrêmement riche, lui avait légué tout ce qu'il possédait. Néanmoins, elle enrageait de verser des honoraires exorbitants à des juristes qui ne faisaient rien de plus que tenir sous clé l'argent de la famille. C'est pourquoi elle était résolue à mettre un terme à cette situation stupide.

Et tant pis, si Eleanor se retournait dans sa tombe.

# 4.

— Qu'as-tu fait à tes cheveux ? s'écria Julia en dévisageant sa fille avec un regard horrifié.

Alison saisit la main d'Andrew. Cette femme l'avait toujours terrifiée. Pas un bonjour, pas un baiser… Certes, des effusions l'auraient mise mal à l'aise, mais elle s'attendait tout de même à un accueil plus chaleureux.

— On m'a rasé le crâne à l'hôpital, expliqua-t-elle. Et mes cheveux ont repoussé comme ça, plus foncés.

— Toi qui étais blonde comme les blés…, se lamenta Julia.

— Comme les blés, peut-être pas. Je les éclaircissais.

— Tu devrais continuer.

Alison et Andrew se tenaient sur le seuil de Sea Clouds, entre les imposantes colonnes de marbre qui encadraient le perron de la villa, et Julia ne faisait aucun geste pour les inviter à entrer.

Vêtue d'une robe sans manches de soie noire, ses cheveux noirs coupés au carré, elle avait de l'allure. Mais elle était trop maquillée, et le Botox donnait l'impression qu'elle était affublée d'un masque.

— Tu n'aimes vraiment pas ma nouvelle couleur ? lui demanda Alison.

— Ce n'est pas ça, mais… mais ça fait un peu trop *popstar*. Ce n'est pas du tout ton style.

Julia se tourna vers Andrew et le fusilla du regard, comme s'il était responsable de l'apparence de sa fille.

— Oh, votre fille et son mari sont arrivés !

Une jeune femme au visage rond et enfantin, tout sourires, apparut au côté de Julia et tendit la main à Alison.

— Rebecca, l'assistante de votre maman, se présenta-t-elle. Enchantée de faire votre connaissance. Vous avez fait bon voyage ?

Voyant qu'Alison demeurait sans réaction, Andrew s'avança et lui serra la main.

— Andrew Villard. Oui, nous avons fait un excellent voyage, je vous remercie.

Exactement ce qu'avait redouté Alison. Terrorisée, elle se comportait comme une sauvage. Elle salua Rebecca d'un petit signe de la tête.

— Entrez, vous devez être épuisés, leur dit la jeune femme après avoir chuchoté quelque chose à l'oreille de Julia.

Et elle les entraîna dans le hall d'entrée de marbre rose.

— Vos valises sont dans la voiture ? J'irai les chercher tout à l'heure. Vous voulez boire quelque chose ? Une citronnade ? Un verre de vin ? Il fait une telle chaleur, aujourd'hui.

— Ne vous dérangez pas, répondit Alison, nous avons bu un thé glacé à l'aéroport.

— Rebecca va déballer vos bagages, si vous voulez, déclara Julia.

— C'est très gentil, mais je vais m'en occuper, répondit Andrew en jetant un coup d'œil à Alison. Si c'est possible, nous aimerions d'abord faire un brin de toilette.

— Bien sûr, acquiesça Julia. Rebecca, accompagne-les à leur chambre, tu veux bien ? Celle du premier, avec vue sur les montagnes.

— Oh, Julia, vous avez oublié que j'ai préparé la chambre d'amis qui donne sur la mer ?

— Pas du tout, répliqua froidement Julia. Mais je suis sûre qu'ils préfèrent être côté montagnes. Monte avec eux, s'il te plaît.

Ils n'étaient pas là depuis cinq minutes que, déjà, Julia leur faisait ostensiblement comprendre qu'ils ne méritaient pas d'être traités comme des hôtes de marque, songea Alison. Incroyable !

— Nous prendrons l'apéritif à 19 heures sur la terrasse, ajouta Julia. Comme d'habitude, tu te souviens, Alison, n'est-ce pas ?

Elle hocha faiblement la tête, les oreilles bourdonnantes des hurlements des vieux démons. Elle n'avait qu'une envie : prendre ses jambes à son cou.

— C'est horrible, murmura-t-elle, se parlant plus à elle-même qu'à Andrew. Elle ressemble à un mannequin de cire. Elle a toujours été comme ça ?

Rebecca venait de les quitter en leur rappelant joyeusement que des cocktails seraient servis sur la terrasse avant le dîner. Alison la trouvait aimable, peut-être un peu expansive, mais qui n'eût pas paru expansif au côté de la glaciale Julia Fairmont ?

Attenante à un petit salon privé, la chambre d'amis était dotée d'un immense balcon bordé d'une balustrade en fer forgé. Avec son élégant mobilier de rotin et ses palmiers en pots, Alison la trouvait magnifique et, Dieu merci, reposante.

— Tu crois qu'elle a changé d'avis ? lança-t-elle à Andrew. Qu'elle n'a plus envie de nous voir ?

— Non, répondit-il. Elle avait de bonnes raisons de nous inviter. Comme nous avions les nôtres d'accepter son invitation. Tu n'as tout de même pas oublié à quoi ressemble ta mère ? Nous avons longuement regardé tous tes albums photos.

— Je sais très bien comment elle est. Et justement, je trouve qu'elle a changé. Tu ne trouves pas, toi ?

— C'est toi qui as changé. Tu as vu la tête qu'elle a faite à cause de tes cheveux ? J'ai cru qu'elle allait faire une syncope.

En riant, Andrew souleva l'une des carafes de cristal qui se trouvaient sur le bar roulant en cuir et cuivre, probablement une antiquité hors de prix.

— Je te sers une goutte de sherry ? Ça te calmera.

— Brrr, quelle horreur ! Non, sans façon.

Alison s'assit sur le bord d'une méridienne de rotin et tenta de se remémorer tout ce qu'Andrew lui avait dit de sa mère. Julia Fairmont n'avait jamais travaillé, mais elle se consacrait depuis de nombreuses années à collecter des fonds pour diverses œuvres de bienfaisance. Elle était allergique aux chats mais elle aimait bien les chiens, et elle avait une profonde aversion pour la couleur rouge. Elle écoutait de la musique classique et adorait les émissions de télé-réalité. Elle ne supportait pas les cris d'enfant, encore moins les pleurs de bébé, qui la rendaient comme folle.

Andrew lui avait donné beaucoup plus de détails, mais le stress créait comme un épais brouillard dans l'esprit d'Alison.

— Elle a toujours cet air de statue ? demanda-t-elle. On dirait qu'elle n'est pas réelle, que c'est elle qui a subi une opération de chirurgie esthétique.

Andrew ouvrit la bouche, mais elle ne lui laissa pas le temps de s'exprimer :

— Que faisons-nous ici ? Notre présence l'incommode, c'est évident. Elle se comporte comme si on était porteurs de la grippe aviaire.

Andrew leva les yeux de la flasque de scotch dont il examinait l'étiquette. Pour quelqu'un qui avait arrêté de boire, le bar semblait l'attirer comme un aimant…

— Tu sais pourquoi nous sommes ici, répondit-il sèchement.

Elle s'empressa d'embrayer sur un autre sujet.

— J'aime bien cette chambre, dit-elle. Mais la maison est si grande que j'ai peur de m'y perdre. Je ne sais même pas si je serais capable de retrouver mon chemin jusqu'à la porte d'entrée.

— Julia m'a dit au téléphone que tu ne reconnaîtrais pas

la villa. Elle l'a entièrement fait refaire depuis ton départ. J'avais oublié de te le dire, je suis désolé.

Comme pour s'excuser, il lui tendit un verre empli d'un liquide rose pâle qu'elle huma avant de goûter. Un vin pétillant aromatisé à la framboise.

— Elle est dans ses petits souliers, elle aussi, poursuivit-il. Ce qui est compréhensible.

— Absolument. Mais je n'arrive pas à comprendre pourquoi elle voulait tant me revoir, après toutes ces années. Est-elle curieuse de savoir la vie que je mène ? Est-ce qu'elle veut que je lui signe une déclaration écrite comme quoi je renonce définitivement à mon héritage ?

— Tu ferais ça ? Cet argent t'appartient. Tu as décrété en m'épousant que tu n'en voulais pas, mais tu es libre de revenir sur ces paroles.

— Pour raviver les hostilités ? Sûrement pas.

Andrew souhaitait-elle qu'elle réclame le legs de sa grand-mère ? Etait-ce pour cette raison qu'il l'avait poussée à accepter l'invitation de Julia ?

Alison boutonna son cardigan, de façon à cacher les plaques rouges qui lui marbraient le cou quand elle était nerveuse.

— Parlons d'autre chose, déclara-t-elle.

Andrew s'agenouilla auprès de la méridienne.

— Alison, ta mère a failli te perdre. Elle ne t'a pas vue depuis des années. Sois un peu indulgente avec elle.

— Elle nous a invités. Elle pourrait au moins faire l'effort d'être polie.

Alison porta une main à son visage.

— Est-ce que je suis si affreuse que ça ?

— Tu es superbe. Peut-être qu'elle est jalouse.

Superbe ? Elle sentit ses joues s'enflammer. Dans cinq minutes, elle serait violacée, si Andrew se mettait lui aussi à lui causer des émotions… Depuis l'accident, hormis un compliment occasionnel sur sa coiffure ou sa tenue vestimentaire, il ne lui avait donné aucune raison de penser qu'il la trouvait attirante. Au contraire, elle avait l'impression de le rebuter. Et voilà que, soudain, il employait un adjectif des plus flatteurs. Alors que Julia, qui avait toujours tiré une immense fierté de la beauté de sa fille, la traitait maintenant comme une lépreuse. Comment ne pas être désorientée ?

Andrew se redressa et enleva sa veste de lin. Fugitivement, elle le revit tel qu'elle l'avait vu pour la première fois : à la proue du *Bladerunner*, en pull de coton blanc qui mettait son bronzage en valeur. C'étaient ses yeux noirs qui l'avaient fait craquer, elle s'en souvenait parfaitement.

— Si tu veux te reposer un moment, je peux déballer tes affaires, suggéra-t-il.

Elle jeta un coup d'œil vers le lit aux montants de laiton, surmonté d'une moustiquaire de tulle. Il était immense, mais la perspective de le partager avec Andrew la remplissait d'appréhension.

— Je vais m'allonger cinq minutes, acquiesça-t-elle, mais je m'occuperai moi-même de mes sacs.

Il s'approcha d'elle et sortit quelque chose de la poche de son pantalon.

— Tiens, c'est pour toi, dit-il en lui tendant un petit écrin de velours noir.

Elle en souleva le couvercle, et découvrit les boucles d'oreilles les plus somptueuses qu'elle ait jamais vues. Deux diamants roses taille émeraude, sertis d'éclats de diamant jaune pâle, qui jetaient des éclairs éblouissants.

— En quel honneur ? demanda-t-elle en levant les yeux.

— Tu adorais les diamants. Tu pourrais les porter ce soir pour le dîner.

— Elles sont magnifiques.

— Comme toi, Alison.

Il plongea son regard dans le sien. Elle sentit son pouls s'accélérer.

— Tu te rappelles ? poursuivit-il. Souvent, au lit, tu ne gardais que tes diamants.

Une vague de chaleur lui monta aux joues.

— Non, je suis amnésique, je ne me souviens pas, répliqua-t-elle en posant brusquement l'écrin sur la méridienne, signifiant clairement par son geste qu'elle ne voulait pas de ce cadeau. Qu'elle ne voulait pas qu'Andrew la façonne à son idée, jusqu'à lui imposer les bijoux qu'il désirait qu'elle porte.

— Elles sont à toi, dit-il sur un ton désinvolte. Bon, je vais me doucher, si ça ne t'ennuie pas. Je n'en aurai pas pour longtemps. Ensuite, la salle de bains sera à toi.

Le cœur tambourinant, elle le regarda ouvrir sa valise et en retirer son nécessaire de toilette. Où allait-il se déshabiller ? s'interrogea-t-elle. Et elle, où se changerait-elle ? Elle n'avait pas vu de dressing-room.

— Je vais mettre mon costume sur un cintre pour le défroisser, dit-il. Tu veux que je sorte ta robe ?

Elle opina de la tête. Evidemment, il savait quelle robe elle allait porter ce soir. C'était lui qui avait choisi tous les vêtements pliés dans ses bagages. Elle regrettait à présent de ne pas les avoir faits elle-même.

Il ouvrit son sac de voyage, en sortit une robe-fourreau mi-longue de jersey noir, la lissa du plat de la main et l'étala sur le lit. Puis il disparut dans la salle de bains.

Avec un soupir de soulagement, elle chercha son mobile dans son sac à main et composa le numéro qu'elle essayait de joindre depuis des jours. Toujours pas de réponse.

La gorge nouée, elle s'allongea sur la méridienne. Depuis l'accident, elle trouvait refuge dans le sommeil, mais elle ne pouvait pas se permettre de prendre un comprimé maintenant. Elle ne se réveillerait jamais à temps pour le dîner.

Dans la salle de bains, le jet de la douche se mit à crépiter. Andrew avait laissé la porte entrouverte, probablement pour éviter la condensation de vapeur, et elle ne pouvait s'empêcher de jeter des coups d'œil dans l'entrebâillement, bien qu'elle ne vît que le lavabo et le miroir.

Quelques minutes plus tard, l'eau cessa de couler et Andrew apparut, une serviette blanche nouée autour des hanches. Devant le lavabo, il se savonna les joues et commença à se raser. Il avait des bras incroyablement sexy, aux muscles bien dessinés qui roulaient sous sa peau hâlée.

Elle ferma les yeux. Les souvenirs affluèrent. Elle se rappelait comme si c'était hier comment elle était tombée amoureuse de lui, ce héros qu'elle adulait sans oser l'approcher, persuadée qu'il ne s'intéresserait jamais à elle.

Qui était réellement cet homme quasi nu qui se rasait à quelques pas d'elle ? Un être presque divin, comme elle l'avait cru dans sa jeunesse, ou un dangereux psychopathe qui avait froidement tué sa première femme ?

Il lui inspirait des émotions tellement contradictoires… de répulsion et d'attirance tout à la fois. Il avait incarné un rêve, autrefois. Et cela, elle ne pouvait l'oublier.

Tony Bogart inscrivit son nom dans le registre du motel. Il n'avait aucune raison de cacher sa présence à Mirage Bay. Au contraire, il voulait que tout le monde sache qu'il était revenu élucider le meurtre de son frère.

— Comme vous m'êtes sympathique, je vous donne une chambre avec vue partielle sur la mer, lui dit la réceptionniste, une femme d'un certain âge excessivement fardée, en lui tendant un porte-clés de cuivre vieillot.

Une chanson disco s'échappait à faible volume d'un poste de radio posé sur un placard en métal rouillé.

— Ça vous ira ?

Elle lui décocha un sourire qui révéla une dent manquante sur le côté de sa mâchoire supérieure. Attendait-elle un pourboire ? Tony avait horreur des gens obséquieux et, encore plus, des roublards.

— J'ai bossé ici quand j'étais jeune, dit-il. Toutes les

chambres ont au moins une vue partielle. La plupart ont pleine vue sur l'océan.

— Ah, bon ? Vous avez travaillé au Sand Castle ?

La réceptionniste retourna le registre afin de lire son nom. Puis elle releva la tête et observa son client en fronçant les sourcils.

— Vous êtes parent avec Vern Bogart ? J'étais dans la même classe que lui, au lycée.

— Je suis son fils.

— Votre père était un très beau garçon. Un grand brun aux cheveux coupés en brosse, comme vous, avec une belle petite paire de fesses. Qu'est-ce qu'il devient ? Il doit être grand-père à l'heure qu'il est. Vous êtes marié ?

Cette ruine avait le culot de le draguer… Tony se garda cependant de l'envoyer sur les roses. Elle vivait dans le coin depuis longtemps, apparemment. Elle pourrait peut-être lui être utile.

— Mon père a déménagé il y a quelques mois, dit-il, après la mort de mon frère, Butch.

— Butch Bogart ? Ce jeune qui s'est empalé sur une fourche ? C'était votre frère ? Ça alors ! C'est arrivé l'hiver dernier, n'est-ce pas ? On ne parlait plus que de ça, en ville.

— Il ne s'est pas empalé, précisa Tony, il a été tué de dix-sept coups de fourche.

— Oh, mon Dieu, c'est terrible. Excusez-moi, je suis désolée. Pauvre Vern, ç'a dû lui ficher un coup…

— Ouais, mais la vie continue.

— Est-ce qu'on a arrêté l'assassin ? Maintenant que vous

me le dites, il me semble que j'ai entendu dire que c'était cette fille, cette… Marnie… Marnie comment, déjà ? Son nom m'échappe. Elle a disparu juste après, je crois. Est-ce qu'on l'a retrouvée ?

— Toujours pas.

Comme la police locale, Tony avait longtemps tenu Marnie Hazelton pour le suspect numéro un, mais son indicateur anonyme avait ébranlé toutes ses certitudes. Néanmoins, même s'il était sur une autre piste, il avait l'intention de se lancer à sa recherche.

En février, après la mort de son frère, il avait rendu visite à Josephine Hazelton, la vieille folle qui vendait du bric-à-brac sur le marché aux puces et avait élevé Marnie. Il avait eu le sentiment qu'elle en savait davantage qu'elle ne voulait le dire. Il n'avait pas voulu la brusquer, mais il était bien décidé à l'interroger de nouveau.

— Vous transmettrez mes amitiés à votre père, roucoula la réceptionniste. Vous avez toujours votre maman ?

— Ma mère est décédée il y a vingt ans, répondit Tony sèchement. Mais ne vous faites pas d'illusions, mon père ne cherche pas à se remarier.

Vernon Bogart était un ours. Il aurait envoyé promener cette dinde depuis belle lurette. Il n'avait jamais aimé que la pêche à la mouche. Les femmes l'exaspéraient. Il trouvait qu'elles parlaient trop. « Toutes les mêmes, bonnes qu'à jacasser et à pleurnicher », disait-il.

La réceptionniste éteignit la radio.

— Je me demande si j'ai connu votre maman, dit-elle. Elle devait être à l'école avec nous, elle aussi.

— Occupez-vous de vos oignons ! rétorqua Tony en abattant son poing sur le comptoir.

Son interlocutrice recula d'un pas.

— Excusez-moi, bredouilla-t-elle d'un air penaud. Je ne voulais pas vous contrarier.

Il exhiba son badge du FBI.

— Il n'y a pas de mal, grommela-t-il. Tout se passera bien entre nous, pourvu que j'aie des draps propres tous les jours. Et à condition que vous ne parliez plus de ma mère.

# 5.

Alison se brossait les dents, lorsque la voix d'Andrew lui parvint à travers la porte de la salle de bains :

— Tu pourrais m'aider, s'il te plaît ? Je n'arrive pas à mettre mon épingle de cravate.

— Une minute, gargouilla-t-elle en se rinçant la bouche.

A la hâte, elle enfila sa robe. La porte s'ouvrit avant qu'elle n'ait pu en boutonner le dos.

— Tu as besoin de quelque chose ? demanda-t-elle en ajustant les brides sur ses épaules.

— Tu veux que je t'aide à fermer ta robe ?

— Je voudrais surtout que tu respectes mon intimité, répliqua-t-elle.

— Excuse-moi, j'ai cru que tu m'avais dit d'entrer.

Elle soupira bruyamment.

— Bon, dis-moi ce que tu veux, que je finisse de me préparer.

Il lui montra sa pince à cravate en onyx, accrochée de travers sur sa cravate à rayures diagonales blanches et chocolat.

— Je n'arrive pas à la mettre comme il faut. Les rayures me font loucher.

— C'est moi qui t'ai offert cette cravate ?

— Non, c'est un cadeau, mais ce n'est pas toi qui me l'as offerte.

— Ouf, murmura-t-elle. Je craignais d'avoir vraiment mauvais goût.

— Elle est si moche que ça ? s'indigna Andrew en riant.

Elle redressa la pince et recula d'un pas.

— Voilà, parfait.

En blazer et pantalon beiges, il avait une classe folle, comme à l'accoutumée. A la fois chic et décontracté. Elle scruta ses yeux noirs, en se demandant une fois de plus quelle âme abritait ce regard insondable.

Puis elle redressa les épaules, consciente que sa robe bâillait dans le dos.

— Laisse-moi t'aider à la boutonner, dit-il.

— Non, je te remercie, j'y arriverai moi-même.

— Ne sois pas ridicule. Tourne-toi.

Elle s'exécuta, et se contracta en sentant les doigts d'Andrew contre sa peau. Dans le rôle du chevalier servant, il était parfait, à cet instant précis. Mais pourquoi se donnait-il tout ce mal, alors que personne n'était témoin de la scène et que, la veille encore, il la regardait comme si elle le dégoûtait ?

Une fois la robe boutonnée, il décrocha la ceinture dorée accrochée au portemanteau.

— Ce n'est pas toi qui m'as acheté cette cravate, mais

c'est moi qui t'ai offert cette robe, dit-il en lui effleurant les cheveux.

Elle se raidit.

— Non, murmura-t-elle.

— Comment ça, non ?

— Ne m'embrasse pas, n'y songe même pas.

Il la considéra avec une expression incrédule qui se mua peu à peu en sourire.

— J'avoue que l'idée m'a traversé l'esprit, dit-il.

— Ne t'en avise pas, ou je te colle mon genou entre les jambes.

Le regard d'Andrew se durcit. Il laissa tomber la ceinture sur le sol.

— Alison, qu'est-ce qui te prend, bon sang?

Elle s'appuya contre le lavabo. Ce petit jeu du couple amoureux était au-delà de ses forces. Et qu'Andrew puisse s'y prêter avec autant de facilité la hérissait de rage. Il semblait prendre ce manège à la légère, alors qu'elle en était profondément affectée.

— J'ai accepté de venir ici avec toi, dit-elle, mais je refuse toute familiarité excessive.

Il hocha lentement la tête, comme s'il commençait juste à comprendre certaines choses.

— Tu ne veux pas que je t'approche, c'est ça?

— Ça doit changer tes habitudes, hein ? rétorqua-t-elle. J'imagine que la plupart des femmes ne sont que trop heureuses que tu t'intéresses à elles.

— Seigneur, Alison... J'essaye seulement de te comprendre.

— Ne te vexe pas. Réglons au plus vite ce que nous avons à régler ici et allons-nous-en. Je ne me sens pas bien, ici.

— O.K., c'est toi qui commandes, répondit-il en quittant la pièce.

Elle ferma la porte derrière lui, en regrettant déjà d'avoir été aussi brutale.

Il était 7 h 5 lorsque Alison et Andrew firent leur apparition sur la terrasse. A l'horizon, le soleil se couchait sur l'océan.

Des fougères et des bananiers en pots étaient disposés entre les meubles de jardin en fer forgé. Une fontaine jaillissait d'une vasque en mosaïque bleu et vert. Etait-elle censée se souvenir de ce cadre magnifique ? s'interrogea Alison. Ou bien la terrasse avait-elle été réaménagée ?

Seule Rebecca était là pour les accueillir. Elle paraissait nerveuse.

— Julia aura un peu de retard, déclara-t-elle. Je vous sers un *pisco sour* ? Nous dégusterons des spécialités péruviennes pour le dîner, ce soir.

— Sans alcool pour moi, réclama Andrew.

Rebecca le considéra avec un air étonné, mais il ne jugea pas utile de se justifier.

— Un double pour moi, demanda Alison, se surprenant elle-même.

Rebecca leur désigna une petite table au plateau de granit couvert d'assiettes de *ceviche*, de moules, de fruits de mer, et de ramequins de sauces colorées.

— Servez-vous, dit-elle en se dirigeant vers le bar.

Andrew demeura immobile. Alison s'approcha des

amuse-gueules. Ils n'avaient pas échangé un mot depuis leur discussion dans la salle de bains, revenant ainsi à ce qui était la norme dans leur relation : la loi du silence.

Alison goûta une minibrochette de mérou braisé à la sauce épicée qui lui fit monter les larmes aux yeux.

— La terrasse vous plaît ? s'enquit Rebecca.

— Elle est superbe, répondit Alison en examinant une sculpture métallique représentant un héron plus haut qu'elle. J'adore cette sculpture. Savez-vous où ma mère l'a trouvée ?

Rebecca parut gênée.

— Elle est ici depuis des années. Il me semble qu'il s'agit d'un héritage.

Alison se mordit la lèvre.

— Suis-je bête ! Il faut dire que la maison a tellement changé…

Andrew se posta de l'autre côté de l'œuvre d'art.

— Julia collectionne les objets orientaux en forme d'échassier, si ma mémoire est bonne…

— Tout à fait, acquiesça Rebecca. Comme sa mère.

— Comment ai-je pu oublier une chose pareille ? bredouilla Alison avec un sourire embarrassé.

— C'est normal, je suppose, après le traumatisme dont vous avez souffert, répondit Rebecca sur un ton qui se voulait rassurant.

— L'amnésie d'Alison n'est que transitoire, intervint Andrew. Les médecins pensent qu'elle recouvrera bientôt la mémoire.

Un rire sarcastique résonna derrière eux.

— Pratique, hein…

Bret apparut sur la terrasse, les cheveux en bataille, en veste mal repassée. Effet de style ou laisser-aller ? se demanda Alison en l'observant. Il lui adressa un clin d'œil.

— Oh, regardez ce que la marée a apporté… Ma chère sœur… Rebecca, tu me sers un verre ?

Sa plaisanterie d'un goût douteux produisit une onde de choc. Alison et Andrew demeurèrent silencieux. Rebecca semblait paralysée. En titubant légèrement, Bret s'appuya contre le chambranle des baies vitrées du salon.

— Toi qui n'as pas perdu la mémoire, tu dois te souvenir de moi, dit enfin Andrew en s'approchant de lui et en lui tendant la main. Je suis le gars qu'elle a épousé.

Rebecca reprit sa contenance et s'empressa de préparer un nouveau cocktail. Bret regardait la main d'Andrew sans faire mine de la lui serrer. Andrew lui donna une claque sur l'épaule, amicale mais vigoureuse.

— « Pratique », disais-tu, mais tu n'as pas fini ta phrase…

Une lueur mauvaise s'alluma dans le regard de Bret.

— Ouais… Ça doit bien l'arranger de ne plus se souvenir de rien.

Alison porta son verre à ses lèvres. L'amertume du citron vert mariée à la double dose d'eau-de-vie de raisin lui arracha une grimace. Il était évident que Bret la haïssait. Et, pour ne rien arranger, il était éméché. Pathétique. Il n'y avait jamais eu aucune tendresse, aucune complicité entre le frère et la sœur. Comment l'appelait-il, déjà, quand ils étaient gamins ? « Aliconne »…

— Ah, tout le monde est là. Formidable !

Alison se retourna. Sa mère semblait de meilleure humeur. Elle s'était changée et portait à présent une robe de soie rose et turquoise.

— Excusez-moi de vous avoir fait attendre. Tout le monde est servi ?

— Tout le monde sauf moi, lança Bret.

— Tu n'as pas déjà assez bu ? répliqua Julia sur un ton cassant. Assieds-toi et reprends tes esprits.

En la fusillant du regard, Bret prit place sur un fauteuil de jardin.

— Alison, tu es superbe, continua Julia. J'adore ta coiffure.

Alison avait relevé ses cheveux en chignon, dans l'espoir de faire meilleure impression auprès de sa mère. Manifestement, elle avait réussi. Elle échangea un regard avec Andrew. Le dragon de Mirage Bay essayait-il de se racheter ?

Julia s'approcha de sa fille et la serra dans ses bras. Alison eut un mouvement de surprise, puis s'exhorta à se détendre. Julia lui prit les mains. Elle dégageait des effluves de parfum raffiné, d'alcool aussi. Un sourire adoucissait son visage en lame de couteau, mais elle paraissait tout aussi mal à l'aise qu'Alison, ce qui réconforta quelque peu cette dernière. Sous ses dehors de femme à poigne, Julia Fairmont avait, elle aussi, ses faiblesses.

— Vous êtes splendide, vous aussi, ce soir, la complimenta Andrew en lui tendant la main.

Elle hésita un bref instant, puis la lui serra cordialement. A l'évidence, elle faisait un effort suprême pour se montrer avenante. Après tout, songea Alison, si chacun y mettait du sien, la situation serait peut-être moins tendue qu'elle ne l'avait redouté.

A peine assis, Bret se releva brusquement et disparut dans la maison. Ne fût-ce que parce qu'il défiait ouvertement sa mère, Alison éprouvait pour lui un soupçon de sympathie, même s'il jouait les trouble-fête.

— Voici, fit Rebecca en présentant à Julia un verre de *pisco sour* et un assortiment d'amuse-bouches sur une petite assiette. Goûtez les moules, vous me direz ce que vous en pensez.

Alison s'accouda à la balustrade de la terrasse et contempla les eaux saphir de la baie en contrebas. A marée haute, les vagues fouettaient les rocs à grand fracas, mais, ce soir, le Pacifique était une mer d'huile.

Son verre à la main, Julia vint se placer près d'elle. Les rayons du soleil couchant jouaient sur sa bague d'émeraudes et de diamants. Ses ongles étaient parfaitement manucurés.

— Quelle vue magnifique ! commenta Alison. Et la maison est encore plus belle que quand je l'ai quittée.

Julia haussa les épaules.

— J'ai fait faire quelques travaux, dit-elle. Il y en avait grand besoin. Les derniers remontaient à l'époque où vous étiez bébés, toi et Bret.

— Je ne m'en souviens pas. En tout cas, bravo, tu as su conserver le caractère de la villa tout en y apportant une touche très actuelle.

Alison s'exprimait avec circonspection, priant le ciel pour ne pas commettre d'impairs.

— Alison, regarde ce que j'ai trouvé !

Elle fit volte-face. Bret était revenu en brandissant deux cadres. Il semblait miraculeusement dégrisé. A la ronde, il montra la photo d'un phare juché sur un promontoire isolé.

— Tu te rappelles où c'était ? demanda-t-il à Alison.

Paniquée, elle coula un regard en direction d'Andrew. Il secoua discrètement la tête.

— Non, désolée, répondit-elle.

— Tu ne te rappelles pas ? insista Bret. Ah, oui ! c'est vrai que tu souffres d'amnésie transitoire...

Elle garda le silence. Il la provoquait, ce qui lui procurait un plaisir qui se lisait dans ses yeux. Il doutait de son amnésie et lui lançait des piques. Mais elle n'avait pas peur de lui ni de ses attaques.

— Fais voir, intervint Julia en prenant le cadre des mains de son fils.

Elle en retira la photo et lut la date inscrite au dos.

— Cette photo a été prise lors de *ton* voyage dans les îles Britanniques, Bret, déclara-t-elle. Celui que nous t'avons offert lorsque tu as eu ton diplôme universitaire. C'est moi-même qui ai noté la date et le lieu quand je l'ai fait encadrer. Présente des excuses à ta sœur. Elle ne risquait pas de savoir où c'était.

Alison se réjouit intérieurement de ne pas avoir hasardé une réponse. Bret haussa les épaules d'un air désinvolte.

— Pardon, grommela-t-il. Et celle-ci ? L'enfant prodige

n'a tout de même pas oublié son grand récital. Tu ne veux pas nous montrer si tu as fait des progrès ?

Il lui tendit une photo d'elle au piano quart-de-queue du grand salon. Elle devait avoir une quinzaine d'années et jouer *La Lettre à Elise*, le seul morceau qu'elle connaissait par cœur.

Une sensation étrange l'envahit, comme si son corps tout entier devenait aussi raide que son visage. Bret la testait, il n'y avait pas de doute. Julia poussa un soupir irrité.

— Bret, ta sœur a frôlé la mort, siffla-t-elle. Elle n'est pas là pour jouer du piano. Maintenant, donne-moi cette photo et cesse de la tourmenter.

— De toute façon, ça t'a toujours agacée de l'entendre jouer, riposta Bret en donnant le cadre à sa mère.

— Je n'ai pas dit ça !

— Mais si, tu n'arrêtais pas de lui répéter qu'elle n'avait aucun talent. Pas vrai, Alison ?

— Ça suffit, Bret ! trancha Julia.

Il marmonna encore quelque chose, mais Alison ne l'écoutait plus. Elle entra dans le salon et contempla le piano, le cœur battant, les oreilles bourdonnantes. Lorsqu'elle s'assit devant, sa vision se brouilla. Elle distinguait à peine les touches.

Elle positionna néanmoins ses doigts sur le clavier, et fit sonner quelques notes. Elle entendait la mélodie dans sa tête, mais ses articulations refusaient de se délier.

Elle ferma les yeux, se concentra. Son esprit était vide, complètement vide. De frustration, elle plaqua violemment un accord. Le son la fit grincer des dents. Et, soudain, ses mains se mirent à jouer, indépendamment de sa volonté *La Lettre à Elise*, ponctuée de quelques fausses notes, d'hésitations cassant le rythme.

Elle jouait mal, mais elle jouait. Et tout le monde s'était rassemblé autour d'elle pour l'écouter : Julia, Andrew, Rebecca, même Bret. A l'instar d'Andrew, tous applaudirent à la fin du morceau.

# 6.

Les yeux grands ouverts dans le noir, Alison ne parvenait pas à trouver le sommeil. A l'autre bout du lit, allongé sur le dos, Andrew ne bougeait pas, mais il ne dormait pas, lui non plus. Sa respiration irrégulière le trahissait.

Dieu merci, dans l'obscurité, il ne pouvait pas voir les plaques rouges qui avaient envahi sa gorge. Elle espérait qu'il n'entendait pas non plus les battements désordonnés de son cœur. Partager ce lit avec lui la mettait au supplice. La chaleur qui émanait de lui l'attirait comme un aimant, et elle devait lutter de toutes ses forces contre cette attraction, qu'elle n'aurait su expliquer.

En dépit de son agitation intérieure, elle finit toutefois par s'assoupir.

Il faisait encore nuit noire quand elle se réveilla. Inconsciemment, elle avait roulé vers le milieu du lit et avait effleuré le bras d'Andrew. Ils ouvrirent les yeux au même moment, et elle sut tout de suite ce qui allait se produire, bien qu'ils étaient convenus, lorsqu'ils avaient établi les conditions de leur arrangement, que leur relation demeurerait strictement platonique. Tant pis. Quand le jour se lèverait, ils feraient comme si de rien n'était. Ils se voileraient la face en essayant de se convaincre que la nuit n'avait été troublée que par un rêve érotique.

Andrew se souleva sur un coude et approcha ses lèvres des siennes. Elle répondit passionnément à son baiser. Leur premier baiser.

Il passa une jambe par-dessus les siennes, posa doucement une main sur sa poitrine. Ce contact l'électrisa. Elle s'agrippa à ses épaules, déchirée entre un désir lancinant et la crainte d'être possédée, de se donner à un homme en qui elle n'avait pas une confiance absolue.

Elle entendait son cœur tambouriner, elle sentait son haleine chaude sur son visage.

Et, tout à coup, il roula sur le côté et s'assit sur le bord du lit, la tête entre les mains.

— Qu'est-ce qu'il y a ? chuchota-t-elle.

— Nous avons failli commettre une grosse erreur. Ça n'arrivera plus.

Une douche froide s'abattit sur Alison. Avait-il une volonté surhumaine ? Qui venait-il d'embrasser ? La femme qu'il avait épousée ou celle que les chirurgiens plasticiens avaient façonnée ?

Il lui tournait le dos. De nouveau, il ne pouvait supporter de la regarder. Elle devinait la répulsion dans son regard. L'avait-il toujours à ce point détestée ? La question lui brûlait les lèvres, mais elle s'abstint de la poser. A quoi bon rajouter à la confusion qui régnait déjà entre eux ?

Elle tendit la main vers sa boîte de somnifères et se redressa pour se servir un verre d'eau. Les comprimés auraient raison du brouhaha qui résonnait dans son esprit.

*
* *

L'arôme du café planait dans la maison. Andrew s'était levé de bonne heure pour aller courir sur la plage. Ni l'un ni l'autre n'avaient évoqué l'épisode de la nuit mais, sur ce point, Alison était au clair avec elle-même : plus jamais elle ne céderait à ses faiblesses.

Où donc était tout le monde par cette chaude matinée de juillet ? se demanda-t-elle en descendant au rez-de-chaussée.

La veille, après dîner, Julia leur avait fait faire le tour du propriétaire, et leur avait indiqué que Rebecca, qui avait sa chambre au deuxième étage, préparait tous les matins un petit déjeuner continental qu'elle servait dans le petit salon.

Le timbre de la sonnette retentit. Une silhouette masculine se découpait derrière la vitre dépolie de la porte d'entrée. Supposant qu'il s'agissait d'Andrew revenant de son jogging, Alison se permit d'ouvrir.

Un homme au regard de prédateur se tenait sur le seuil de la villa. Un homme qu'elle reconnut aussitôt. Il n'avait pas changé. Toujours la même dégaine patibulaire.

— Tony Bogart…, bredouilla-t-elle.

— Alison… Moi qui étais persuadé que tu étais une vraie blonde…

Il la toisait avec arrogance, la déshabillant presque du regard.

— Eh bien non, répliqua-t-elle sans s'étendre davantage sur le sujet.

Probablement était-il au courant de son accident, mais elle doutait qu'il fût venu prendre de ses nouvelles.

Ils étaient sortis ensemble, une dizaine d'années auparavant, mais cette aventure entre une fille de riches et un garçon issu d'un milieu plus que modeste était vouée dès le départ au fiasco. Leur idylle s'était terminée avec perte et fracas dans un petit restaurant de Mirage Bay, où Tony avait invité Alison pour lui faire sa demande en mariage. Elle lui avait alors révélé qu'elle flirtait aussi avec Andrew. Lequel était inopinément arrivé dans le restaurant. Tony avait essuyé une humiliation cuisante. Peu après, il avait quitté la ville et elle ne l'avait plus jamais revu.

— De retour au pays ? lui demanda-t-elle.

— Je vis en Virginie, maintenant, près de Quantico. Je ne suis là que pour quelques jours.

— Quantico ? C'est le…

— Le siège du FBI. Je suis agent spécial.

De toutes les carrières dans lesquelles elle aurait imaginé Tony Bogart, agent du FBI était bien la dernière. Tel qu'elle le voyait, en T-shirt noir délavé et jean déchiré, il ressemblait davantage au voyou qu'il avait été dans sa jeunesse qu'à un représentant de la loi.

— Tu es venu rendre visite à ton père ?

Il haussa un sourcil.

— Apparemment, tu n'as pas le don de double vue. Je suis là pour élucider le meurtre de mon frère. Tu as dû en entendre parler…

Alison pria pour que sa peau ne s'enflamme pas. Elle connaissait tous les détails du meurtre de Butch. En l'absence d'Andrew, elle s'était introduite dans son bureau. En cherchant des informations sur son mystérieux mari et la vie qu'il menait, elle était tombée sur une série de numéros du quotidien de Mirage Bay, datés des jours qui avaient suivi son accident. Emballés dans un sac poubelle, les journaux étaient rangés dans un tabouret-coffre, comme s'ils étaient cachés, ce qui n'avait pas manqué d'intriguer Alison.

Elle avait, bien sûr, lu attentivement tous les articles concernant son accident et l'enquête judiciaire qui avait été ouverte consécutivement. Ainsi que tous ceux — et ils étaient nombreux — à propos du meurtre de Butch. Car celui-ci avait été tué le jour où elle avait failli se noyer.

— Je suis au courant, oui, répondit-elle. Toutes mes condoléances. Tu veux que j'aille chercher Bret ou Julia ?

— Non, c'est toi que je voulais voir, Alison.

— Moi ? Pour quelle raison ?

— Toute la ville cancane que tu es en visite à Mirage Bay avec ton mec. Je suis venu te présenter mes hommages.

Comment diable les gens savaient-ils qu'elle était là ? se demanda Alison. Julia avait dû le crier sur tous les toits…

De la poche arrière de son jean, Tony tira un cliché 10 x 15 et le tendit à Alison. Son estomac se révulsa. Il s'agissait d'une photo du corps mutilé de Butch Bogart, une photo de scène de crime. Elle chancela.

— L'enquête s'oriente vers un nouveau suspect, déclara Tony. J'ai pensé que ça t'intéresserait de le savoir.

En réprimant un haut-le-cœur, elle lui rendit la photo.

— En quoi veux-tu que ça m'intéresse ? répliqua-t-elle faiblement.

— La presse a épinglé Marnie Hazelton comme le suspect numéro un. Elle s'est volatilisée le jour du meurtre et on ne l'a toujours pas retrouvée. Mais moi, je ne suis pas sûr que ce soit de son côté qu'il faille chercher. Dis-moi, Alison, où étais-tu le 2 février, lorsque Butch s'est fait étriper ?

— En train de me noyer, répondit-elle froidement.

Un sourire vicieux étira les lèvres de Tony.

— Selon ton mari, tu as bu le bouillon aux alentours de 18 heures. D'après l'autopsie, Butch a été tué dans l'après-midi.

Alison tourna la tête, et entrevit du coin de l'œil la silhouette d'Andrew qui se tenait dans l'encadrement d'une porte. L'espionnait-il ? La panique lui étreignit la poitrine. La menace l'encerclait de toute part.

En proie à un affolement irraisonné, elle repoussa le battant de la porte d'entrée. Tony l'en empêcha.

— Alison ?

— Tu ne crois tout de même pas sérieusement que je puisse être mêlée au meurtre de ton frère ? Pourquoi l'aurais-je tué ?

Il ne répondit pas.

— Il y a toutes les chances pour que ce soit Marnie qui l'ait assassiné, continua-t-elle à toute allure en triturant la pièce de son bracelet. Le jour du meurtre, on l'a aperçue en haut des falaises près de chez LaDonna Jeffries. Elle a sauté, n'est-ce pas ?

Se faisant l'écho de la rumeur, la presse avait rapporté qu'il n'était pas exclu que Marnie Hazelton se soit suicidée, en se jetant dans l'océan du sommet de la Dent de Satan, le pic déchiqueté qui se dressait au bout du village.

Marnie Hazelton était la paria de Mirage Bay. Le journaliste qui avait brossé son portrait la décrivait comme une sauvageonne, qui se méfiait de tout le monde et fuyait la société comme la peste. A l'exception de son unique amie, « LaDonna », et de sa Gramma Jo, personne ne pouvait l'approcher. Elle errait souvent au sommet des falaises, la tête levée vers le ciel, comme à l'écoute d'une voix qu'elle seule percevait.

Josephine Hazelton n'était pas sa grand-mère, mais on n'avait jamais entendu Marnie l'appeler autrement que « Gramma Jo ». La vieille femme vendait des fruits et des légumes sur le bord de la route, ou des objets hétéroclites sur le marché aux puces. En échange de quelques pièces, elle lisait aussi les lignes de la main. Elle prétendait avoir trouvé Marnie dans une crique près de sa maison, nouveau-né enveloppé dans une couverture et abandonné dans un panier.

Interrogés par les reporters, les copains de Butch avaient tous déclaré que Marnie avait tué leur ami, parce que celui-ci s'était moqué une fois de trop de son bec-de-lièvre, de ses dents tordues et de la tache de vin qu'elle avait sur le cou.

A cause de ces malformations de naissance, Marnie avait

été durant toute son enfance la risée des enfants du village. A l'adolescence, elle s'était presque totalement coupée du monde. Mais Butch et sa bande avaient continué à la persécuter sans relâche. C'est pourquoi de nombreuses personnes avaient la conviction qu'elle s'était vengée en le tuant. L'hypothèse semblait plausible. Marnie avait dû toutefois puiser sa force dans l'énergie du désespoir, car Butch avait la carrure d'un rugbyman, tandis qu'elle était frêle comme un moustique.

Elle avait des formes harmonieuses, néanmoins, de longues cuisses fermes et les seins d'une vénus de Botticelli. Tels étaient les termes employés par le journaliste. Alison s'en souvenait mot pour mot. Les garçons de Mirage Bay avaient tous eu la chance, un jour ou l'autre, de voir Marnie dans le plus simple appareil, car elle avait l'habitude de nager nue dans les lagunes à proximité de chez sa grand-mère.

De là était née une autre théorie, selon laquelle Butch aurait tenté de la violer alors qu'elle se baignait en tenue d'Eve. Par instinct de survie, elle l'aurait sauvagement assassiné à coups de fourche.

Et voilà que Tony Bogart insinuait qu'Alison pouvait être impliquée dans ce crime, alors que toutes les preuves désignaient Marnie Hazelton.

— Puis-je savoir sur quoi tu te bases pour m'accuser ? lança-t-elle farouchement.

— Je ne t'accuse pas. Je t'ai seulement posé une question, à laquelle tu n'as pas répondu. Où étais-tu quand mon frère a été tué ?

Une porte grinça. Tony s'interrompit et scruta le hall d'entrée par-dessus l'épaule d'Alison.

— C'est toi, Villard ? cria-t-il. Viens donc te joindre à nous. Je n'ai pas encore eu l'occasion de te féliciter pour ton mariage avec la belle Alison.

Andrew sortit de l'ombre. Un rictus déforma furtivement les traits de Tony. Il avait la rancune tenace.

— Qu'est-ce qui nous vaut l'honneur de ta visite ? lui demanda froidement Andrew.

— Je t'en prie, siffla Tony. Tu as entendu toute la conversation que je viens d'avoir avec ta chère femme.

Un instant, Alison eut l'impression qu'Andrew allait en venir aux mains. Et elle l'aurait presque souhaité. Tony Bogart avait besoin d'être remis à sa place.

— Que ce soit clair, rétorqua Andrew. Si tu as quelque chose à dire à ma « chère femme », la prochaine fois, tu passes d'abord par moi. C'est entendu ?

Tony se contenta de le fixer en plissant les yeux.

— Comment as-tu franchi le portail ? lui demanda Andrew.

— Quelqu'un a eu l'amabilité de le laisser ouvert.

— Alors tu peux repartir par où tu es venu.

— Madame, monsieur…, fit Tony en inclinant le buste.

Sur quoi, il tourna les talons et descendit les marches du perron.

— J'espère ne pas vous avoir causé trop de dérangement, lança-t-il par-dessus son épaule. Bonne journée.

Andrew claqua la porte. Alison se laissa tomber sur une

chaise. Il lui tendit la main. Elle la refusa, bien qu'elle ne fût pas sûre que ses jambes la porteraient, si elle se relevait.

— Viens, allons prendre notre petit déjeuner, lui dit-il.

A la seule pensée de la nourriture, le cœur d'Alison se souleva. Elle avait encore à l'esprit l'image du corps ensanglanté de Butch.

— Ah, vous voilà !

Julia fit irruption dans le vestibule, en pantalon et caraco au crochet blanc.

— Si vous voulez manger, dépêchez-vous. Bret a presque terminé les biscuits aux amandes.

Du bout des doigts, elle effleura la joue d'Alison.

— Ça va, ma chérie ? Tu es toute rouge. Tu n'aurais pas de la fièvre ?

Tout en parlant, Julia regardait autour d'elle.

— Quelqu'un est venu ? Bret a cru entendre des voix. Ce hall est une telle chambre d'écho.

Alison s'écarta de sa mère.

— Non, ce n'est rien, dit-elle, juste un petit problème dermatologique en réaction à la chirurgie. Je vais aller acheter de la pommade à la pharmacie.

— Ta petite BMW décapotable est dans le garage. C'est la seule voiture de la maison que Bret n'ait pas emboutie. Je vais te chercher les clés.

Après s'être assurée en lui tâtant le front que sa fille n'avait pas de température, Julia s'éloigna vers le fond du couloir.

De la main, Alison éventa ses joues en feu.

— Que voulait Tony Bogart ? lui demanda Andrew dès que Julia eut disparu.

— Bonne question…, murmura-t-elle.

# 7.

Tony tourna la clé de contact de sa Corvette de location. Du jazz jaillit des haut-parleurs. Il se cala confortablement dans son siège. Musique sensuelle et compliquée, le jazz lui avait toujours évoqué les femmes. Le bon jazz le détendait et lui vidait l'esprit. Le mauvais lui tapait sur les nerfs. Comme les femmes.

Garé en face de la propriété des Fairmont, il avait vue sur la galerie et l'entrée de la maison. Il fit rouler sa tête de droite et de gauche afin de s'étirer la nuque.

Alison avait un certain charme lorsque son visage s'empourprait. Jamais elle n'aurait ainsi laissé paraître son trouble, autrefois, celle que l'on surnommait « la Princesse de glace », celle que rien ne semblait atteindre. Mais elle avait frôlé la mort. Son accident l'avait rendue plus humaine. Ah, ah… Il n'avait pas fini de lui causer des émotions.

Jamais il n'aurait cru qu'elle délaisserait son parfait brushing blond pour une teinte presque brune et une coiffure aux mèches folles. En tout cas, elle était toujours aussi belle, avec ses grands yeux expressifs et sa bouche qui respirait la sensualité.

Pendant des années, il avait vu son visage sur les cibles du stand de tir. Et celui de Villard. Que ce poseur lui ait passé la bague au doigt lui était resté en travers de la gorge.

Il y avait un moment déjà qu'il prenait des renseignements sur son compte et surveillait ses allées et venues. C'était comme ça qu'il avait appris que les époux Villard devaient se rendre à Mirage Bay. Il avait appelé l'assistante d'Andrew en se faisant passer pour le représentant d'une grande compagnie désireuse de sponsoriser des concerts à visée humanitaire. La jeune femme à la voix mielleuse lui avait dit que son patron était absent pour quelques jours. Il n'avait pas fallu beaucoup l'aiguillonner pour qu'elle précise qu'il s'apprêtait à partir en Californie du Sud avec sa femme. La rubrique des potins du journal de Mirage Bay avait confirmé à Tony que c'était bien là qu'il les trouverait.

Il jeta un coup d'œil vers la villa. Avec un sourire amer, il se remémora le bon vieux temps où il escaladait les grilles de Sea Clouds pour aller retrouver Alison dans sa chambre, où elle l'attendait complètement nue. Une vraie bombe… Ils avaient passé quelques après-midi torrides tous les deux. Jusqu'à ce qu'elle le laisse tomber comme une vieille chaussette dès qu'elle avait trouvé mieux que lui.

Il se doutait qu'elle ne lui était pas fidèle. Plusieurs fois, il l'avait aperçue en compagnie de Villard, mais elle lui avait juré qu'il n'était qu'un ami avec qui elle faisait de la voile. Il l'avait crue, mais, craignant qu'elle ne finisse par se lasser d'un pauvre gars comme lui qui ne pouvait lui offrir de telles activités, il s'était résolu à la demander en mariage. Il s'était saigné aux quatre veines pour l'inviter au restaurant.

Lorsqu'il lui avait déclaré qu'il voulait se marier avec elle, elle avait pouffé de rire. Et, sur ces entrefaites, Villard était arrivé. A la façon dont elle le regardait et prononçait son prénom, Tony avait tout de suite compris qu'elle était amoureuse de lui. Peu après, elle lui avait avoué qu'elle entretenait une liaison avec Andrew.

Elle s'était bien fichue de lui, la garce… Elle avait ri de ses sentiments et elle riait probablement encore. Mais elle n'allait plus rire longtemps. La vengeance est un plat qui se mange froid, dit-on. Elle allait bientôt en goûter la saveur…

Dormait-elle dans sa chambre d'adolescente avec son mari, aujourd'hui ? Avec ce type que tout le monde soupçonnait d'avoir tenté de la tuer ? La miraculeuse résurrection d'Alison laissait Tony sceptique. Si elle n'avait pas refait surface, Villard serait dans les couloirs de la mort, aujourd'hui.

Ce type avait du bol. Et elle aussi. Mais la roue allait tourner.

Tony sortit son téléphone portable de l'étui fixé à sa ceinture et composa le numéro de sa messagerie vocale. Il avait écouté les messages de son informateur anonyme des dizaines de fois, mais il avait toujours l'espoir d'y déceler quelque chose qui lui aurait échappé. Un indice quant à l'identité de la balance. Ou sur ses motivations.

A la suite du premier appel, il avait inséré dans son mobile une carte SIM modifiée, un gadget d'espionnage utilisé par le FBI, permettant d'enregistrer et de sauvegarder les conversations. Mais, pour l'instant, c'était seulement son dernier message qu'il désirait réentendre.

Il pressa une touche pour l'écouter.

« La police se fourvoie, chuchota une voix conspiratrice. Deux personnes ont trouvé la mort le 2 février. Butch n'a pas été tué par Marnie Hazelton. Elle a été assassinée, elle aussi, par quelqu'un qui tente de lui faire porter le chapeau. Tu connais bien le monstre qui a commis ce double crime. »

Quelques secondes de silence, pour faire monter le suspense.

« C'est Alison Fairmont Villard. »

Le sourire aux lèvres, Tony éteignit son téléphone et ferma les yeux. A lui maintenant de découvrir quels étaient les mobiles d'Alison.

Mirage Bay ne ressemblait en rien aux stations balnéaires huppées qui jalonnent la côte de la Californie du Sud. Les boutiques chic et les galeries d'art n'y avaient pas encore poussé, le front de mer n'était pas dénaturé par les hôtels cinq étoiles ni par les restaurants à la mode.

Niché au cœur d'un paysage grandiose de falaises abruptes et de lagons paradisiaques, le village ne manquait pas de charme. Un petit centre commercial en constituait le centre névralgique, d'où partaient quelques ruelles ombragées par les palmiers plantés au siècle dernier par les missionnaires franciscains.

Le week-end, un marché pittoresque attirait les amateurs de produits bio et de créations artisanales, le seul bar de la ville à posséder une table de billard se remplissait des marines du camp voisin de Pendleton, et les plages fourmillaient de jeunes surfers des alentours. Durant la semaine, toutefois, Mirage Bay semblait vivre au ralenti.

Julia Fairmont, comme les membres des quelques richissimes familles qui vivaient dans le secteur résidentiel juché sur les hauteurs de Mirage Bay, ne fréquentait guère le village. Accro du shopping, elle passait la plupart de ses après-midi à La Jolla ou à San Diego.

Alison, en revanche, allait souvent faire de petits achats dans les commerces locaux, quand elle venait passer ses vacances d'hiver à Mirage Bay. Elle avait aisément retrouvé le drugstore, coincé entre le supermarché et le pressing de l'artère principale.

Elle avait dû attendre deux heures avant de pouvoir sortir. Deux heures durant lesquelles Tony Bogart était resté garé en face de Sea Clouds dans une Corvette ridicule. Deux heures qu'elle avait mises à profit pour réfléchir. Et prendre une décision que la prudence imposait. La tentation était grande d'aller voir pourquoi ses appels répétés demeuraient sans réponse mais, pour l'instant, mieux valait s'en abstenir, surtout avec Bogart rôdant dans les parages.

Le drugstore était presque vide, lorsqu'elle y entra et se dirigea vers le rayon des crèmes et des pommades. Celui-ci n'avait pas changé de place. Dans les commerces des grandes villes, l'agencement des rayons était sans cesse remanié, histoire d'égarer le client et de l'obliger à passer plus de temps dans le magasin. Ici, à Mirage Bay, les choses semblaient immuables.

Par facilité, pour prévenir les questions de sa mère, Alison avait prétendu souffrir d'un problème dermatologique lié à la chirurgie. En réalité, cependant, il y avait des années qu'elle utilisait des pommades à la cortisone afin de traiter ces éruptions cutanées provoquées par les émotions fortes. Elle en prit un tube et parcourut les indications. Pas la même marque que d'habitude, mais la composition semblait similaire.

Une main se posa sur son bras nu. Elle pivota sur ses talons.

— Oh, excusez-moi, je vous avais prise pour quelqu'un d'autre.

Une jeune femme aux cheveux auburn rassemblés par une barrette se tenait à son côté. LaDonna Jeffries, la pire commère du village.

— Je vous ai fait peur ? Je suis désolée, poursuivit celle-ci en ramenant une mèche bouclée derrière son oreille. A part les cheveux, vous êtes le sosie de quelqu'un qui habitait dans le coin : Alison Fairmont. On ne vous l'a jamais dit ?

La tête inclinée sur le côté, elle dévisageait Alison avec insistance.

— C'est dingue ce que vous lui ressemblez ! ajouta-t-elle. Enfin, bref, je peux vous aider ?

— Vous travaillez ici ? s'enquit Alison, terriblement gênée d'être observée comme une bête curieuse.

Un rire hystérique se forma dans sa gorge, puis se mua en toux nerveuse.

— Vous avez raison, avoua-t-elle. Je suis bien Alison. Mais je m'appelle Villard, maintenant. Je me suis mariée.

— Ah ! Je le savais ! s'écria LaDonna. Vos cheveux bruns ont failli m'induire en erreur, mais il me semblait bien que c'était vous. Vous êtes mariée avec un Français, n'est-ce pas ? Félicitations.

Alison hocha la tête.

— Oui, merci, mais ça fait déjà quatre ans.

— Vous êtes enrouée, enchaîna LaDonna, vous cherchiez des pastilles adoucissantes ?

— Non, c'est à cause des opérations que j'ai subies. Mes cordes vocales ont été touchées.

— Ah, oui… J'ai entendu dire que vous aviez eu un grave accident de bateau. Il paraît que vous avez été défigurée ? Il faut le deviner, en tout cas, ça ne se voit pas du tout. Excusez-moi, je dois vous paraître mal élevée…

— Il n'y a pas de mal, murmura Alison.

— Bon, il faut que j'arrête de bavarder, moi, ou je vais me faire sonner les cloches. En quoi puis-je vous être utile ?

Alison baissa les yeux sur le tube qu'elle avait entre les mains, et le reposa sur le rayon.

— Je cherche une crème pour les mains, dit-elle.

— Suivez-moi. Nous avons une excellente crème hydratante à l'avoine colloïdale. Je l'utilise moi-même. Pour les peaux sensibles, elle est formidable.

LaDonna se tourna vers Alison avec un sourire avenant.

— Ne le prenez pas mal, poursuivit-elle, mais jamais je n'aurais cru que les gens comme vous pouvaient acheter des produits de beauté dans une vulgaire pharmacie de village. C'est super, je trouve.

Alison s'immobilisa et pressa une main contre sa poitrine. Une nouvelle quinte de toux la secoua.

— Ça va ? s'inquiéta LaDonna.

— Excusez-moi, bredouilla-t-elle. J'ai besoin d'air.

Et elle se rua vers la sortie.

— Et votre crème ?

Sans se retourner, elle se dirigea à grands pas vers le parking du centre commercial. Soudain, elle se figea, dans un état d'absence.

Où était-elle ?

A Mirage Bay, à la petite galerie marchande du village.

Comment était-elle arrivée là ?

Son regard se posa sur la BMW noire décapotable. Elle palpa les clés au fond de sa poche. Ah, oui… son ancienne voiture…

Qui était-elle ?

A cette question, elle n'avait pas de réponse.

*Le 2 février, six mois plus tôt*

*Se baigner dans les cuvettes formées par les rochers comptait parmi ses rares moments de bonheur. Le feuillage des chênes filtrait les rayons du soleil au zénith. Elle se pencha au-dessus de l'eau et observa son reflet. La surface noire et miroitante lui renvoyait l'image d'un visage presque parfait, serein, gommé de ses difformités. Un visage quasiment normal, qui n'avait rien de laid ni d'effrayant. Quand elle venait se baigner ici, elle était en paix avec elle-même.*

*Un bruissement la fit tressaillir. Elle s'allongea dans l'eau peu profonde afin de dissimuler son corps nu. Quelqu'un l'espionnait. Un gémissement de désespoir lui échappa. Encore* lui. *Sans même le voir, elle en était certaine. Ne lui laisserait-il donc jamais aucun répit ?*

*— Espèce de salope ! siffla-t-il en quittant le couvert des arbres, faisant gicler de l'eau sous ses pas.*

*Lentement, elle se leva, ruisselante. Pourquoi fallait-il qu'il empoisonne chaque instant de sa vie ? Lui et sa bande étaient pires que des chiens aux abois. Ils la traquaient sans pitié, pour l'insulter, la tripoter, la rudoyer. Un jour, ils l'avaient jetée à terre et lui avaient pissé dessus.*

*Qu'allait-il lui faire maintenant ? La violer et la laisser pour morte ? Se débarrasser ensuite de son cadavre ?*

*« Pauvre type… Tu ne m'auras pas ! »*

*Des larmes jaillirent de ses yeux. La haine la clouait sur place, aujourd'hui, l'empêchant de prendre la fuite. Son heure était venue. Elle allait lui faire payer toutes les humiliations qu'il lui avait fait subir. Il allait mourir, et elle serait libre. Libérée de la honte. Libre de vivre sans se cacher.*

*— Sale garce ! aboya-t-il. Comment peut-on être aussi moche et aussi garce ?*

*Elle jeta un coup d'œil vers la fourche dont elle s'était servie pour rassembler les algues et les détritus, plantée à quelques mètres dans le sable entre les rochers.*

*— Résidu de fond de capote ! continua-t-il. Erreur de la*

*nature ! Tu n'aurais jamais dû naître. Il n'y a que tes nibards qui ont forme humaine…*

*Il se jeta sur elle. Elle l'esquiva lestement. Il déboutonna la braguette de son jean et en sortit son pénis épais et gonflé. Menaçant, le regard luisant d'un appétit animal, il s'avança vers elle. Elle bondit sur le côté. Il l'attrapa par les cheveux et la contraignit à s'agenouiller.*

*Il lui faisait mal mais elle s'enjoignit à se décrisper. Mollement, elle se laissa remettre sur pied, mais, lorsqu'il approcha sa bouche de la sienne, elle lui décocha un coup de genou dans l'entrejambe.*

*Il la repoussa avec un hurlement de douleur. Tous deux perdirent l'équilibre et s'effondrèrent dans l'eau. Les veines du cou saillantes, il la saisit à la gorge et lui maintint la tête sous l'eau. Il allait l'étrangler… Elle se débattit désespérément. L'eau s'infiltrait dans sa gorge et ses narines. Elle manquait d'air. Son esprit se brouilla.*

*Un instant, ce fut le noir complet, puis elle revint à elle. Il l'avait lâchée. Peut-être la croyait-il morte. Elle rassembla ses forces et lui assena un violent coup de poing dans le thorax.*

*Pris par surprise, il tomba en arrière. Elle courut jusqu'à la fourche. Les lèvres retroussées par la hargne, il se releva et se projeta sur elle. En serrant fermement le manche de la fourche, elle le frappa à l'abdomen. Avec un grognement de fureur, il tenta de lui arracher l'instrument des mains. Elle lui enfonça les dents métalliques dans le ventre. Ses yeux roulèrent dans leurs orbites. L'un de ses bras battit l'air et lui heurta le côté de la tête.*

*De nouveau, elle lui planta la fourche dans le ventre. La*

*retira et frappa encore. Et encore. Puis, saisie de terreur et de remords, à demi consciente, elle s'enfuit le long de la plage.*

Alison se réveilla en sursaut, le corps inondé de sueur, tremblant de tous ses membres. Elle avait encore refait le même rêve. Avec davantage de détails, cette fois. Elle avait entendu ses cris de douleur et de supplication, elle avait vu le sang jaillir de ses blessures. Elle avait senti la résistance de sa chair sous les dents métalliques de la fourche, et l'horrible déchirement des organes qui cédaient.

Son estomac se convulsa. Elle bondit hors du lit, le cœur au bord des lèvres, et se précipita sur le balcon dans l'espoir que l'air frais apaiserait sa nausée.

Appuyée contre la balustrade, elle reprit peu à peu ses esprits. Et une terrifiante réalité s'abattit sur elle. Il n'y avait rien d'étonnant à ce qu'elle fasse des cauchemars. C'était ici que le cauchemar avait commencé. Ici, à Mirage Bay, six mois et combien de jours plus tôt ? Elle avait perdu le compte, mais c'était là que sa vie avait basculé dans l'horreur.

Elle ne pouvait pas rester ici, ni dans cette maison ni dans cette ville. Pour la simple et bonne raison qu'elle n'avait jamais été Alison Fairmont.

Elle était Marnie Hazelton.

# 8.

Oui, c'était le corps de Marnie Hazelton qu'Andrew avait trouvé sur les récifs, ensanglanté, défiguré, le bracelet à breloques au poignet. Il ignorait qu'Alison l'avait perdu en l'apportant chez le bijoutier, et que Marnie, qui avait toujours secrètement idolâtré Alison et la suivait parfois telle une adolescente fascinée par une star, l'avait ramassé dans la rue.

En revanche, il savait que son épouse n'avait pas de tache de vin dans le cou. Lorsque les médecins avaient évoqué l'angiome, il avait pris conscience que ce n'était pas Alison qu'on était en train d'opérer, mais il avait gardé le silence. Il était trop tard. L'intervention de chirurgie plastique était trop avancée.

Une légère brise soufflait du large. Sur le balcon, Marnie se balançait doucement d'un pied sur l'autre. Depuis sa toute petite enfance, ce mouvement l'apaisait. Gramma Jo avait une explication à cela. Si Marnie aimait ainsi se bercer au rythme du ressac, c'était parce que la mer l'avait bercée, lorsque, bébé, elle avait été abandonnée dans un panier d'osier. Marnie était un enfant de l'océan, affirmait la vieille femme. Et un jour, chuchotait-elle parfois sur un ton mystérieux, la mer la rappellerait.

Marnie n'avait jamais accordé de crédit aux superstitions de sa grand-mère. Néanmoins, elle était troublée par le fait que la prémonition de Gramma Jo se soit réalisée. La mer avait bel et bien failli la reprendre quand elle avait sauté du haut de la Dent de Satan…

C'était Andrew, cette fois, qui l'avait sauvée des eaux. A son réveil, à l'hôpital, elle l'avait trouvé assis à son chevet. Dès qu'elle avait pu parler, elle lui avait confessé qu'elle avait assassiné quelqu'un et aurait préféré être morte. Il avait alors compris qui elle était : Marnie Hazelton, qui avait disparu après le meurtre de Butch Bogart. Il lui avait posé d'innombrables questions sur les moments qui avaient précédé sa chute dans l'océan. Ses souvenirs étaient extrêmement confus, mais elle était convaincue d'avoir tué Butch. Andrew, lui, semblait en douter. De toute façon, avait-il déclaré, c'était elle la victime, et Butch le coupable.

« Cette ordure n'a eu que ce qu'il méritait, lui avait-il assuré. Il s'en est fallu de peu que je ne le tue de mes propres mains. »

Par là, il faisait allusion à un incident survenu une dizaine d'années auparavant, alors que Marnie n'était encore qu'une gamine. Butch et ses copains l'avaient coincée au fond d'une allée. Ils lui avaient déchiré sa robe et se mettaient mutuellement au défi de la prendre de force. Si Andrew n'était par hasard passé là, sans doute aurait-elle été victime d'un viol collectif.

Butch était déjà grand et costaud, à l'époque. De

surcroît, il pratiquait le catch. La plupart des garçons de son âge avaient peur de lui, mais Andrew n'avait pas hésité à lui assener un direct du droit qui l'avait envoyé au tapis. Ses amis s'étaient éparpillés tels des rats chassés d'une poubelle.

Après quoi, Andrew avait tenté de réconforter Marnie. Terrorisée, honteuse, elle ne lui avait pas adressé une parole. Pourquoi un homme de la classe d'Andrew Villard était-il venu à sa rescousse ? Par quel miracle avait-il daigné poser le regard sur elle, lui qui avait une petite amie belle comme le jour ? Aux yeux de Marnie, comme de la plupart des habitants de Mirage Bay, Andrew et Alison formaient un couple princier, que l'on regardait passer avec admiration sans oser les approcher.

— Tu ne pouvais pas dormir ?

Elle tressaillit. Andrew se tenait derrière elle dans l'encadrement de la porte du balcon. Elle se frotta les bras, soudain consciente qu'elle était frigorifiée. Depuis combien de temps était-elle là ?

— J'ai fait un mauvais rêve, répondit-elle, touchée qu'il se soucie de la qualité de son sommeil.

— Il fait froid. Tu veux que j'aille te chercher ton peignoir ?

— Non, je te remercie, ce n'est pas la peine.

— Tu es sûre ? Tu as la chair de poule.

— Je ne peux pas rester dans cette maison, déclara-t-elle. Dès que je me serai assurée qu'il n'est rien arrivé à ma grand-mère, je reprends l'avion pour la côte Est.

— Alison, soupira-t-il, tu sais pourquoi nous sommes ici.

— Je ne suis pas Alison ! s'emporta-t-elle. Arrête de m'appeler Alison !

Tremblante d'émotion, elle pivota sur ses talons afin de lui faire face.

— Je la déteste, ajouta-t-elle. Et toi aussi.

Il fronça les sourcils, et, aussitôt, elle regretta ses paroles.

— J'ai mes raisons, murmura-t-il.

— Et tu crois que je n'ai pas de bonnes raisons de vouloir m'en aller ? J'ai commis un meurtre. J'ai revu toute la scène en rêve. C'était horrible… Butch est mort, assassiné, et c'est moi qui l'ai tué.

— Je n'y crois pas. Tu as peut-être voulu te défendre, mais tu n'as pas pu lui donner dix-sept coups de fourche. C'est impossible.

Elle le fixa avec défiance.

— Tu dois rester là et prouver que tu ne l'as pas tué, poursuivit-il d'une voix douce.

Marnie s'apprêtait à répondre, lorsqu'elle remarqua qu'il avait le bracelet à breloques à la main.

— Pourquoi as-tu cessé de le porter ? lui demanda-t-il en le lui tendant.

— Parce que ce n'est pas le mien. Tu ne te rends pas compte à quel point tout cela est difficile pour moi…

Sa voix trahissait une profonde détresse. Ce bracelet

qui lui avait sauvé la vie n'était plus aujourd'hui que le symbole du piège auquel elle était prise.

— Mets-le, insista Andrew.

Il ne faisait aucun effort pour la comprendre. Il ne voulait même pas prononcer son prénom. Pour lui, Marnie Hazelton n'existait pas. Il se fichait éperdument de ce qu'elle ressentait. Seul comptait leur arrangement. Et elle n'était pas prête à honorer sa part du contrat.

Pourquoi ? Pourquoi ne pouvait-elle s'y résoudre, alors que la prison était la seule alternative ? La réclusion à perpétuité. Voire la peine de mort. Si elle ne jouait pas le jeu, elle n'avait pas d'autre perspective d'avenir.

La gorge serrée, elle prit le bracelet et le garda au creux de sa paume. Elle s'en voulait terriblement d'avoir scellé ce pacte. C'était lui qui en avait eu l'idée, mais elle était libre de le refuser. A aucun moment, il ne lui avait forcé la main.

Il lui avait soumis son plan à l'hôpital. Marnie Hazelton pouvait se cacher tout en vivant au grand jour. Il lui suffisait d'adopter l'identité d'Alison Fairmont Villard. Il avait promis de l'aider. Il lui décrirait Alison et ses manies dans les moindres détails, il lui raconterait son passé, et il la ferait répéter à la manière d'un metteur en scène dirigeant une comédienne. Marnie et Alison avaient six ans d'écart, mais elles avaient la même silhouette. Alison ne serait plus tout à fait la même, bien sûr, mais comment aurait-elle pu l'être après de multiples opérations de chirurgie reconstructrice ? Si on posait à Marnie des questions auxquelles elle ne savait répondre, elle aurait une excuse toute trouvée : l'amnésie transitoire engendrée par un traumatisme crânien.

Le plan ne pouvait toutefois fonctionner qu'à une seule condition. Marnie Hazelton devait mourir pour qu'Alison puisse vivre. Andrew avait insisté sur ce point. Elle devrait être Alison à tout instant, même lorsqu'ils ne seraient que tous les deux, même lorsqu'elle serait seule. Elle devrait se transformer jusqu'au tréfonds de son âme. Autrement, personne ne serait dupe et le plan échouerait.

Bien que sceptique, Marnie avait accepté de jouer le jeu. Sous la houlette d'Andrew, elle s'était peu à peu muée en une seconde Alison. Il lui avait fallu du temps, et un énorme travail, mais à présent Andrew affirmait que ses mimiques étaient exactement celles d'Alison.

Au début, cet exercice l'avait amusée. Tout au moins, l'apprentissage de son rôle avait rempli son quotidien. Puis les cauchemars et les flash-back avaient commencé. Hantée par le passé, menant au côté d'Andrew une existence morne et stérile, elle se sentait condamnée.

— Ce bracelet était le porte-bonheur d'Alison, dit-elle. Il ne m'appartient pas.

— Il t'a tout de même sauvé la vie, répliqua Andrew.

Marnie baissa les yeux sur le bijou en or massif. Il devait valoir une fortune, mais peu lui importait. A ses yeux, seule la pièce de cuivre qu'elle y avait ajoutée revêtait une valeur significative.

Elle possédait ce gri-gri depuis l'enfance. Avec sa meilleure amie, LaDonna Jeffries, elle jouait souvent dans une vieille gare désaffectée, près de chez Gramma Jo. L'un de leurs passe-temps favoris consistait à placer des pièces de monnaie sur les rails et à attendre qu'un convoi de marchandises roule dessus. Si la pièce était correctement positionnée, les roues du train la poinçonnait. Il était rare, toutefois, qu'elle soit percée d'un trou parfaitement rond. Le plus souvent, elle était sectionnée.

Marnie avait un jour montré l'un de ces trophées à sa grand-mère. Gramma Jo lui avait dit de ne jamais s'en séparer, car non seulement cette pièce lui porterait chance, mais elle éloignerait aussi le mauvais œil. Gramma lui avait donné une chaîne à laquelle elle avait accroché sa médaille. Pendant des années, elle ne l'avait jamais enlevée, jusqu'au jour où la chaîne s'était brisée. Un peu plus tard, elle avait fixé son amulette au bracelet d'Alison.

Le cœur de Marnie se serra à la pensée de sa grand-mère. Andrew avait exigé qu'elle coupe tout contact avec Josephine Hazelton. Gramma Jo avait dû être dévastée en apprenant la disparition de sa fille adoptive.

Au bout de quelques mois, toutefois, Marnie n'avait pu résister à la tentation de lui téléphoner. Toutes les semaines, elle l'appelait juste pour entendre sa voix. Elle ne disait rien d'autre que s'être trompée de numéro. Ce contact la rassurait. Au moins, elle savait que Gramma Jo était bien portante.

— Si tu détestes tant ce bracelet, pourquoi ne pas l'avoir rendu à Alison ?

Marnie ne répondit pas. Ce bijou avait représenté un rêve inaccessible, la vie de conte de fées qu'elle aurait aimé vivre, la vie de la majestueuse Alison Fairmont. Marnie le portait en haut de son bras, caché sous sa manche. Peu à peu, le bracelet était devenu sien.

— Quand aurais-je eu l'occasion de le lui rendre ? dit-elle enfin. Vous vous êtes mariés, vous êtes partis et je n'ai plus jamais revu Alison.

— Nous sommes revenus.

— En février dernier. J'aurais eu l'air ridicule de lui rapporter son bracelet des années plus tard. Mais j'aurais dû, tu as raison.

Andrew haussa les épaules.

— Bah, de toute façon, je suis sûr qu'elle l'avait complètement oublié. Elle avait d'autres choses en tête.

Son héritage, par exemple ? La question brûlait les lèvres de Marnie, mais elle s'abstint de la formuler à voix haute. A l'hôpital, Andrew lui avait révélé que c'était Alison qui avait tenu à revenir à Mirage Bay, dans l'intention de se réconcilier avec sa mère. Marnie ne pouvait s'empêcher de se demander si cette démarche était totalement désintéressée.

Naturellement, elle s'était enquise de la position d'Andrew vis-à-vis de cette fortune. Il ne semblait pas motivé par l'argent. Il en gagnait lui-même énormément. Si Marnie venait à toucher les cinquante millions de dollars de la grand-mère d'Alison, il ne lui réclamerait rien, avait-il assuré.

Mais, dans le cas où l'héritage ne reviendrait pas à Alison, qui en bénéficierait ? s'interrogeait Marnie. Si Andrew le savait, il ne le lui avait pas précisé.

— Rentrons, dit-il. Je vais faire du feu et te servir un cognac.

Elle traversa la chambre, et se demanda en passant dans le halo de la lampe de chevet si sa fine chemise de nuit n'était pas transparente. Et si Andrew regardait.

Il se dirigea vers le bar roulant. Elle s'installa sur le canapé en face de la cheminée. Un instant plus tard, il lui tendait un verre de liquide ambré.

Elle posa le bracelet sur la table basse. Andrew enflamma les bûches de cèdre disposées dans le foyer.

Marnie se remémora les nombreuses fois où, de la plage, elle avait contemplé la fumée qui s'élevait de la luxueuse villa des Fairmont, en se demandant à quoi vaquaient les occupants de ce petit palais perché sur les falaises.

Elle-même faisait souvent des feux de camp sur la plage, quand elle était adolescente. Enroulée dans une couverture, elle passait parfois la nuit à la belle étoile.

Andrew se tenait devant l'âtre, un verre de cidre à la main, terriblement sexy en bas de pyjama et T-shirt de coton. Malgré elle, Marnie fut parcourue d'une onde de désir. Toutes les femmes étaient-elles aussi sensibles à son pouvoir de séduction ? s'interrogea-t-elle. Etait-il possible de résister à son charme ?

— Je croyais que tu voulais connaître la vérité.

— A propos de ce qui est arrivé à Alison ?

— A propos de ce qui est arrivé à Butch.

Elle but une gorgée de cognac qui lui brûla le gosier.

— Dans mon rêve, je l'ai vu mourir. J'ai entendu ses cris. C'était affreux.

— Les rêves ne sont pas la réalité. Tu ne sais pas ce qui s'est passé.

Certains rêves pouvaient pourtant devenir réalité, songea Marnie. Toute sa vie, elle avait rêvé d'être Alison Fairmont. Enfant, elle avait passé des heures, des moments heureux, à fantasmer sur la vie de son héroïne. LaDonna avait surnommé Alison « la Princesse de glace », mais Marnie n'était pas d'accord : Alison étincelait, elle rayonnait. Son vœu le plus cher avait été de se muer en cette divinité aux cheveux d'or et au rire cristallin. Et voilà qu'elle était dans la peau de son modèle.

— Pendant six mois, ajouta-t-il, nous nous sommes préparés à cette épreuve. Courage.

Les yeux plongés au fond de son verre, elle ne répondit pas.

— Nous avons tous deux été accusés à tort, poursuivit-il. Nous sommes en droit de savoir ce qui s'est réellement produit. C'est le moment ou jamais. L'opportunité ne se présentera certainement pas une seconde fois.

Elle se redressa et posa son cognac sur la table.

— Peut-être que je préfère ne pas savoir.

— Et vivre le restant de ta vie avec des questions sans réponse ? Ce crétin de Bogart peut bien raconter ce qu'il veut, on ne risque pas de t'inculper du meurtre de Butch, puisque tu es Alison Fairmont.

*Espérons...*, pensa-t-elle en croisant subrepticement les doigts.

— Je sais que tu es très attachée à ta grand-mère et que tu es extrêmement inquiète à son sujet, mais es-tu certaine qu'il s'agisse de la seule raison qui t'ait poussée à entreprendre ce voyage ?

Toute la question était là. Pourquoi avait-elle consenti à prendre une nouvelle identité ? Pour échapper à la justice, bien sûr, mais était-ce tout ? N'avait-elle pas été appâtée par la perspective de partager le quotidien du beau et ténébreux Andrew Villard ?

De cela, elle n'était pas fière, mais l'être humain a ses faiblesses.

Andrew apporta les bouteilles de cognac et de cidre sur la table basse, puis il s'assit près de Marnie. Tandis qu'il remplissait leurs verres, elle observa son profil.

— Au moins, toi, tu sais que tu n'as tué personne, lui dit-elle. Cet endroit n'évoque pas pour toi le souvenir d'une existence maudite depuis l'enfance. Tu n'es là que pour blanchir ton nom. Le mien est irrévocablement frappé du sceau de l'infamie. Je n'existe même plus.

— Tu dois éclaircir le dernier épisode de ta vie. Comment, sinon, pourras-tu faire la paix avec toi-même ?

La conviction de son ton la surprit. La croyait-il vraiment innocente ou la manipulait-il pour l'encourager à rester à Mirage Bay ?

L'air pensif, il se releva et s'approcha de la cheminée. Pendant quelques minutes, il demeura silencieux, puis il reprit la parole.

— Si tu veux, je te ramène à Long Island. Ou ailleurs. Où tu voudras.

— Tu renoncerais à ton enquête ? répliqua-t-elle, stupéfaite par ce revirement d'attitude.

— Plutôt que de te voir saboter mes plans, consciemment ou non, oui, je préférerais tout laisser tomber.

Saboter ses plans ? Elle refusait de porter le bracelet et de se décolorer les cheveux, mais de là à « saboter » ses plans, il y allait un peu fort.

— Marnie…

La résonance de sa voix lui donna la chair de poule. Il ne l'appelait jamais par son prénom.

— … j'aimerais que tu restes, dans ton intérêt et dans le mien, mais je me plierai à ta volonté.

Que signifiait ce subit radoucissement ? Quelle décision prendre ? Elle examina le bracelet, dont les breloques scintillaient à la lueur dansante des flammes.

— Je reste, déclara-t-elle. Nous avons conclu un marché, je le respecterai, mais je ne veux pas de ce bracelet et je ne veux pas être blonde.

Elle posa son verre, et entreprit de décrocher sa pièce de cuivre du bijou.

Elle allait rester, oui, mais à ses propres conditions.

# 9.

A quel fantasme tordu devrait-elle se livrer ce matin ? s'interrogeait Julia en s'engageant, au volant de sa Mercedes, sur le parking d'un motel borgne. Jack Furlinghetti ne lui inspirait que du mépris, et pourtant elle prenait des risques considérables pour le satisfaire. Alors qu'elle lui demandait seulement d'accéder à ce qui lui revenait de plein droit.

Au moins, il avait choisi un endroit isolé, cette fois. Elle avait encore dû trouver un prétexte fallacieux pour quitter la maison sitôt son petit déjeuner avalé. Elle avait prétendu à Bret et Rebecca qu'il lui fallait « de toute urgence » une nouvelle robe. Connaissant son addiction au shopping, ils ne lui avaient pas posé de questions. Un instant, elle avait redouté qu'Alison ne manifeste le désir de l'accompagner. Par chance, sa fille n'était pas descendue prendre son petit déjeuner. Andrew l'avait excusée : elle ne se sentait pas très bien. Il lui avait monté une infusion. Julia s'était promis d'aller la voir dans le courant de la matinée, histoire de s'assurer que ce tyran d'Andrew ne la contraignait pas à garder la chambre. Et puis elle avait reçu ce nouveau coup de fil de Jack et avait dû filer.

L'estomac noué, elle pénétra dans la bâtisse délabrée et

frappa à la porte entrebâillée de la dernière chambre au fond du couloir. Elle avait suggéré le Four Seasons, un établissement un peu plus respectable ; son jeune partenaire avait insisté pour qu'ils se retrouvent dans ce sordide motel de passe, le Love Shack.

— Jack ? chuchota-t-elle en poussant le battant.

Une abominable odeur de désodorisant bon marché lui assaillit les narines. Un lit circulaire recouvert d'un dessus-de-lit en satin rouge auréolé de taches douteuses se reflétait dans les miroirs des quatre murs et du plafond. Une cravache à la main, Jack se tenait devant une sorte de cheval-d'arçons pourvu de sangles, vêtu d'une combinaison de cuir noir qui ne laissait voir que ses yeux, sa bouche et son pénis en érection.

— Entre donc, ma chatte, lui lança-t-il avec un sourire lascif.

— Heureusement que c'est moi, grommela-t-elle.

Quel abruti…

— Tu ne voudrais pas poser ce truc ? ajouta-t-elle en désignant la cravache du menton. On risque de se faire mal avec ce genre de joujou.

Une lueur s'alluma dans les yeux de Jack.

— Oh, j'espère bien…, susurra-t-il.

Allez, à la casserole, songea Julia. Pense au prochain tailleur que tu t'achèteras. Ce n'est qu'un mauvais moment à passer.

En grimaçant discrètement, elle releva l'arrière de sa jupe noire, se pencha par-dessus le cheval-d'arçons et se contracta, dans l'attente du pire. Mais rien ne se produisit.

Que fabriquait-il, ce petit con ? Il admirait le string noir qu'il lui avait demandé de porter ?

Au bout de quelques minutes, elle jeta un regard par-dessus son épaule. Jack se tenait de l'autre côté de la chambre, penché sur le dossier de l'unique chaise de la pièce. Sa combinaison de cuir était également découpée dans le bas du dos, révélant une paire de fesses blanches et fermes.

— Qu'est-ce que tu fais, Jack ?

— T'ai-je déplu, maîtresse ? demanda-t-il d'une voix chevrotante.

La cravache gisait à ses pieds. Julia comprit alors qu'il ne voulait pas la fouetter, mais être fouetté.

— Déplu ? répéta-t-elle froidement. Tu ne fais rien pour me plaire, crois-moi.

Par chance, la séance fut expédiée rapidement. Elle avait à peine fait claquer deux fois les lanières de cuir sur sa peau qu'il se cambra, émit un grognement et s'affaissa sur le sol avec une expression penaude.

— Regarde ce que j'ai fait, geignit-il. Je ne suis qu'un minable. Pardonne-moi, je t'en supplie.

Ah, ah… L'accident le plus redouté des mâles… Julia exultait secrètement. L'odieux M. Furlinghetti avait donc ses faiblesses. Elle lui tourna le dos tandis qu'il rengainait son membre flasque.

— Que je te pardonne, Jack ? cracha-t-elle avec dédain. Il va falloir que j'y réfléchisse.

— Permets-moi de me racheter, maîtresse, implora-t-il.

— A condition que tu honores tes engagements.

— Je te le promets, mais permets-moi d'abord de me racheter à tes yeux. Laisse-moi me prosterner au sanctuaire de ta féminité, Julia. Et si je ne te donne pas plus de plaisir que tu n'en as jamais reçu, tu m'infligeras la punition que tu désires.

Ça pourrait être marrant, songea-t-elle.

Quand il se fut « racheté », il lui embrassa les orteils, puis il se redressa et lui indiqua le lit circulaire.

— Leçon de ping-pong ? dit-il, son aplomb retrouvé, en sortant une sorte de raquette de son attaché-case.

— Qu'est-ce que c'est que ça ? demanda Julia.

Il éclata d'un rire sardonique.

— Surprise, ma petite salope…

*Mon Dieu, qu'il est beau !* songea Andrew en s'avançant le long du quai. Le *Bladerunner* avait des lignes pures, élégantes, pleines de charme, une coque argent élancée et harmonieuse, conçue pour fendre les flots avec puissance et grâce.

A la vue du yacht, il se sentit aussitôt gagné par une sensation de sérénité, ce dont il avait grand besoin après la discussion de la veille avec Marnie. Cette fille allait le rendre fou. Il était évident qu'elle était en proie à une profonde détresse et il s'en voulait terriblement d'être en partie responsable de ses tourments. Son malheur, c'est qu'elle ne savait pas faire de compromis. Elle ne pouvait peut-être pas.

La mer se retirait. Des phoques se prélassaient sur les rochers en poussant leur cri guttural. Les brumes matinales se dissipaient, révélant la promesse d'une journée de grand bleu. Andrew renversa la tête en arrière et s'emplit les poumons d'une énorme bouffée d'air marin. Les planches de la jetée craquaient sous ses pas. Dessous, l'eau produisait un doux clapotis.

Après la disparition d'Alison, il avait décidé de laisser le *Bladerunner* à Mirage Bay, où le yacht-club l'avait autorisé à utiliser le mouillage « invité » pour une durée indéterminée. Des réparations mineures avaient été effectuées sur le bateau. Après quoi, il était resté sur cales. Andrew était heureux de l'avoir remis à l'eau.

Un hors-bord quitta le port en soulevant des gerbes d'écume dans son sillage. Il le suivit des yeux avec envie. Le besoin de naviguer devenait de plus en plus dévorant, bien qu'il eût pleinement conscience que le littoral de Mirage Bay serait désormais à tout jamais associé à de mauvais souvenirs. Des souvenirs qu'il était néanmoins résolu à braver, qu'il devait vaincre s'il voulait préserver sa liberté.

Un mystérieux inconnu menaçait de le dénoncer à la police. Il lui fallait absolument une explication plausible à la disparition d'Alison. Une explication qu'il comptait trouver en revivant les circonstances de l'accident. Peut-être alors un élément qui lui avait jusque-là échappé se ferait-il jour dans son esprit.

Marnie aimait-elle la mer ? se demanda-t-il fugitivement. Aussitôt, il se corrigea. Pas Marnie, Alison. Oui, bien sûr qu'elle aimait la mer. Le jour où elle avait disparu, c'était elle qui avait tenu à faire cette promenade en mer, en dépit de la tempête qui approchait. Pourquoi, justement, avait-elle autant insisté ? s'interrogeait Andrew depuis cette date fatidique.

La semaine précédente, il lui avait annoncé qu'il allait entamer une procédure de divorce. Le calme olympien avec lequel elle avait pris la nouvelle lui avait aussitôt paru suspect. Alison ne supportait pas la contrariété. Il s'attendait à une réaction hystérique. Etait-ce la clause de leur contrat de mariage prévoyant qu'elle soit largement dédommagée au cas où il demanderait le divorce qui avait fait passer la pilule ? Sans doute ce détail y avait-il contribué, mais Andrew n'avait pu s'empêcher de soupçonner qu'Alison avait autre chose derrière la tête. Elle était prête à tout lorsqu'elle voulait quelque chose. Qu'elle ait accepté la rupture de si bon gré signifiait forcément qu'elle voulait quelque chose. Mais quoi ? s'interrogeait Andrew. L'argent n'était pas son moteur, à l'évidence, puisqu'elle avait fait une croix sur l'héritage familial afin de devenir sa femme.

Il était resté bouche bée, lorsqu'elle avait posément admis que leur mariage n'était qu'une erreur, et reconnu l'avoir épousé avec le seul but de faire carrière dans le show-biz, alors qu'elle piquait des colères noires quand il tenait lui-même de tels propos. En était-elle parvenue à la conclusion qu'elle n'avait aucun intérêt à rester avec lui, s'il n'était pas disposé à la hisser au firmament ? Et avait-elle voulu se venger en orchestrant cette disparition en mer et en tentant de la maquiller en meurtre ? Le scénario paraissait dément, mais n'était-elle pas capable d'en arriver à de telles extrémités ?

Andrew était fiancée à Regine, lorsque Alison était entrée dans sa vie. Elle suivait les cours de la prestigieuse Julliard School et vivait dans l'appartement que les Fairmont possédaient à New York, dans le quartier huppé de l'Upper Eastside. Grande admiratrice de Regine, elle lui avait rendu de nombreux service. A plusieurs reprises, elle l'avait accompagnée en tournée, si bien que, peu à peu, elle avait su se rendre indispensable auprès de la pop-star et de son manager. Après l'accident qui avait coûté la vie à Regine, Andrew, brisé, s'en était entièrement remis à la compassion d'Alison…

En demandant le divorce, il avait exprimé ses regrets d'avoir laissé la situation le dépasser. Alison lui avait assuré qu'elle comprenait. Il était tombé dans ses bras pour se consoler, pour rebondir. Elle en avait toujours été consciente et ne l'en blâmait pas. Bien sûr qu'elle lui accordait le divorce. Elle ne voulait qu'une chose : une dernière sortie en mer sur le *Bladerunner*. Il avait commis l'erreur d'accepter… Cette balade avait bel et bien été leur dernière.

Cette terrible soirée en tête, il s'agrippa au cordage d'amarrage et approcha le yacht suffisamment près de la jetée pour pouvoir monter à bord. Puis il se dirigea vers la proue, sur bâbord, où le garde-corps avait été endommagé. Les travaux de réparation avaient effacé toute trace des dégâts, mais Andrew n'était pas près d'oublier la vue du bastingage brisé, la première chose qui lui avait sauté aux yeux, lorsqu'il était remonté sur le pont après être allé chercher les gilets de sauvetage. Sur le coup, il avait évidemment pensé qu'Alison avait été déséquilibrée par les vents violents et projetée par-dessus bord.

Ce n'était que quelques jours plus tard qu'il avait commencé à avoir de sérieux doutes sur l'hypothèse de la chute accidentelle, en découvrant qu'une police d'assurance avait récemment été souscrite en son nom sur la vie d'Alison.

Qui avait imité sa signature sur le contrat ? Lorsqu'il aurait répondu à cette question, sans doute tiendrait-il la personne qui cherchait à ruiner sa vie.

Les membres de la famille Fairmont figuraient, bien sûr, en tête de sa liste de suspects. Leur mobile : l'héritage familial. Celui-ci avait échappé à Julia en raison de la clause de moralité stipulée dans le testament de sa mère, mais si sa fille n'était plus là, elle pouvait espérer remettre la main dessus. Bret, de son côté, pouvait s'imaginer que c'était à lui que reviendraient les cinquante millions de dollars.

Puis il y avait aussi Tony Bogart, l'ancien petit ami d'Alison, qui avait manifestement la rancune tenace. Après toutes ces années, il en voulait encore à Alison et à Andrew. Peut-être à mort.

Restait enfin Alison elle-même. Andrew doutait qu'elle fût une assez bonne nageuse pour oser plonger dans une mer déchaînée, mais peut-être avait-elle un complice qui l'attendait dans un petit canot à moteur. Andrew n'aurait pas été étonné qu'elle soit encore en vie, patientant dans l'ombre avant de passer à la prochaine étape de sa machination.

Depuis l'accident, il surveillait les comptes en banque de son épouse. Aucune opération n'y avait été effectuée. Mais qu'y avait-il de plus facile que d'ouvrir un nouveau compte sous un faux nom ?

Andrew regrettait de ne pas avoir songé à inspecter le yacht, même après l'avoir ramené au port. Une personne agile, de mèche avec l'instigateur de ce plan diabolique, avait très bien pu s'éclipser discrètement pendant qu'il appelait les gardes-côtes.

Ses investigations avançaient lentement, car il veillait à ne pas mettre la puce à l'oreille de ceux qu'il soupçonnait. En février, il avait pris rendez-vous avec l'assureur qui avait établi la fameuse police d'assurance-vie. Il avait toutefois fait preuve de la plus grande circonspection, conscient que, en se montrant trop curieux, il risquait de faire peser des soupçons de fraude sur Marnie, ce qu'il ne voulait surtout pas. Il avait même dû reconnaître que la signature apposée sur le contrat était la sienne.

L'assureur n'avait encore jamais rencontré Andrew en personne, mais il était persuadé d'avoir traité avec lui par téléphone et par fax. Ce qui impliquait que la personne qui avait souscrit l'assurance était un homme, ou quelqu'un qui bénéficiait d'une complicité masculine.

De la poche de son short, Andrew retira la clé de la cabine du bateau. S'il y avait encore des provisions à bord, il se préparerait un café avant de prendre la mer. Il ne hisserait pas les voiles, aujourd'hui. Pour cela, il fallait être deux. Il se contenterait d'une petite balade au moteur.

Que Marnie manifeste soudain l'intention de faire

machine arrière le contrariait. D'une part, il n'était plus certain de pouvoir lui faire confiance ; de l'autre, il redoutait de se laisser fléchir. Alison était une froide calculatrice qui avait l'habitude que tout lui tombe toujours tout cuit dans le bec. Marnie, en revanche, n'avait jamais été gâtée par la vie. Elle ne considérait rien comme acquis. Et, par commisération, Andrew avait tendance à lui céder facilement. Dangereuse impulsion…

Il ne pouvait pas se permettre d'agir par sentiment. Les femmes, savait-il d'expérience, avaient vite fait de tirer vicieusement profit des nobles sacrifices masculins. Néanmoins, parce que Marnie avait déjà eu son lot de malheur, il s'était promis de lui épargner davantage de souffrances.

Jouer les imposteurs au sein de la famille Fairmont la rebutait, et comment l'en blâmer ? Bon gré mal gré, elle avait cependant fini par accepter de rester. Ce qu'Andrew redoutait le plus, à présent, c'est qu'elle n'ait une réaction impulsive qui lève le voile sur sa véritable identité. Ou, pire, qu'elle ne se démasque elle-même. Elle était si imprévisible, un animal sauvage indomptable…

Ironique, songea Andrew, qu'il soit justement attiré comme un aimant par cet aspect de sa personnalité qu'il s'efforçait depuis six mois de réprimer. Pour la transformer en quelqu'un qu'il méprisait.

Des bruits de pas sur la jetée l'arrachèrent à ses réflexions. Ebloui par le soleil, il porta une main en visière à ses yeux. Une silhouette s'avançait vers le *Bladerunner*. Au grand soulagement d'Andrew, l'homme s'arrêta près d'un autre bateau et le contempla d'un air appréciateur. Puis il reprit sa marche. Andrew étouffa un juron en distinguant dans le contre-jour les traits de Tony Bogart.

# 10.

Contrairement à la plupart des natifs de Mirage Bay, Tony Bogart n'était pas un mordu de la mer. L'odeur de gazole et d'algues en décomposition qui planait au-dessus du port à marée basse lui soulevait même le cœur. Mais, pour une fois, il s'en accommodait. Il allait ficher à Villard la trouille de sa vie. Intimider les suspects l'amusait toujours énormément. Comme la majorité des flics, mais rares étaient ceux à l'admettre.

La peur n'a pas d'odeur, hormis dans les romans de gare. Mais elle se plaque sur les visages comme un masque. Elle rend la peau grise, les lèvres sèches, et fait briller le regard. Tony se délectait, quand il avait en face de lui quelqu'un qui bégayait et avait peine à déglutir. Il se sentait alors maître de la situation, comme lorsqu'il avait le doigt sur la détente de son flingue. La vue d'une arme à feu agissait comme un coup de baguette magique sur les petits malins qui osaient lui manquer de respect.

En tant que représentant de la loi, Tony se positionnait au sommet de la hiérarchie qui régit les rapports humains. Les riches n'avaient qu'à bien se tenir ; de ce point de vue, c'était lui le plus fort. Bien sûr, les friqués pouvaient se payer des avocats influents, mais, de nos jours où les procès sont diffusés à la télé, ils n'avaient plus l'assurance d'être systématiquement tirés d'affaire.

Villard descendit de son yacht et vint à sa rencontre. Il n'affichait aucun signe de peur. Qu'à cela ne tienne, Tony emploierait la manière forte. S'il devait sortir son revolver, il n'hésiterait pas une seconde. Villard portait un short kaki, un T-shirt blanc au col en V et des chaussures bateau. Difficile de cacher une arme dans une tenue aussi légère.

Tony s'immobilisa. Villard continua à avancer en le fixant de ses yeux de fouine.

— Tu as un bateau amarré ici ou tu me surveilles ? lança-t-il.

Un sourire étira les lèvres de Tony.

— Aurais-tu quelque chose à te reprocher pour penser qu'on puisse te surveiller ? Je serais heureux d'entendre ta confession.

— Nous sommes ici dans un club privé, rétorqua Andrew avec une expression méprisante, et je serais fort étonné que tu en sois membre.

L'arrogance des riches…

— Le portillon était ouvert, répondit Tony en feignant de s'excuser. Je dors à l'hôtel juste en face, je t'ai aperçu…

En réalité, il avait repris dès l'aube son guet à proximité de la villa des Fairmont. Il esquissa un pas en arrière et fit mine de faire demi-tour, puis il ajouta :

— Comme tu souhaitais que je m'adresse à toi, si j'avais quelque chose à dire à ta femme…

— Je t'écoute.

— En fait, je préfère même te le dire à toi qu'à elle : je la trouve très bizarre.

— Aurais-tu l'amabilité de préciser le fond de ta pensée ?

— Tu sais très bien de quoi je parle. Elle n'est plus la même.

— En effet, répondit Andrew avec nonchalance, elle a été défigurée et on lui a reconstruit le visage.

— Je sais, je sais, mais il n'y a pas que ça. Alison adorait être admirée. On dirait qu'elle est gênée qu'on la regarde, maintenant…

— Le sujet est clos, répliqua Andrew en tournant les talons et en retournant auprès de son yacht, dont il commença à défaire les cordages.

Tony lui emboîta le pas.

— Tu sors en mer ?

— J'ai comme besoin de prendre l'air, soudain.

— Vraiment ? N'est-ce pas plutôt l'irrésistible besoin de retourner sur le lieu du crime ?

— Il n'y a pas eu de crime, Bogart, à moins que tu ne saches quelque chose que j'ignore, riposta Andrew en jetant des coups d'œil autour de lui. D'ailleurs, qu'est-ce que tu fiches ici, toi, hein ?

— Je voulais te féliciter pour ton mariage. Tu ne m'en as pas laissé l'occasion, hier.

— Tu es pathétique, cracha Andrew. Et maintenant, lâche-moi les baskets, tu veux bien ?

Tony émit un ricanement qui se voulait hautain, mais

qui sonna amer. La rage le consumait et lui faisait perdre son aplomb. Il se serait giflé.

Andrew était remonté sur son bateau et se préparait à larguer les amarres. Il l'observa qui manœuvrait l'immense voilier avec aisance. Villard était un gars qui connaissait la mer et maîtrisait la navigation. Pour lui, les courants n'avaient sans doute pas de secrets. Il devait savoir où exactement jeter un corps par-dessus bord de façon à ce qu'il ne refasse jamais surface.

Or, Alison avait été retrouvée. Vivante. Par Villard lui-même. Il y avait quelque chose que Tony ne comprenait pas. Mais c'était pour ça qu'il était entré au FBI. Parce qu'il adorait résoudre les énigmes.

Son mobile vibra dans l'étui accroché à sa ceinture. Il consulta l'écran. Numéro privé. Son indicateur anonyme, probablement. Il prit la ligne.

— Bogart, j'écoute, dit-il, la main légèrement tremblante.

— Elle a commis deux meurtres, articula une voix étouffée. Et elle s'apprête à récidiver. Cette fois, elle va tuer quelqu'un que tu connais et que tu aimes.

— Qui a commis deux meurtres ?

— Tu le sais, répondit la voix sur un ton méprisant.

— Alison Fairmont ? A qui va-t-elle s'en prendre ?

— Tu le sais aussi.

Bip, bip, bip…

Tony composa aussitôt le *75 afin de signaler à son opérateur de téléphonie qu'il souhaitait que cet appel soit identifié. Le service était réservé aux victimes de menaces ou de harcèlement, mais il ne disposait pas d'autres ressources. Pendant ses congés, il n'avait pas accès aux dispositifs électroniques de surveillance du FBI.

Cette fois, il avait eu l'impression que son mystérieux correspondant était une femme, mais il existait de nombreuses méthodes pour déguiser sa voix. Quelqu'un qu'il connaissait et qu'il aimait allait être assassiné ? Risible. Il n'y avait que lui-même qui répondait à ces critères.

Après avoir passé la nuit à réfléchir au choix qu'elle avait fait et au mensonge dans lequel elle vivait désormais, Marnie s'était résolue à avoir une discussion en tête à tête avec Julia. Evidemment, il était inconcevable qu'elle lui avoue la vérité, mais elle pouvait au moins lui confier qu'elle redoutait de ne pas être à la hauteur de ses espérances. Qu'y aurait-il d'étrange à ce qu'une fille fasse part à sa mère de ses incertitudes ? Marnie partait du principe que du dialogue jaillit la compréhension. Et si elle voulait que la situation soit vivable, elle devait absolument trouver un terrain d'entente avec Julia.

Ses plaques rouges avaient enfin disparu, mais, pendant vingt-quatre heures, elle avait dû garder la chambre. Pour la couvrir, Andrew avait prétendu qu'elle ne se sentait pas bien. Ce matin, il était parti de bonne heure, en promettant de revenir avec des nouvelles de Gramma Jo.

A présent, il était presque 14 heures et la maison semblait déserte. A la recherche des appartements de Julia, Marnie parcourait le long couloir qui reliait les deux ailes de la villa en frappant à chacune des portes. Derrière les battants, elle découvrait une enfilade de salons et de luxueuses chambres d'amis inoccupées.

Enfant, elle s'était mis dans la tête que Julia dormait derrière les immenses fenêtres palladiennes aux balcons romantiques surplombant l'océan. Jamais elle n'aurait pensé que la demeure pût être aussi vaste.

En percevant des voix, elle se figea devant une double porte.

— Franchement, je trouve qu'elle a un comportement vraiment louche. Tu n'es pas de mon avis ? On dirait que c'est la première fois qu'elle met les pieds dans cette baraque.

Bret.

— Tu sais bien qu'elle est amnésique, répondit Julia avec agacement.

— Ça ne te choque pas que cette pouffiasse nous regarde comme si nous étions des étrangers ?

— Ne traite pas ta sœur de pouffiasse, s'il te plaît. Ce mot m'écorche les oreilles.

— Cette fille n'est pas ma sœur. Ça fait une heure que je me tue à te le répéter.

Marnie donna un petit coup contre la porte et la poussa timidement.

Julia était assise derrière un bureau au plateau de marbre, dans un décor en tout point semblable à ce que Marnie avait imaginé quand elle était gamine, une pièce raffinée, dotée d'arches et de colonnes dignes d'un palais royal.

Bret se balançait sur une chaise, les pieds sur le bureau

de sa mère. Ni l'un ni l'autre ne semblaient s'être aperçus de l'arrivée de Marnie.

— Tu ne sais plus quoi inventer pour te rendre intéressant, siffla Julia. Enfin, bref. Je compte donner une petite réception, ce week-end, pour célébrer le mariage d'Alison et d'Andrew. Je vais le leur annoncer ce soir au dîner.

— Une réception ? A ta place, je ne prendrais pas ce risque. Tu imagines ce que tes amis de la haute vont penser d'elle ?

— Comment ça ?

— Elle va te faire honte. Tu as vu comment elle tient son verre ? Tu as vu comment elle a bu le chevalier-montrachet 1996 que tu lui as servi ? Comme du gros rouge.

Julia se pencha en avant.

— Tu ne crois tout de même pas sérieusement qu'Andrew nous a amené une mystificatrice ? J'appellerais la police sur-le-champ et il le sait.

Marnie envisageait de s'éclipser discrètement, lorsque Bret tourna la tête vers elle.

— Tu nous espionnais ? lança-t-il. Qu'as-tu donc entendu, espèce de malapprise ?

— Je ne vous espionnais pas, riposta-t-elle. J'ai frappé avant d'entrer, et j'ai entendu tout ce que tu as dit sur moi, grossier personnage.

Ses yeux jetaient des éclairs. Elle n'avait jamais aimé Bret, par principe, parce qu'il snobait le monde entier. Adolescente, elle avait souvent eu envie de le gifler. L'occasion était trop belle. Impulsivement, elle marcha droit sur lui et lui administra une bonne claque.

Surpris, il ne tenta même pas de s'esquiver.

— Pauvre connasse, marmonna-t-il en portant la main à la trace rouge qu'elle avait laissée sur sa mâchoire. Tu aurais mieux fait de te noyer…

Julia se leva d'un bond et s'interposa entre ses deux enfants.

— Ne la touche pas, Bret, menaça-t-elle en saisissant le poignet de son fils.

Il étouffa un grognement de frustration.

— Tu la protèges, après tout ce qu'elle t'a fait ? rétorqua-t-il.

Furieusement, il se libéra de l'étreinte de sa mère et quitta la pièce d'un pas rageur.

Marnie avait le cœur qui battait à tout rompre. Ces gens étaient toxiques. Il fallait s'en méfier comme de la peste.

Julia alla se poster devant la fenêtre. Dans ses petits souliers, Marnie se dirigea vers la porte.

— Où vas-tu ? lui lança Julia en pivotant sur ses talons. Viens par ici, que je te regarde.

Marnie redressa le menton et, prenant son courage à deux mains, elle s'avança vers Julia, droite comme un i, consciente que, dans son jean trop grand et son bustier de soie bordeaux, elle devait avoir l'air d'une hippie. Andrew ne l'avait pas aidée à choisir ses vêtements, ce matin…

— Tu es habillée comme l'as de pique, commenta Julia. Du jean et de la dentelle… Quelle faute de goût. Et tes sandales sont affreuses. On dirait des Birkenstock.

— Tout le monde porte du jean avec de la dentelle, protesta faiblement Marnie.

— Ah, bon ? C'est la dernière mode ? Et tu te soucies de la mode, maintenant, toi qui as toujours eu le sens inné du style, comme moi ?

Julia se plaça de trois-quarts, main sur la hanche, comme pour faire admirer sa robe à épaulettes marine et blanc.

— J'ai perdu beaucoup de poids, bredouilla Marnie. Plus rien ne me va. Et les vêtements ne m'intéressent plus.

— Ça se voit…

— Il essaye de te monter la tête contre moi, articula Marnie d'une voix tendue par l'émotion.

— Qui ? Bret ?

— Oui, Bret ! Il profite de la situation parce que je suis encore faible, mais…

Elle s'interrompit, soudain consciente qu'un mur de brique infranchissable se dressait entre elle et l'autoritaire Julia Fairmont.

— Ecoute, reprit-elle, s'armant de courage, si tu ne me considères pas comme ta fille, dis-le-moi franchement, et je ferai mes bagages.

Julia la dévisagea avec surprise et méfiance. Puis elle retourna lentement à son bureau, posa les mains sur le dossier de son fauteuil pivotant et baissa la tête dans une attitude désespérée. Plantée en face d'elle, le sang battant aux tempes, Marnie se demandait quelle réponse elle souhaitait vraiment entendre.

# 11.

Au bout de quelques minutes qui parurent à Marnie une éternité, Julia s'approcha d'elle et lui caressa le visage, traçant du bout des doigts le contour de ses pommettes, la ligne de ses sourcils, tout en la regardant d'un air étrangement absent.

— Bien sûr que tu es ma fille, dit-elle enfin. Tu me ressembles tellement. Encore plus qu'avant, il me semble.

Un sourire presque tendre passa fugitivement sur ses traits.

— Merci, murmura Marnie.

— Ne me remercie pas, il n'y a pas de quoi.

Julia lui prit la main et l'entraîna dans sa chambre, devant un élégant miroir à trois pans.

— Regarde-nous, dit-elle. Tu es mon portrait tout craché.

Marnie hocha la tête, troublée. En effet, la ressemblance était frappante.

— Et il y a quelque chose qui me permettrait de reconnaître ma fille entre mille, poursuivit Julia.

— Le piano ? hasarda Marnie.

— Non, la façon dont tu tiens tête à Bret.

Julia exerça une pression sur la main de Marnie.

— Je reconnais bien là ma petite Alison. Tu ne t'es jamais laissé faire. Je me rappelle, j'avais presque envie de vous faire prendre des leçons de boxe, pour vous voir régler vos comptes sur le ring. Mais j'avais peur que tu ne démontes ton petit frère.

Elle éclata de rire. Marnie l'imita, tout en songeant qu'elle venait de remporter une victoire et, par là, de sceller son sort. Elle ne retournerait pas à Long Island, du moins, pas dans l'immédiat.

— Il faut qu'on parle, déclara Julia en l'invitant à s'asseoir près d'elle sur un sofa tapissé de satin rayé. Maintenant que tu sais que je vais organiser une petite réception en ton honneur, autant que je te donne tous les détails. Il n'y a pas encore eu de soirée à la maison depuis qu'elle a été rénovée. Tous mes amis sont impatients de voir le résultat des travaux. Nous allons leur concocter quelque chose d'exceptionnel. Je veux les épater.

Bien que remplie d'appréhension par la perspective de ce raout, Marnie acquiesça de la tête. Julia lui pressa de nouveau les doigts.

— Ce sera la soirée de l'année, continua-t-elle avec un petit rire qui manquait singulièrement de naturel. Tout le monde sait que tu as été défigurée. Ils vont tous accourir, ces curieux. Je suis sûre de ne recevoir aucun mot d'excuse, cette fois.

*
* *

— Devinez qui vient de décrocher un superjob ? lança Bret en levant les yeux de son gaspacho et en souriant malicieusement à toute la tablée, à l'exception de sa mère, qu'il ignorait ostensiblement.

— Qui donc ? Sûrement pas toi, répondit néanmoins Julia sur un ton cassant.

Sous la table, Andrew pressa la main de Marnie. Depuis qu'elle lui avait raconté sa confrontation avec Julia, juste avant de descendre dîner, l'atmosphère entre eux s'était considérablement détendue.

D'autant plus qu'il lui avait annoncé que Gramma Jo était en voyage. Après sa promenade en mer, il s'était rendu chez la vieille femme. Tous les volets étaient fermés. Il avait frappé, personne n'avait répondu. Intrigué, il avait fait un détour par le marché, où une foraine lui avait appris que Josephine Hazelton avait gagné le premier prix d'un concours, une croisière elle ne savait plus où ni pour combien de temps.

Marnie avait failli s'évanouir de joie. Sa grand-mère avait toujours rêvé d'une croisière, mais sans doute n'aurait-elle jamais eu les moyens de se l'offrir. Jamais Andrew n'avait vu Marnie aussi rayonnante. Il lui avait promis de continuer à se renseigner, notamment sur la date de retour de Gramma Jo, tout en lui rappelant que, si Josephine revenait avant leur départ, il faudrait absolument résister à la tentation de lui rendre visite, car si quelqu'un risquait de reconnaître Marnie, c'était bien celle qui l'avait élevée.

Andrew s'était gardé de mentionner sa rencontre avec

Bogart, préférant éviter, tant que cela n'était pas nécessaire, de causer à Marnie des tracas à ce sujet.

En souriant avec arrogance, Bret laissa un pesant silence s'installer. Ce fut Andrew qui le rompit.

— Alors ? Qui devons-nous féliciter ? demanda-t-il.

Julia se leva et fit tinter sa fourchette contre son verre.

— Ça peut attendre une minute, Bret ? J'ai quelque chose à vous annoncer.

Bret se leva à son tour.

— Non, ça ne peut pas attendre. On m'a proposé de devenir l'ambassadeur d'une marque de cosmétiques pour hommes.

— « Ambassadeur » ? répéta Julia. Ce mot me paraît bien pompeux. Pourrais-tu nous expliquer ce qu'il signifie ?

— L'ambassadeur, c'est le mannequin vedette d'une marque, répondit Bret, comme Mark Wahlberg pour les slips Calvin Klein, par exemple. J'ai été contacté par deux jeunes entrepreneurs qui vont lancer en grandes surfaces une nouvelle gamme de produits de beauté pour hommes. Je suppose que le nom des Fairmont leur apportera du crédit.

Il jeta un regard en coin à sa mère puis ajouta :

— C'est génial, hein ?

— En grandes surfaces ? grimaça Julia. Et tu as accepté leur offre ?

— Je dois leur donner ma réponse demain.

Julia gratifia son fils d'un regard noir. Elle ne l'autoriserait jamais à faire de la pub pour des gels douche bon marché, songea Andrew.

Marnie applaudit. Tous les visages se tournèrent vers elle, mais personne ne l'imita. Que lui était-il passé par la tête ? se demanda Andrew. De savoir que tout allait bien pour sa grand-mère l'avait rendue euphorique, mais il n'y avait pas que cela. Depuis sa discussion avec Julia, elle semblait avoir acquis une toute nouvelle confiance en elle.

— A la carrière de Bret, maugréa Julia en levant son verre avec une expression résignée. Bien… Maintenant, à moi de vous annoncer une grande nouvelle. Rebecca et moi, nous avons invité le Dave Matthews Band à venir jouer pour notre petite réception. Et ils ont accepté. Sans qu'Andrew intervienne, je tiens à le préciser.

Cette petite pointe à l'intention de son gendre semblait lui procurer une énorme satisfaction. Bret se servit du vin et l'avala d'un trait.

— J'espère que ce n'est pas une soirée en nœud pap, grommela-t-il d'une voix pâteuse.

— Bien sûr que si, répondit sa mère. C'est une grande occasion, voyons. Nous célébrons le mariage d'Alison et Andrew, et c'est la première fois que nous recevons depuis que les travaux sont terminés. Nous allons lever le voile, en quelque sorte.

Cette expression fit tiquer Andrew. Sur quoi Julia voulait-elle lever le voile ? Sur le nouvel aménagement de Sea Clouds seulement ? Ou avait-elle d'autres surprises en réserve ? Avait-elle l'intention de démasquer publiquement Marnie ? Il devenait paranoïaque…

Tandis qu'ils terminaient le hors-d'œuvre, il étudia discrètement chacun des occupants de la villa.

Bret n'était-il qu'un grand gamin gâté et rebelle, un beau mannequin stupide ou un froid calculateur capable d'exercer un chantage ?

Julia était, quant à elle, une redoutable adversaire, il n'y avait pas l'ombre d'un doute, une mère « destructrice » comme Marnie l'avait justement souligné. Néanmoins, elle n'était pas totalement dépourvue d'affect. Elle était extrêmement dure avec Bret, mais on sentait qu'elle était affectée de ne pouvoir communiquer avec lui. Et si elle s'était fâchée avec sa fille, il était clair qu'elle désirait maintenant renouer des liens avec elle. A moins, bien sûr, que son attitude envers Marnie ne soit qu'un faux-semblant destiné à servir une manœuvre inavouable. Ou la manifestation du sentiment de culpabilité d'une mère ayant tenté de se débarrasser de sa fille.

Et puis il y avait Rebecca, son assistante, qui se fondait presque dans le décor avec sa robe de coton beige, silencieuse mais observatrice, indéchiffrable. Andrew avait tendance à se méfier des eaux dormantes. Mentalement, il prit note de se renseigner sur la jeune femme.

Dans la salle à manger, on n'entendait que le ronronnement des deux ventilateurs aux pales de teck brassant l'air sous le plafond orné d'une fresque représentant une forêt tropicale où perçaient des yeux d'animaux sauvages. Parfaitement adaptée au climat de méfiance qui régnait dans la pièce, songea Andrew.

— Combien de personnes vas-tu inviter ? demanda Bret à sa mère. De quoi remplir un stade ?

— Nous ne serons que cinquante, répondit Julia, ignorant la provocation. Si peu de temps à l'avance, je ne peux pas convier davantage de monde. Nous dînerons dans la grande salle à manger, et, ensuite, nous passerons dans le pavillon chinois. Je ne te l'ai pas encore montré, Alison, mais je l'ai fait agrandir et transformer.

Andrew se souvenait parfaitement de la gloriette au toit en forme de pagode. Des années plus tôt, Julia disait déjà s'être lassée des dragons chinois multicolores. Il était curieux de savoir ce qu'elle avait fait de ce lieu féerique.

— C'est que je n'ai apporté aucune tenue de soirée, avança timidement Marnie.

— Ne t'inquiète pas, répliqua Julia. Ma styliste personnelle viendra te présenter ses créations. Elle fait des choses formidables. Tu n'auras qu'à choisir ce qui te plaira. Rebecca et moi, nous t'aiderons, si tu veux.

— Oh, non, vraiment, ce n'est pas..., bredouilla Marnie.

Andrew lui donna un petit coup de pied sous la table. Elle réagissait comme une simple connaissance gênée par la générosité de ses hôtes, et non comme la fille choyée d'une famille privilégiée.

— Formidable ! se corrigea-t-elle aussitôt.

Comment allait-elle se comporter lors de cette réunion mondaine ? s'interrogea Andrew. Julia avait-elle organisé cette réception afin de la tester ? Soudain, il comprenait les sacrifices que Marnie faisait pour lui. Dans la situation où elle s'était retrouvée face à Julia et Bret, elle aurait pu craquer et révéler le pot aux roses. Elle aurait pu aussi prier Julia d'annuler cette soirée, prétextant un équilibre psychologique encore trop précaire pour affronter les amis de sa mère. Or, dans les deux cas, elle avait bravement pris le taureau par les cornes, et Andrew lui en était extrêmement reconnaissant.

— Un peu plus de champagne ?

La styliste n'attendit pas la réponse de Marnie pour lui remplir sa coupe. Assise sur un coussin dans une robe d'organza rouge, celle-ci était épuisée d'essayer des tenues depuis près de deux heures. Et tout ce champagne commençait à lui tourner la tête.

Julia en avait éclusé presque une bouteille à elle seule. Elle déambulait dans la pièce les seins nus, sans aucune gêne. Rebecca avait bu plusieurs verres, elle aussi, dilués toutefois dans du nectar de pêche. Quant à Belinda, la styliste, elle ne donnait pas sa part au chat, bien qu'elle fût là pour travailler.

— Celle-ci est magnifique, n'est-ce pas ? lança Rebecca en écartant les bras pour montrer la robe à volants de satin noir qu'elle venait de passer.

Julia était en train de se glisser dans un fourreau lamé or aux brides incrustées de brillants que Marnie n'osait imaginer sur elle tant il était sexy et chic.

— Quelle taille est-ce ? demanda Julia en se battant avec la fermeture Eclair. Aurais-je pris du poids ?

— Il va falloir vous mettre au régime, répondit Rebecca en riant.

Julia la foudroya du regard.

— Tu t'es vue ? répliqua-t-elle. Tu es deux fois plus grosse que moi. Recommence à te faire vomir, s'il n'y a que ça pour que tu gardes la ligne.

Rebecca devint blême, puis écarlate. Abasourdie par tant de cruauté, Marnie s'attendait à une repartie cinglante, mais la jeune femme garda le silence. Julia ôta le fourreau doré et le jeta à Belinda.

— Faites-le essayer à Alison, aboya-t-elle. Elle n'a que la peau sur les os. Il lui ira, à elle.

— J'aime bien la rouge que j'ai sur moi, avança prudemment Marnie, redoutant que Julia, sous l'effet de l'alcool, ne devienne hystérique.

Puis, aussitôt, elle se remémora que Julia détestait le rouge.

— Tais-toi et essaye cette robe !

— Je crois qu'elle vous ira, dit timidement Belinda en tendant la robe à Marnie.

Julia s'enveloppa dans un peignoir en éponge et passa furieusement en revue les tenues accrochées au portant que la styliste avait apportées.

— Il n'y a rien qui me plaît, rien, rien de rien ! pesta-t-elle.

— C'est que vous m'aviez demandé d'apporter des robes pour Alison…

— Je sais ce que je vous ai demandé ! Alison et moi, nous faisons la même taille. Ou tout du moins nous *faisions* la même taille. Et nous avons les mêmes goûts. S'il n'y a rien ici pour moi, il n'y a rien non plus pour elle !

Bien qu'irritée au plus haut point par le comportement

de Julia, Marnie enleva la robe rouge et enfila le fourreau chatoyant, que Belinda l'aida à ajuster. Epousant son corps filiforme à la perfection, il lui allait comme un gant, comme s'il avait été taillé pour elle.

— Ouahou ! s'exclama Rebecca.

— Ce truc ne te va pas du tout, déclara Julia.

Marnie se tourna vers le miroir, et étouffa un petit cri de surprise en découvrant son reflet. Elle ressemblait à une actrice de cinéma.

— Elle est superbe, dit-elle avec fermeté, résolue à ne pas se laisser imposer la volonté de Julia. Voilà, ça y est, j'ai trouvé ce que je porterai pour la soirée.

— Splendide, j'adore ! s'exclama une voix masculine dans l'encadrement de la porte.

A la vue d'Andrew, Marnie se couvrit la poitrine. Il fit mine de se cacher les yeux.

— Excusez-moi de vous déranger, dit-il. Je cherchais ma chérie. Comme la porte était ouverte…

« Ma chérie » ? Marnie n'osait pas regarder Andrew.

— Elle te plaît ? lui demanda-t-elle par-dessus son épaule.

— Il n'aurait pas dû la voir, intervint Julia. Ça porte malheur.

— Ce n'est pas une robe de mariée, murmura Marnie. Et, de toute façon, mon choix est arrêté.

Elle coula enfin un regard en direction d'Andrew. Bouche bée, il la dévorait des yeux.

# 12.

Ses tongs de cuir claquaient sur les planches de la jetée, tandis que Bret courait en direction d'un attroupement de curieux rassemblés autour d'une équipe de photographes professionnels.

Pourvu qu'ils l'aient attendu ! espérait-il. Il avait presque une heure de retard. Quel imbécile... Avoir oublié de régler son réveil ! Résultat : il avait dormi jusqu'à 13 heures. Et, sans le tapage qui régnait dans les appartements de sa mère, il serait encore probablement sous la couette. Qui aurait cru que quelques femmes éméchées puissent faire autant de boucan en essayant des robes ?

A l'approche de la foule, il ralentit le pas et rentra sa chemise dans son short. L'agence de pub à qui Habana, les fabricants de cosmétiques, avaient fait appel leur avait consenti un rabais, à condition de ne pas avoir à fournir la garde-robe des modèles. Bret avait donc choisi dans ses placards un short à pinces, une chemise rayée et un pull de coton, le tout dans des tons de bleu, vert et kaki.

Une paire de lunettes d'aviateur teintées complétaient un look qu'il estimait parfait pour faire rêver le M. Toutle-Monde qui achetait sa mousse à raser au même endroit que son papier hygiénique.

Bousculant un couple de personnes âgées, il se glissa sous la corde qui délimitait le périmètre dans lequel se déroulait la prise de vue. Un photographe en jean et veste de jean étalonnait son posemètre, tandis qu'un assistant faisait briller un télescope à pièces qui figurerait dans le décor des photos. Bret avait été informé qu'il serait assis au pied de cette longue-vue, scrutant le large, les cheveux dans le vent.

Sous un parasol, un jeune gars se faisait maquiller et coiffer. Bret se mordit l'intérieur de la joue. Soit il avait été remplacé, soit il aurait de la compagnie sur les photos.

— Salut ! lança-t-il au photographe, qui était aussi le directeur artistique de l'agence.

Il l'avait déjà rencontré une fois, et avait été surpris par son jeune âge. Il ne devait être guère plus vieux que lui. Chez Habana, de toute façon, il n'y avait que des jeunes branchés, à l'exception du P.-D.G., un homme d'affaires de la région qui avait fait fortune dans l'informatique et étendait la sphère de ses activités.

— Salut, mec, lui répondit le photographe, avec l'air sincèrement étonné de le voir. Qu'est-ce que tu fais là ? Ton agent ne t'a pas appelé ?

— Mon agent ? Quel agent ? Pourquoi ?

— Ecoute, je suis désolé, mais le *big boss* a décidé que tu n'avais pas la gueule de l'emploi, finalement.

Bret sentit sa poitrine se serrer.

— Juste parce que j'ai un peu de retard ? bredouilla-t-il.

J'ai eu un petit problème de voiture. Ça ne se reproduira plus, promis.

— Non, ce n'est pas ça. Le patron nous a passé un coup de fil hier soir pour nous dire que tu ne faisais pas l'affaire.

Bret inclina la tête de côté, incrédule.

— C'est quoi, cette histoire ? grommela-t-il. Ça fait un an que Ben Palmer me fait des courbettes.

— Il a trouvé quelqu'un d'autre. Va falloir t'en remettre, mon pote.

— T'inquiète, connard, rétorqua Bret. Et merci pour ton honnêteté. C'est sympa de me balancer sans raison.

— Franchement, je n'en sais pas plus moi-même. La seule chose que je puisse te dire, c'est que Palmer a eu quelqu'un au téléphone qui lui a parlé de toi, hier.

Sa mère, sans aucun doute, songea Bret en se demandant ce qu'il en avait coûté à Julia pour lui mettre une fois de plus des bâtons dans les roues. Avait-elle couché avec Palmer, ce nabot au teint rougeaud ?

— Tu peux te pousser, s'il te plaît ? Tu me caches le soleil.

— Pauvre naze, bougonna Bret en s'éloignant, furieux.

Sa mère avait dû avoir peur qu'il se vante de son nouveau job à sa soirée bidon du week-end. Pauvre Julia… Elle aurait mieux fait de le laisser bosser, cette fois… Si elle savait à quoi il allait pouvoir consacrer tout son temps, elle s'en mordrait les doigts.

*
* *

Le Bull's Head Tavern était un pub sombre et enfumé, éternellement empesté par des relents de bière rance. Néanmoins, en fin de journée, les habitants de Mirage Bay se pressaient tous autour du bar. Certains soirs, on buvait même sur le trottoir.

Par chance, la salle était relativement vide, lorsque Tony Bogart y pénétra. Immédiatement, il repéra celle qu'il désirait voir : LaDonna Jeffries, juchée sur un tabouret à un bout du comptoir, solitaire, écaillant d'un air absent le vernis rouge de ses longs ongles devant un verre de bière à peine entamé, les yeux rivés sur son téléphone portable.

Lorsque Tony s'installa près d'elle, elle se tourna ostensiblement de l'autre côté sans même lui jeter un regard. Manifestement, elle n'avait pas envie de parler. Elle ne lui avait pas réservé le même accueil, la dernière fois qu'ils s'étaient rencontrés. Il ne souhaitait que lui poser quelques questions, comme aujourd'hui. Elle lui avait offert tout autre chose que les réponses qu'il attendait.

A travers ses boucles auburn, il étudia son profil. Visiblement, elle était contrariée. A cause d'un mec, sans doute. LaDonna avait la réputation d'accumuler les conquêtes faciles et les chagrins d'amour.

— Excusez-moi, lui dit-il. Je suis à la recherche d'Alison Fairmont. Vous ne l'auriez pas aperçue, par hasard ?

— Alison Fairmont ? Ici ? répliqua-t-elle en ouvrant le clapet de son mobile et en consultant l'écran. C'est une blague ou quoi ?

— Vous la connaissez ? insista-t-il.

— Tout le monde connaît Alison, répondit LaDonna en haussant les épaules.

Un morceau de blue-grass passait dans le juke-box. Le violon avait le don de faire grincer Tony des dents. Il commanda une pinte au barman.

— Et vous ne l'avez pas vue récemment ? lança-t-il à LaDonna.

— Si, répondit-elle sans le regarder, en composant un numéro. Elle est passée au drugstore, il y a quelques jours. Elle voulait une crème pour les mains, après elle n'en voulait plus… Ces riches, je vous jure…

— Vous ne la portez pas dans votre cœur, n'est-ce pas ?

— Elle m'indiffère complètement.

— Pensez-vous qu'elle puisse avoir assez de sang-froid pour commettre un meurtre ?

— Hein ?

LaDonna décolla son portable de son oreille et coupa la communication. Apparemment, le numéro qu'elle avait appelé ne répondait pas.

— Nous sommes tous capables de commettre un meurtre, un jour ou l'autre, dit-elle d'un ton las.

— Comment il s'appelle ?

— Qui ?

— Celui que vous avez envie de tuer.

— Dites, vous commencez à me gonfler, vous, avec vos questions.

Elle se tourna enfin vers Tony.

— Oh, punaise ! lâcha-t-elle. Tony Bogart ! Espèce de salopard…

Sur ces mots, elle saisit furieusement son verre. Tony lui attrapa le poignet avant qu'elle ne le lui jette à la figure.

— Eh, pose ça, tu veux ? fit-il.

De la bière gicla sur le comptoir.

— Pauvre connard, murmura-t-elle. C'est toi que j'ai envie de tuer.

— Moi ? Qu'ai-je fait pour mériter tant de haine ?

— Tu es parti de chez moi comme un voleur, l'autre fois. Tu m'as sautée et tu t'es barré sans même me laisser un mot. Tu aurais pu au moins me passer un coup de fil.

— Et tu m'en veux encore, après tout ce temps ?

Cette fille était cinglée, songea Tony. Oui, il avait eu hâte de filer de chez elle après leur brève étreinte sans passion. Parce qu'il n'aimait pas les femmes qui demandaient sans cesse si elles n'étaient pas trop grosses. LaDonna était obsédée par ses rondeurs. Au lit, elle n'avait pas eu d'autre sujet de conversation, bien que Tony lui eût répété mille fois qu'il la trouvait très belle.

Et voilà qu'elle pleurait à chaudes larmes, maintenant. Complètement dingue.

— Laisse-moi me racheter, dit-il. Je peux t'offrir un verre, t'inviter à dîner ?

— Et que me réclameras-tu en échange, Bogart ?

— Rien.

Elle le dévisagea en s'essuyant les yeux du revers de la main.

— C'est vrai ? Je ne te fais pas confiance.

— Tu as raison, admit Tony. Je voudrais juste te poser encore quelques questions.

— Seigneur, soupira LaDonna en rangeant son téléphone dans une poche de son sac en toile. Tous les mêmes… Vous croyez donc que tout s'achète ?

Et elle héla le barman.

*Et merde*, ragea Tony intérieurement. Il avait tout fichu en l'air. Elle allait payer sa bière et s'en aller. Mais non… Elle commanda le champagne le plus cher de la maison.

— C'est pour lui, indiqua-t-elle au serveur en pointant le doigt sur Tony.

Il acquiesça de la tête. LaDonna se rassit, esquissa un sourire satisfait et se tourna vers lui en croisant les bras sur le bar.

— Allez, vas-y, pose-moi tes questions. Qu'on en finisse et que je puisse savourer mes petites bulles tranquillement.

— Tu es superbe, la complimenta Tony en zieutant son décolleté pigeonnant.

Flattée, elle redressa le buste.

— Alors comme ça, la vie t'a fait un coup dur ce soir ?

— Je t'en prie, Tony, rétorqua-t-elle. Tu te fiches de ma vie comme de l'an quarante. Pourquoi m'as-tu demandé si Alison avait tué quelqu'un ?

— Ce n'est pas ce que je t'ai demandé.

— C'était sous-entendu.

— Je t'ai demandé si tu pensais qu'elle était capable de commettre un meurtre. C'est comme ça qu'on raisonne au FBI. Tout le monde est présumé coupable avant d'avoir prouvé son innocence.

— Tu connais Alison mieux que moi, non ? Tu es sorti avec elle, il y a quelques années, si je ne m'abuse ?

Bien… Puisqu'elle refusait de discuter amicalement, Tony allait en venir directement aux faits.

— Parlons donc d'une autre de tes amies, Marnie Hazelton.

— Qu'est-ce que tu lui veux ?

— C'était ton amie d'enfance, n'est-ce pas ?

— Pourquoi tu me poses cette question ?

— Tu l'as vue, récemment ?

— C'est… à cause de ton frère, Butch ?

Tony but une gorgée de sa bière light, dont l'amertume le fit grimacer.

— Peut-être…, admit-il. Disons que j'aimerais beaucoup m'entretenir avec ta copine. Je suis en mesure de l'aider.

— Ouais…

L'espace d'une fraction de seconde, Tony envisagea de mettre LaDonna dans la confidence. S'il l'informait qu'il était sur la piste d'un autre suspect, peut-être se montrerait-elle plus coopérative. Il y avait tant de choses qu'il désirait savoir sur Marnie Hazelton. Qui était-elle ? Les enquêteurs de la police locale en charge du meurtre de Butch n'avaient trouvé aucune information sur Marnie. Pas d'empreintes digitales ou dentaires, pas de numéro de Sécurité sociale, aucune coordonnée bancaire. Elle n'avait fréquenté l'école de Mirage Bay que sporadiquement, pour finalement se déscolariser totalement à l'adolescence, parce qu'elle ne supportait plus les moqueries de ses camarades. Et sa grand-mère n'était pas sa grand-mère. Josephine Hazelton prétendait l'avoir trouvée dans un panier. Une histoire à dormir debout, mais dont la vieille femme ne démordait pas. De surcroît, elle s'était, elle aussi, volatilisée à présent.

— Sérieusement, reprit-il, il faut que je parle à Marnie.

— Je ne sais pas où elle est, répondit LaDonna. Et même si je savais, je ne te le dirais pas. Elle n'a pas tué ton frère, Tony, bien qu'elle aurait eu plein de bonnes raisons de le faire. Butch n'était qu'une ordure…

— Ce qui justifie qu'il ait été assassiné de dix-sept coups de fourche ?

— Selon mon sens de la justice, oui. J'espère qu'il a souffert.

Tony porta son verre à ses lèvres. La conversation commençait à devenir intéressante. Si seulement ce maudit violon pouvait se taire… Il jeta un coup d'œil au juke-box, et s'imagina décharger son revolver dans cette fichue machine… Cette image le calma aussitôt.

— Si Marnie ne l'a pas tué, alors qui ? demanda-t-il. Tu dois bien avoir une théorie.

Le barman apporta le champagne, remplit deux flûtes et déposa la bouteille dans un seau à glace.

— Franchement, Tony, fit LaDonna, n'importe qui a pu tuer ton frangin. Il n'avait que des ennemis. Même ses soi-disant copains ne pouvaient pas le blairer. Il les terrorisait. Peut-être qu'ils en ont eu marre de sa tronche.

Tony goûta le champagne. Encore plus acide que la bière. Combien cette saloperie allait-elle lui coûter ?

— Et Gramma Jo ? demanda-t-il.

— Elle ne ferait pas de mal à une mouche.

— Même pour protéger son enfant chérie ? O.K., qui alors ?

LaDonna poussa un soupir et commença à énumérer toutes les personnes susceptibles d'avoir voulu se venger de Butch : un clochard qu'il avait tabassé juste pour le plaisir ; un voisin dont il avait abattu le chien parce qu'il jappait la nuit…

— Et toi, Tony ? fit-elle d'une voix sarcastique. Ton frère s'est bien fichu de ta gueule quand Alison t'a plaqué. Il a bien remué le couteau dans la plaie, hein ? Avec ses potes, ils étaient morts de rire quand ils parlaient de ton histoire d'amour malheureuse avec Boucles d'or…

— Il n'était qu'un gamin stupide à l'époque, marmonna Tony.

— Un connard, tu veux dire. *Tout le monde* le détestait.

LaDonna avait raison, mais Tony la haïssait pour son franc-parler. Lui seul avait le droit de dire du mal de Butch.

— Bon, il faut que j'y aille, dit-elle en terminant sa flûte. J'ai rendez-vous avec mon petit copain, un chic type, lui. Je ne veux pas le faire attendre.

Tony ricana méchamment.

— Tu es sûre qu'il t'attend ? Tu ne crois pas plutôt qu'il t'a posé un lapin ?

— Il serait venu s'il avait pu, riposta LaDonna. Il a dû avoir un problème de bagnole.

Elle se glissa à bas de son tabouret, puis hésita.

— Tu vois, je croyais que tu n'étais pas comme les autres, dit-elle. Je pensais que les mecs qui avaient souffert avaient un peu plus de cœur que les autres… Je me suis fourré le doigt dans l'œil…

Tony ne répondit pas. Elle le regarda droit dans les yeux. Il se tourna face au comptoir. Avec un claquement de langue désabusé, elle saisit son sac à main et se dirigea vers la sortie.

Tony avala sa dernière gorgée de bière et régla l'addition. Il n'avait rien appris sur Marnie, mais il n'avait pas non plus perdu son temps. Il avait instillé le doute quant à Alison dans l'esprit de LaDonna. Et LaDonna détestait Alison autant qu'elle le détestait, lui, si ce n'était davantage.

# 13.

— A ma seule et unique fille, Alison, plus belle ce soir que jamais, et à son merveilleux mari Andrew, lui aussi, ma foi, fort charmant.

Les invités rirent poliment, tandis que Julia Fairmont levait son verre, aux cieux d'abord, puis à sa fille et à son gendre, assis à la table d'honneur jonchée de fleurs fraîches. Une succession de plats tous plus raffinés et abondants les uns que les autres avaient été servis : caviar, filet mignon, langouste. Après les toasts viendrait le dessert, puis le champagne coulerait à flots jusqu'au bout de la nuit.

Aussi vaste qu'une petite salle de bal, surplombant l'océan, le pavillon chinois avait été somptueusement décoré par une équipe de professionnels dirigée par Julia. Les lanternes asiatiques avaient été remplacées par des lustres de cristal. Du toit pendaient des milliers de minuscules guirlandes lumineuses entrelacées dans des rameaux de glycine. A l'horizon, le couchant embrasait le ciel d'une symphonie de pourpres et d'orangés.

— Soyez longtemps heureux comme vous l'êtes à présent, continua Julia. Puisse votre union vous combler de mille joies. Et me donner peut-être des petits-enfants… C'est que ça fait déjà quatre ans, vous deux !

Les rires redoublèrent et Marnie se sentit rougir. Tout cela sonnait tellement faux… Cette soirée n'était qu'une vaste mascarade. Toute sa vie n'était plus qu'une énorme supercherie.

Les quelques jours qui venaient de s'écouler avaient été exclusivement consacrés aux préparatifs de la réception, et Julia avait monopolisé chaque minute de son temps. A diverses reprises, elle avait tenté de lui soutirer des confidences au sujet d'Andrew et de leur relation de couple, insinuant de façon plus ou moins subtile qu'il était peut-être dangereux.

« Te sens-tu bien avec lui ? Est-ce que tout va bien entre vous ? Bien sûr, il n'a jamais levé la main sur toi, n'est-ce pas, ma chérie ? »

A aucun moment, Julia n'avait osé avouer ouvertement qu'elle soupçonnait Andrew d'avoir poussé Alison à la mer, mais, de manière détournée, elle prêchait le faux pour savoir le vrai.

Marnie éludait ses questions en affirmant qu'elle était extrêmement reconnaissante envers Andrew d'avoir été aux petits soins pour elle durant sa longue convalescence. Et, bien sûr, elle ne se lassait pas de répéter qu'il lui avait sauvé la vie.

— Aux amoureux ! cria quelqu'un.

Des vœux de bonheur fusèrent. Les coupes tintèrent. Marnie tendit le bras vers la sienne, et se rappela, une seconde trop tard, que l'étiquette voulait que l'on ne trinque pas à soi-même. Andrew lui prit la main et lui embrassa les doigts, la tirant ainsi d'embarras.

Force lui était de reconnaître que, fidèle à sa promesse, il l'épaulait à chaque instant. Pour lui témoigner sa gratitude, elle portait les boucles d'oreilles de diamant rose qu'il lui avait offertes le soir de leur arrivée à Sea Clouds.

La foule applaudit et réclama un discours à grands cris. Andrew se leva, sa coupe à la main, et félicita Julia pour la splendeur de la soirée qu'elle avait organisée. Puis, en son nom et en celui de son épouse, il remercia les invités de leur présence.

Il s'exprimait avec aisance, d'une voix suave, teintée d'un très léger accent français. Son côté ténébreux ne faisait que rehausser son charme naturel. Son costume et son nœud papillon noirs lui conféraient une allure plus virile que d'ordinaire. Sa prestance avait quelque chose de dangereusement hypnotique. Face à cette assemblée d'étrangers, il paraissait aussi décontracté qu'il l'aurait été avec ses meilleurs amis.

— Je ne peux guère renchérir sur l'éloge à la beauté de ma femme que nous a fait Julia tout à l'heure, déclama-t-il en se tournant vers Marnie. Je me contenterai simplement d'ajouter que ce sera pour moi un délice, ce soir, de lui ôter sa divine robe.

Totalement inapproprié, mais tout le monde s'esclaffa. Intérieurement, Marnie fulminait. Elle avait toujours eu horreur d'être au centre de l'attention, et aujourd'hui plus que jamais, même si, dans le personnage d'Alison Fairmont, elle se sentait immunisée contre la gêne suscitée par les regards posés sur elle.

De plus, le champagne commençait à la griser, bien qu'elle n'en eût bu que deux coupes, et qu'elle n'eût pas avalé un seul comprimé bleu depuis son arrivée à Mirage Bay. Les somnifères la rendaient groggy. Or, ici, elle devait maintenir une vigilance de tous les instants, ce soir tout particulièrement. Qui savait ce que les hôtes de Julia pouvaient dire ou faire ? Qui savait ce que les Fairmont eux-mêmes pouvaient dire ou faire en une pareille occasion ?

— Puis-je me permettre de porter un toast ?

Le jeune homme en smoking blanc qui venait de se lever était petit et trapu, mais il avait les traits remarquablement fins et dégageait un indéniable pouvoir de séduction. Julia l'avait présenté à Marnie, en début de soirée : il s'agissait de Jack Furlinghetti, l'un des conseillers en droit successoral de la famille. Marnie avait tout de suite senti la déférence de Julia à l'égard du juriste.

— Ayez le cœur chaud mais gardez la tête froide ! clama celui-ci, provoquant un nouvel éclat de rire général. Et puissent vos enfants avoir de richissimes parents !

A peine s'était-il rassis qu'une autre voix s'éleva :

— Le mouton noir de la famille a-t-il le droit de porter un toast à sa sœur ?

Entre les tables, Bret se fraya un passage jusqu'à l'estrade, une cannette de bière ouverte à la main. Toutefois, il ne paraissait pas éméché, et, comme tout le monde, il portait un costume et une cravate impeccables. Du dîner, il n'avait pipé mot.

Julia donna à l'orchestre le signal du départ. Le clavier attaqua l'un des morceaux que Marnie avait choisis. Pour l'instant, il ne s'agissait que d'un petit groupe local engagé par Julia, et l'organisateur de la soirée pour jouer en première partie du Dave Matthews Band, qui n'arriverait qu'après les toasts. Bientôt, espérait Marnie.

Bret monta sur le podium, où les musiciens étaient installés, et décrocha un micro de son pied.

— Comme ça, je n'aurai pas besoin de hurler, commença-t-il.

Le pianiste jeta un regard interrogateur à Julia.

— Dépêche-toi, Bret, lança-t-elle à son fils, feignant d'être amusée par son intervention. Il est l'heure que nos invités d'honneur ouvrent le bal.

Les musiciens mirent leurs instruments en sourdine.

— Ma sœur, Alison, mérite sûrement mieux que ce que je lui souhaite…

Répondant à un geste de Julia, le groupe lança un chorus qui étouffa la voix de Bret, mais Marnie était suffisamment près de lui pour l'entendre, et son sang ne fit qu'un tour.

« Ma sœur, Alison, mérite sûrement mieux que ce que je lui souhaite… Mais j'espère être témoin de sa déchéance et de celle de son loser de mari. »

Il la haïssait donc à ce point…, songea-t-elle. Andrew lui posa une main sur le bras. Il avait entendu, lui aussi. Elle s'écarta de lui, l'esprit soudain confus. Finalement, en tant qu'Alison Fairmont, son sort n'était pas plus enviable que celui de Marnie Hazelton. Bret la détestait, Tony Bogart la détestait, Julia nourrissait à son égard des sentiments ambivalents, et Andrew ne se montrait gentil que par intérêt. Bien sûr, Marnie avait l'habitude de faire face à l'adversité. Son visage difforme lui avait valu son lot de méchancetés, mais jamais elle n'aurait cru que la belle et riche Alison était aussi mal-aimée qu'elle.

— Viens, fit Andrew en la prenant par la main.

— Où m'emmènes-tu ? lui demanda-t-elle en se laissant entraîner dans un escalier menant à une terrasse inférieure.

Le Dave Matthews Band avait commencé à jouer. La fête battait son plein.

— Si je reste parmi ces gens cinq secondes de plus, je crois que je vais tuer quelqu'un, répondit-il.

— Bret ?

— Comment as-tu deviné ? répliqua-t-il en esquissant un sourire sombre.

— J'ai entendu ce qu'il a dit.

— Ce petit morveux dégouline de fiel. Si je m'écoutais, je lui arracherais la langue.

Marnie avait envie de rire, mais descendre les marches avec ses talons aiguilles réclamait toute son attention. Avec du recul, les paroles de Bret lui paraissaient à présent plus puériles que sinistres. Certes, il avait poussé le vice jusqu'à les prononcer en public, mais il avait loupé son effet : personne ne l'avait entendu.

Au bas de l'escalier, Andrew resserra ses doigts autour de ceux de Marnie. Plongée dans l'obscurité, la terrasse à laquelle ils étaient parvenus s'étendait devant la salle à manger familiale, où Rebecca servait le petit déjeuner chaque matin. Un lampadaire à détecteur de mouvement s'alluma sur leur passage.

— Tu crois que Bret a compris que je n'étais pas sa sœur ? demanda Marnie.

— Non, c'est Alison qu'il déteste, pas toi. Elle représente une menace pour lui.

— Que veux-tu dire par là ? répliqua Marnie en baissant la voix. Tu penses que Bret est impliqué dans la disparition d'Alison ?

— Si c'est le cas, tu dois le terrifier. Il doit te prendre pour un fantôme…

— Effectivement… Mais comment aurait-il pu s'y prendre ? Il n'était pas sur le bateau, n'est-ce pas ? Ou alors bien caché, ce qui paraît peu plausible, non ?

— Je ne sais pas… Il y a tellement de questions que je dois éclaircir…

En frissonnant, Marnie s'accouda à la rambarde de fer forgé.

— Alison vivait sous une mauvaise étoile, murmura-t-elle. J'ai l'impression qu'elle n'avait que des ennemis.

Andrew enleva sa veste de smoking et la posa sur les épaules de Marnie, laissant un instant ses mains sur le haut de ses bras.

— Essaye de ne pas trop cogiter, dit-il. Profite de cette belle fête. Je suis content que tu aies mis les boucles d'oreilles. Elles te vont merveilleusement bien.

Marnie hocha la tête. Qu'Andrew ait habilement détourné le sujet de la conversation ne lui avait pas échappé.

— Tu n'as pas froid ? s'inquiéta-t-il.

— Non, ça va.

— La nuit est magnifique.

Il s'approcha de Marnie et contempla les vagues qui se brisaient sur les rochers en contrebas. Elle regardait au loin. Le bruit du ressac faisait resurgir en elle des images enfouies, des images terrifiantes, obsédantes.

Elle avait l'impression d'être de nouveau au sommet de la Dent de Satan, hésitant à sauter pour mettre un terme à son supplice. Elle se revoyait en haut de l'à-pic, vacillante, hébétée, au bord de la folie. De la chute, elle ne conservait aucun souvenir. Dans son dernier rêve, la violence de sa confrontation avec Butch lui était apparue dans toute son horreur. Ce qui s'était passé ensuite demeurait en revanche dans le flou.

Elle porta une main à la bride de sa robe. Juste dessous, sur l'envers du tissu, elle avait cousu sa pièce de cuivre percée. Dans l'espoir de faire cesser les flash-backs, elle se détourna de la mer et leva les yeux vers la terrasse supérieure, où retentissaient la musique et des éclats de voix festifs. Pourquoi n'avait-elle jamais eu droit au bonheur et à la joie ? Très vite, elle chassa cette pensée. S'apitoyer sur son sort n'avait jamais été dans ses habitudes.

Du mouvement attira son regard vers l'un des balcons du deuxième étage. Fugitivement, elle crut distinguer dans le noir une silhouette féminine penchée par-dessus la balustrade. Puis plus rien. Son imagination lui jouait-elle des tours ?

— Ça va ? s'enquit Andrew.

Elle acquiesça de la tête, redoutant que sa voix ne trahisse l'angoisse qui l'étreignait.

— Retournons auprès des autres, dit-il en glissant son bras sous le sien.

Elle tituba sur ses talons hauts. Si cette soirée était destinée à la tester, songea-t-elle amèrement, elle allait lamentablement échouer à son examen de passage. Elle n'était même pas capable de marcher sans aide.

— Lâche-moi, dit-elle. Je ne suis pas handicapée.

Andrew s'immobilisa.

— Alison…

Elle continua d'avancer sans lui, déterminée soudain à monter se coucher. Que les festivités continuent sans elle. Elle avait eu sa dose de strass et de paillettes.

— Attention ! cria Andrew.

Et il se précipita sur elle, la poussant contre la rambarde.

Une énorme jardinière se fracassa sur la terrasse. Un tesson de poterie heurta le front de Marnie. Elle sentit du sang couler le long de sa tempe. En hurlant, elle se couvrit la tête de la veste d'Andrew.

# 14.

Terrorisée, Marnie repoussa Andrew de toutes ses forces et lui enfonça son talon aiguille dans le pied. Pour avoir été persécutée toute sa vie durant, elle savait se défendre.

— Ne me touche pas ! hurla-t-elle.

— Eh, calme-toi ! J'essayais de te protéger.

— Menteur ! Tu voulais me pousser par-dessus la rambarde.

— Marnie, voyons… Regarde, dit-il en lui montrant les débris de la jardinière. C'est tombé de la terrasse du deuxième.

Elle observa la base du bac de terre, énorme. Il n'avait pas pu tomber tout seul.

— Il me semble que j'ai aperçu quelqu'un, tout à l'heure, là-haut. Je crois que c'était une femme.

Andrew leva les yeux. Evidemment, il n'y avait plus personne sur la terrasse. Il s'approcha de Marnie, qui ne put réprimer un mouvement instinctif de recul.

— Ce truc aurait pu te fracasser le crâne, dit-il. Je me suis jeté sur toi pour éviter le drame. Pourquoi diable aurais-je voulu te faire du mal ? Pourquoi, Marnie ? Peux-tu me répondre ?

Effectivement, songea-t-elle, quel intérêt aurait-il eu à se débarrasser d'elle ? Elle lui était beaucoup plus utile vivante que morte. Par conséquent, il était sans doute la seule personne en qui elle pouvait avoir confiance. De toute façon, elle n'avait pas le choix.

Confuse, elle s'assit contre la balustrade. Il s'agenouilla auprès d'elle et lui examina le front.

— Tu saignes, dit-il.

— Ce n'est pas grave, juste une égratignure. Ne t'inquiète pas pour moi. Tu devrais plutôt essayer de retrouver qui a fait ça.

— Et te laisser ici toute seule ? Hors de question.

Vraisemblablement, dans le brouhaha de la fête, personne n'avait entendu le pot tomber. En tout cas, personne ne s'était manifesté. Marnie tremblait comme une feuille, à présent.

— Je vais te raccompagner à la chambre, déclara Andrew. Tu y seras en sécurité. Ensuite, je tenterai de découvrir qui a poussé cette fichue jardinière.

— C'est à Alison qu'on en veut, n'est-ce pas ? bredouilla Marnie. Pas à moi, hein ?

— Je ne sais pas, et tant que je n'aurai pas éclairci cet incident, n'en parlons à personne, d'accord ?

— D'accord, acquiesça Marnie, résolue, elle aussi, à mener discrètement sa propre enquête.

Une chose était sûre, au moins. Ce n'était pas Andrew qui avait poussé le pot de fleurs, puisqu'il était là avec elle. Ce qui ne le disculpait pas totalement pour autant ; il n'était pas exclu qu'il ait manigancé ce stratagème… Mais pour quelle raison ? Pour lui sauver la vie une fois de plus ? Pour qu'elle se sente encore plus redevable envers lui ? Les pensées les plus folles se formaient dans son esprit.

— Bien, je vais retourner dans la chambre, dit-elle. Mais désormais je veux un revolver.

Penchée face au miroir de la salle de bains, à l'aide d'un gant humide, Marnie nettoyait délicatement le sang coagulé sur sa tempe. La plaie n'était pas profonde. Dieu merci, il ne serait pas nécessaire de la suturer. Toutefois, il faudrait un certain temps avant qu'elle ne cicatrise, mais heureusement elle pourrait sans peine la dissimuler sous ses cheveux.

— Tu veux que je t'aide ? proposa Andrew, qui l'observait en grimaçant.

— Oui, procure-moi un revolver.

— Je ne suis pas d'accord, répliqua-t-il fermement. Les accidents sont trop vite arrivés avec les armes à feu.

— Les accidents sont trop vite arrivés quand les pots de fleurs tombent des balcons, riposta Marnie. Tu as dis toi-même que cette jardinière aurait pu me fracasser le crâne.

Elle posa le gant sur le bord du lavabo.

— On a tenté de me tuer, ajouta-t-elle en imbibant un carré de gaze de désinfectant.

— Mais non, ne dramatise pas.

— Pardon ? fit-elle en se retournant furieusement.

— On a essayé de t'effrayer, pas de te tuer, répondit

Andrew calmement. On n'élimine pas un ennemi en lui balançant un bac sur la tête. Il y a des moyens beaucoup plus efficaces. Aucun assassin qui se respecte n'emploierait une méthode aussi grotesque.

— Parce que tu connais les méthodes des assassins qui se respectent ? contra Marnie.

Pourquoi Andrew s'évertuait-il à minimiser l'incident ?

— Et pour quelle raison voudrait-on me faire peur ? demanda-t-elle.

— Pour te faire partir d'ici. Certains membres de ta famille ne te portent pas dans leur cœur, tu sais ?

— Ce n'était pas Bret, si c'est ce que tu veux insinuer. J'ai vu une silhouette féminine.

— Peux-tu me la décrire ?

— Non, mais je suis certaine que c'était une femme.

Marnie baissa les yeux sur la gaze maculée de sang.

— Pourquoi ne t'es-tu pas lancé à sa poursuite ? murmura-t-elle.

— Parce qu'il était trop tard. Quiconque a poussé ce pot a dû filer, sitôt son méfait accompli.

— Tu as probablement raison, soupira Marnie en s'efforçant de ne pas céder à la panique devant le comportement d'Andrew.

Non, il n'était pas possible qu'il soit impliqué dans cet incident. Elle échafaudait des scénarios délirants, tout simplement parce qu'elle était encore sous le choc. Et parce qu'elle l'avait laissé prendre sa vie en main. Elle était totalement dépendante de lui, et cela la terrifiait.

— On devrait quand même aller jeter un œil là-haut, dit-elle. On ne sait jamais, le coupable a peut-être laissé des indices. Si tu ne veux pas y aller, je vais monter moi-même.

— Non, je vais y aller. Tu es sûre que tu n'as plus besoin de moi ?

— Ne t'inquiète pas, je suis assez grande pour me coller un pansement sur un petit bobo.

— Bien, je dirai à Julia que tu ne te sentais pas bien et que tu la pries de t'excuser auprès des invités. Et je demanderais bien à Rebecca de t'apporter une tasse de thé, mais je crains qu'elle ne te réclame des explications.

— Ce n'est pas la peine, je n'ai pas envie de thé.

— O.K., je ferme la porte à clé et j'emporte la clé avec moi. Comme ça, je ne te dérangerai pas en revenant. Prends un somnifère, ça t'aidera à te détendre.

Marnie opina de la tête, bien qu'elle n'eût aucunement l'intention de se plonger dans un sommeil artificiel.

— Je sais que tu as peur, poursuivit Andrew. Ne crois pas que je prenne ce qui vient de se produire à la légère. Je ne veux tout simplement pas que tu te tracasses. Je ne pense pas qu'on ait cherché à te tuer. Sincèrement.

Marnie hocha de nouveau la tête, soudain pressée de se retrouver seule.

— Je ne pense pas, moi non plus, répondit-elle en fouillant dans l'armoire à pharmacie à la recherche de sparadrap et de bandages.

Andrew lui posa une main sur l'épaule, hésitant, puis exerça une brève pression.

— Ne t'imagine pas que je représente un danger, soupira-t-il. J'essaye seulement de t'aider.

Il semblait sentir sa méfiance, et peut-être comprenait-il, aussi, qu'il ne gagnerait jamais sa confiance. Quand elle entendit la clé tourner dans la serrure, elle alla coller son oreille contre la porte afin de s'assurer qu'il était bien parti.

— Il faut que tu fiches le camp d'ici, se murmura-t-elle. Tant qu'il est encore temps.

Puis elle retourna dans la salle de bains et, rassemblant ses cheveux derrière sa nuque, elle examina les boucles de diamant qu'il lui avait offertes. Un frisson la parcourut, accompagné d'un mauvais pressentiment. Elle ne voulait pas être la prochaine victime de la malédiction qui frappait les femmes liées à Andrew Villard. Alison avait disparu en mer ; sa première fiancée s'était noyée dans leur piscine ; et, lorsqu'il était enfant, sa propre mère avait été mortellement blessée sur une scène d'opéra. Le sort s'acharnait sur lui, prétendait-il, mais Marnie ne croyait pas aux coïncidences. D'autant moins depuis qu'elle avait lu ce qu'avait dit la presse à propos de la mort de Regine, ces coupures de journaux qu'il conservait précieusement dans son bureau. Par ailleurs, Julia nourrissait aussi de forts soupçons à l'égard de son gendre.

« Tu sais que toutes les femmes qui l'ont aimé ont péri d'un terrible accident, n'est-ce pas ? » avait-elle un jour négligemment jeté dans la conversation.

*
* *

En rasant les murs, Andrew longeait les couloirs sombres du deuxième étage. S'il n'espérait pas retrouver celui ou celle qui avait essayé d'attenter à la vie de Marnie, il risquait néanmoins de croiser l'un des invités de Julia. Manifestement, personne n'avait rien entendu de la chute de l'énorme pot de terre ; la musique avait couvert le fracas. Mais, à présent, le groupe faisait une pause. Il était fort probable que des gens errent dans la maison à la recherche des toilettes, ou d'un coin tranquille où faire plus ample connaissance après un slow langoureux.

En outre, il était également possible que quelqu'un se soit aperçu de l'absence de Marnie et d'Andrew. Julia, notamment, avait toutes les raisons de se tenir sur ses gardes.

Andrew n'était encore jamais monté au deuxième. La configuration des lieux lui était inconnue. Lorsqu'il était venu à Mirage Bay, en février, avec Alison, Julia avait refusé de les accueillir sous son toit, si bien qu'ils avaient dû louer une maison. Bien sûr, Andrew avait souvent été invité à Sea Clouds avant d'épouser Alison, mais à l'époque l'étage n'était pas encore terminé. A présent, il était aménagé avec autant de faste que le reste de la villa, mais, visiblement, il n'était guère utilisé.

Andrew avait déjà poussé les portes de plusieurs chambres d'amis inoccupées. Il avait également jeté un œil dans la salle de gym. Sans un bruit, il se glissa dans un salon de billard décoré à l'ancienne, aux murs lambrissés d'acajou et dotés d'appliques Tiffany. La pièce ouvrait sur la terrasse où Marnie affirmait avoir aperçu une ombre.

Il tira la baie vitrée et s'approcha prudemment de la

balustrade, en promenant autour de lui le faisceau de sa lampe-crayon. A son grand regret, discrétion obligeait, il ne pouvait mener ses recherches aussi scrupuleusement qu'il l'aurait souhaité, mais, heureusement, il n'avait pas à se soucier d'être surpris par un vigile. Les musiciens du Dave Matthews Band étant accompagnés de leurs gardes du corps personnels, Julia n'avait pas estimé nécessaire de faire appel à une société de surveillance.

Un objet scintillant attira le regard d'Andrew. Il s'accroupit afin de l'examiner de plus près. Il s'agissait d'une fausse améthyste qui avait dû se détacher d'un vêtement ou d'une chaussure. D'un vêtement ou d'une chaussure de femme, forcément.

Andrew la ramassa et la glissa dans sa poche, satisfait d'être le premier à l'avoir trouvée. Puis, quand il se fut assuré qu'il ne ratait aucun autre indice, il redescendit à l'étage inférieur.

A présent, il lui fallait nettoyer les débris de la jardinière. Inutile que Julia appelle la police ou décide de faire surveiller la maison. Andrew avait son propre plan en tête, et la présence de vigiles était bien la dernière chose dont il avait besoin.

# 15.

— Seigneur, Rebecca ! s'exclama Julia. Combien ces croissants apportent-ils de calories ?

— Je ne sais pas, balbutia son assistante. Ils sont allégés en sucre.

Occupée à disposer harmonieusement des fruits frais sur un plateau, elle s'interrompit pour examiner l'étiquette du paquet de viennoiseries. Julia le lui arracha des mains.

— Allégés en sucre ? fit-elle en chaussant ses lunettes de lecture. Ce n'est pas le sucre qui fait grossir, c'est la matière grasse. Regarde... Trois cent cinquante calories par portion, c'est-à-dire par croissant. Je ne peux pas manger ça, et tu ferais mieux de t'en abstenir, toi aussi, crois-moi.

Marnie se tenait devant la fenêtre de la salle à manger, une tasse de café fumante à la main. En voyant Rebecca se ratatiner sur elle-même, confuse, elle résista à l'envie qui la démangeait de prendre sa défense. Mais ce n'était pas le moment de faire des vagues. Elle n'était même pas censée être là, à prendre le petit déjeuner avec sa « famille ».

Andrew était déjà parti quand elle s'était réveillée. Il lui avait laissé un mot sur la table de chevet, indiquant qu'il était allé régler les affaires dont ils avaient discuté la veille. C'est-à-dire enquêter sur la chute du pot de fleurs, présumait-elle. Il lui avait aussi expressément recommandé de ne pas quitter leur chambre et d'éviter le reste de la famille. Elle n'aurait qu'à prétendre qu'elle était toujours un peu souffrante. En aucun cas, elle ne devait faire allusion à l'incident de la soirée précédente.

Marnie jeta un coup d'œil à la terrasse qui s'étendait derrière la baie vitrée. Tous les débris de la jardinière avaient disparu. Andrew avait fait le ménage, avait-il précisé dans son billet. Il était déterminé à ne pas se laisser mettre des bâtons dans les roues, ni par la police ni par des gardes de sécurité qui n'auraient pu que le gêner dans l'accomplissement de sa mission. Dont l'un des pans consistait à innocenter Marnie du meurtre de Butch.

Elle aurait aimé lui en être reconnaissante. Néanmoins, elle ne pouvait se résoudre à placer en lui une totale confiance. C'est pourquoi elle avait bravé ses consignes et s'était aventurée hors de leur chambre, curieuse de jauger par elle-même l'ambiance qui régnait dans la maison au lendemain de cette déroutante soirée de fête.

En raison du pacte scellé avec Andrew, elle ne voyait plus le monde qu'à travers lui. Et, de plus en plus, elle éprouvait désespérément le besoin de reprendre les rênes de son existence. Elle était trop isolée, il détenait trop de pouvoir. Elle n'avait aucune idée des investigations qu'il avait menées depuis leur arrivée à Mirage Bay. Il ne lui en touchait pas un mot, et elle n'osait pas l'interroger, ne sachant pas quelles questions poser ni même si elle était en droit d'en poser. En quelque sorte, elle acceptait tacitement la loi du silence qu'il avait instaurée.

Toutefois, elle tenait à se faire sa propre opinion sur les occupants de Sea Clouds.

En Rebecca, elle sentait une alliée potentielle. Cependant, elle avait conscience qu'une certaine réserve s'imposait. La jeune femme lui paraissait ambiguë, notamment dans ses rapports avec Bret. La prudence était donc de rigueur.

Marnie approcha son mug de ses lèvres et souffla sur le café brûlant, qui dégageait un délicieux arôme.

Afin de masquer les minuscules coupures sur ses joues et sa gorge, elle avait pris soin de s'appliquer une copieuse couche de fond de teint. Sa blessure à la tempe, pansée d'un sparadrap transparent, était dissimulée sous ses cheveux. Si quelqu'un la remarquait, elle prétendrait s'être maladroitement cognée contre la porte de l'armoire à pharmacie. Elle qui détestait le mensonge, elle était désormais contrainte d'y avoir recours pour justifier les moindres de ses faits et gestes.

Par chance, personne ne semblait s'apercevoir de rien. Julia n'avait que le succès de sa réception à la bouche.

— Je n'ai pas d'appétit ce matin, minauda-t-elle. J'ai beaucoup trop mangé hier soir. Le dîner t'a plu, Alison ? J'espère que ce n'est pas ce qui t'a rendue malade.

— Oh, non ! Tout était délicieux, répondit promptement Marnie. Et j'ai passé une excellente soirée. Il y avait longtemps que je ne m'étais pas autant amusée.

Depuis qu'elle était levée, elle avait déjà assuré cela à Julia au moins une dizaine de fois. « Non, Andrew et moi n'avons pas pris congé parce que nous nous ennuyions. Malheureusement, j'ai été prise d'une migraine. J'avais besoin de calme. Oui, le Dave Matthews Band était génial. La soirée a été on ne peut plus réussie. »

Julia se servit une tasse de café et prit place à la table en fer forgé.

— Viens t'asseoir, Alison, et prends donc des fruits. A moins que tu ne préfères que nous allions nous installer sur la terrasse ?

— Non, j'ai l'impression qu'il y a un peu de vent. Je ne suis pas assez couverte.

— Tu es sûre que tu te sens bien ? lui demanda Julia. Tu as une drôle de mine. Tu t'es mis du fond de teint ?

Les doigts de Marnie volèrent à ses joues.

— Juste un peu, dit-elle. Je me trouvais pâlotte.

Tandis que Julia la dévisageait avec insistance, elle se demanda comment il était possible qu'elle ne se fût pas encore aperçue qu'elle n'avait pas affaire à sa fille, sa chair et son sang… Marnie se souvenait avoir lu qu'une mère pouvait identifier ses enfants rien qu'à l'odeur de leurs vêtements, tellement le lien maternel était fort. C'était une réaction biochimique, instinctive. Une mère reconnaissait ses petits entre mille. Comment Julia pouvait-elle être dupe de cette grossière supercherie ?

Les Fairmont n'étaient décidément pas des gens normaux. Julia souffrait d'un grave handicap affectif. Bret frôlait l'alcoolisme et Alison… Alison n'était pas là pour être jugée, mais si les soupçons d'Andrew étaient fondés, elle était sans doute encore plus dingue que tout le reste de la famille.

Marnie adorait lire quand elle était adolescente, mais comme elle n'avait pas d'argent pour s'acheter des livres, elle avait dû se contenter de ceux que sa grand-mère rapportait de la bibliothèque, principalement des romans policiers inspirés de faits divers réels. Gramma Jo était fascinée par les tueurs en série. Marnie ne partageait pas cette passion. Néanmoins, elle avait énormément appris en se plongeant dans ces histoires de crimes horribles, et elle se souvenait que les sociopathes et les psychopathes souffraient souvent de troubles relationnels et du comportement. Notamment, ils étaient incapables d'empathie. Personne ne savait exactement pourquoi. Certains avaient été martyrisés dans leur enfance. Pas tous, cependant.

Etait-il possible d'être atteint de tels troubles, lorsqu'on appartenait à une famille riche et privilégiée ? se demandait-elle. Au contact des Fairmont, elle était tentée de répondre par l'affirmative.

— J'ai fait griller des bagels, annonça Rebecca en présentant une assiette à Julia. Ils sont sans matière grasse, de même que le fromage blanc.

— Merci, Rebecca, mais je ne t'ai pas réclamé de bagels, répliqua Julia avec un regard plein de mépris pour son assistante. Tu vas devoir les manger. Mais je présume que c'était là que tu voulais en venir…

N'y tenant plus, Marnie s'approcha de Rebecca et lui prit son assiette.

— J'adore les bagels, déclara-t-elle. Et j'ai aussi très envie d'un croissant. Ne bougez pas, Rebecca, je vais me servir moi-même. Vous en avez déjà fait bien assez.

Sur quoi, elle s'empara d'une tasse propre.

— Désirez-vous un café, Rebecca ?

La jeune femme, gênée, s'était retirée derrière le bar. Elle ne répondit pas.

Julia huma une tranche de melon et la reposa sans y avoir touché. Puis elle se leva et fit le tour de la table.

Marnie avait été prévenue. A côté des bonnes manières que Julia Fairmont affectait en public, elle était capable en privé des pires bassesses. Quand elle était de mauvaise humeur, elle jurait comme un charretier et couvrait d'insultes quiconque osait lui tenir tête. La pauvre Rebecca semblait être devenue son souffre-douleur. Rien de ce qu'elle faisait ne satisfaisait jamais sa patronne. Tout comme Bret, le moindre de ses mouvements paraissait irriter Julia au plus haut point. Apparemment, seule Alison jouissait d'un régime de faveur…

Il en avait toujours été ainsi, affirmait Andrew, bien qu'Alison eût été bannie de la famille après l'avoir épousé. Il ne comprenait pas pourquoi, et Alison non plus, d'ailleurs. Elle avait toujours entretenu avec sa mère une relation extrêmement complexe.

Marnie s'assit à la table, un croissant à la main.

— J'ai grand besoin de faire de l'exercice, avec tout ce que j'ai bu et mangé hier, enchaîna Julia, revenant à de meilleures grâces. Ça vous dirait de me tenir compagnie, les filles ? Une bonne heure de rameur nous fera le plus grand bien.

Elle regardait Marnie et Rebecca en souriant, manifestement prête à accorder son pardon en échange d'une séance d'autoflagellation sur ses appareils d'entretien cardio-vasculaire.

Marnie mordit dans son croissant.

— Désolée, répondit-elle la bouche pleine, résolue à donner d'elle une image encore plus répugnante que Rebecca ne le serait jamais. Personnellement, j'ai quelques courses à faire. J'aurais d'ailleurs besoin de la BMW.

— Pas de problème, ma chérie, roucoula Julia de sa voix la plus aimable. La voiture est à ta disposition, tu le sais. Et toi, Rebecca ? Tu viens transpirer avec moi ?

— J'attends un coup de fil de votre comptable, ce matin, bredouilla Rebecca sur un ton d'excuse. Nous ne pouvons plus repousser le contrôle du fisc. Mais je vous rejoindrai dès que j'aurai un moment à moi.

Une pensée se forma soudain dans l'esprit de Marnie. La salle de gym se trouvait au deuxième étage, d'où la jardinière était tombée… Il lui semblait avoir aperçu une silhouette féminine… Qui d'autre que Julia ou Rebecca, obsédées par leur ligne, connaissait mieux la configuration de ce niveau de la maison ? Sûrement pas l'une des invitées à la soirée…

Marnie voyait mal Julia pousser un pot de fleurs du haut de la terrasse. Elle avait des armes plus efficaces pour affronter ses ennemis, comme son fiel, par exemple. Quant à Rebecca, elle ne donnait pas l'impression d'être vindicative, mais Marnie savait que les apparences peuvent être trompeuses.

— Ces bagels étaient délicieux, dit-elle en se levant de table et en ramassant ostensiblement son assiette et ses couverts, signifiant par ce geste qu'elle n'avait pas l'habitude de se faire servir par des esclaves.

Andrew avait-il découvert quelque chose ? s'interrogea-t-elle en déposant la vaisselle dans l'évier. Elle avait fait semblant de dormir, quand il était revenu de son inspection. Elle le regrettait, à présent. Maudite défiance qu'elle ne pouvait s'empêcher de nourrir à son égard…

La chaleur s'abattit sur ses épaules, lorsqu'elle descendit de la voiture. Le vent était brûlant, l'air chargé de l'odeur âcre des feux de brousse qui faisaient rage sur les collines. Néanmoins, le chêne centenaire qui se dressait derrière le cottage de Gramma Jo était toujours aussi vert. Sous l'ombre de son feuillage, la surface miroitante des bassins formés par les rochers n'était troublée que par le vol des faucheux.

Les yeux emplis de larmes, Marnie pressa son poing contre sa poitrine. Elle avait cru ne plus jamais revoir ce lieu. La vieille maisonnette de bois dans laquelle elle avait grandi était immuable. Elle semblait toujours sur le point de s'écrouler à la moindre bourrasque. Les marches de l'entrée penchaient sur un côté. L'avancée au-dessus de la porte était éventrée : l'œuvre des termites. Marnie avait toujours entendu sa grand-mère se plaindre de ces fichues bestioles.

A ses yeux, la masure branlante revêtait néanmoins la

beauté des souvenirs heureux de l'enfance. Rien n'avait changé depuis qu'elle était partie. Sauf elle.

Elle avait promis à Andrew de ne pas chercher à revoir Gramma Jo. En revanche, elle ne s'était pas engagée à ne pas revenir au cottage…

Ses sandales soulevaient de la poussière, tandis qu'elle se dirigeait vers l'entrée. Les marches de bois craquèrent lorsqu'elle les gravit lentement.

En entendant un éclat de rire à l'intérieur de la maison, elle se figea. Un cambrioleur ? Gramma Jo ne possédait aucun objet de valeur et tout le monde à Mirage Bay le savait…

Les lèvres sèches, Marnie soupesa rapidement ses options. Elle ne pouvait pas se permettre d'agir sans réfléchir. Sa grand-mère était peut-être là…

A pas de Sioux, elle s'approcha de la porte entrouverte. Un couple s'embrassait goulûment contre un mur. Tous deux étaient encore dans une tenue décente, mais ils étaient en train de s'arracher leurs vêtements mutuellement et fébrilement. Marnie était à présent certaine que sa grand-mère n'était pas là. Ces deux imposteurs profitaient de son absence pour se retrouver dans un coin tranquille…

Elle tambourina contre le battant.

— Bonjour ! Il y a quelqu'un ?

Des mouvements précipités lui firent écho. La femme reboutonna son chemisier à la hâte, tandis que son partenaire s'éclipsait vivement par la porte de derrière sans que Marnie ait pu le voir de face.

Elle frappa de nouveau.

— Josephine Hazelton ? Vous êtes là ?

Une jeune femme apparut sur le seuil du cottage et la toisa avec une expression effrontée. Marnie retint un petit cri de surprise.

# 16.

— LaDonna Jeffries ! Qu'est-ce que tu fais ici ?

— Je pourrais vous poser la même question, rétorqua LaDonna avec hauteur.

Marnie réalisa que son amie d'enfance la prenait pour Alison Fairmont. Et qu'Alison n'aurait jamais tutoyé LaDonna.

Celle-ci portait son badge du drugstore. Elle devait prendre sa pause-déjeuner.

— Je viens voir Josephine Hazelton, répondit Marnie en réfléchissant à toute allure à l'histoire qu'elle allait bien pouvoir inventer. J'ai entendu dire qu'elle fabrique des savonnettes naturelles avec les plantes de son jardin. Il paraît qu'elles sont excellentes pour les peaux sensibles.

Marnie avait elle-même aidé Gramma Jo, juste avant l'« accident », à mettre au point la composition de ce savon. Elle ignorait toutefois si sa grand-mère en vendait.

LaDonna boutonna le dernier bouton de son chemisier.

— Je ne suis pas au courant, dit-elle froidement. Je viens arroser ses plantes pendant son absence.

— Savez-vous quand elle sera de retour ?

— Elle a été hospitalisée il y a environ un mois.

— Hospitalisée ? répéta Marnie en s'efforçant de dissimuler son choc. Vous êtes sûre ?

LaDonna hocha la tête.

— Elle était malade ?

— Elle ne m'a rien dit et je n'ai pas voulu poser de questions indiscrètes. Elle m'a seulement téléphoné pour me demander si je pouvais faire un saut chez elle de temps en temps, et elle m'a indiqué où elle cachait sa clé. Apparemment, elle ne savait pas elle-même quand elle reviendrait.

LaDonna avait dû mal comprendre…

— Je croyais qu'elle était partie en croisière, avança Marnie.

— C'est peut-être ce qu'elle a raconté pour éviter qu'on lui pose trop de questions. En fait, personnellement, je pense qu'elle est entrée dans une maison de retraite. Mais ne me demandez pas où, je n'en ai pas la moindre idée.

Le cœur de Marnie battait la chamade. Elle devait faire un effort suprême pour ne rien laisser voir de son trouble. Alison Fairmont n'avait aucune raison de s'inquiéter pour Gramma Jo.

— Avez-vous de ses nouvelles ? demanda-t-elle sur un ton qui se voulait désinvolte.

— Aucune, et personne d'autre n'en a reçu non plus. J'ai demandé aux bonnes femmes du marché…

Le regard expressif de LaDonna s'assombrit soudain.

— Je la connais depuis des années, poursuivit-elle, et

j'ai beaucoup de sympathie pour elle. A vrai dire, je me fais un peu de souci…

Que LaDonna partage son inquiétude remit un peu de baume au cœur de Marnie. Au moins, LaDonna était une véritable amie.

— Sa voiture n'est pas là, non plus. Est-ce qu'elle est partie avec ?

Gramma Jo possédait un vieux break, à l'arrière duquel elle exposait son bric-à-brac sur le marché aux puces.

— Je n'en sais rien, répondit LaDonna. Elle a disparu du jour au lendemain, en n'emportant que le strict minimum, apparemment…

— Bizarre, murmura Marnie.

A sa connaissance, Gramma Jo ne souffrait d'aucun problème de santé. Bien sûr, elle n'était plus toute jeune. De chagrin et d'inquiétude, elle avait peut-être sombré dans une grave dépression. Marnie ne se le pardonnerait jamais…

Des cris résonnèrent soudain sur la plage. Au loin, sur les dunes, une jeune femme accompagnée de deux enfants étalait un plaid sur le sable. Tous les membres de la petite famille étaient en maillot de bain. La mère commença à déballer un pique-nique, tandis que les garçonnets couraient à l'eau avec des masques et des tubas.

— Je ne peux rien faire d'autre que venir jeter un coup d'œil de temps en temps, reprit LaDonna.

Et te faire peloter par ton mec du moment, pensa Marnie. LaDonna s'était toujours imaginé qu'en donnant son corps elle recevrait de l'amour en échange. Et, immanquablement, toutes ses conquêtes lui brisaient le cœur…

Marnie n'avait toutefois pas la tête aux aventures sentimentales de son amie. Qu'était-il arrivé à Gramma Jo ? s'interrogeait-elle avec une angoisse grandissante. Gramma Jo, qui n'avait jamais vécu ailleurs que sur ce lopin de terre que lui avait légué une vieille tante célibataire. Gramma Jo, qui ne possédait rien d'autre que cette petite maison de bois et ne cotisait à aucune assurance qui eût pu couvrir un long séjour dans une institution médicale. Gramma Jo n'avait pas de famille, non plus. Elle s'était mariée, juste après avoir abandonné le lycée, à un jeune ferrailleur qui ne savait que parler mécanique auto en éclusant des bières. Elle l'avait quitté au bout de quelques années, sans regret. A la suite de quoi elle avait vécu seule jusqu'à ce que Marnie entre dans sa vie.

— Effectivement, je ne vois pas ce que vous pourriez faire, répondit Marnie d'une voix détachée.

Elle aurait aimé prier LaDonna de témoigner davantage de respect à la demeure de sa grand-mère. Mais, dans la peau d'Alison, elle se contenta de la saluer et regagna sa voiture.

Comme tout enquêteur coriace, Tony Bogart entretenait avec les scènes de crime une relation d'amour et de haine. La frustration engendrée par les murs éclaboussés de sang ou les caniveaux des allées sombres refusant de livrer leurs secrets était un sentiment qui lui était familier, guère différent, au fond, de l'amertume que lui laissaient les femmes et le sexe.

Ce qui le fascinait, dans les scènes de crime, ce n'étaient pas les cadavres ni la logique de déduction qu'il devait mettre en œuvre pour coffrer le coupable, mais la perspective de l'inévitable retour de celui-ci sur les lieux. Tony était persuadé que les assassins ne pouvaient s'empêcher de revenir sur le lieu du crime afin d'y éprouver de nouveau le sentiment d'horreur, de culpabilité, de triomphe ou de génie que leur avait procuré la perpétration de leur acte. Parfois, c'était pour tenter de défaire ce qu'il avait fait que l'assassin revenait sur le lieu du crime. Mais, dans tous les cas, il revenait. Immanquablement. Et l'affaire qui préoccupait Tony actuellement ne faisait pas exception à la règle.

Butch avait été assassiné derrière la maisonnette de Josephine Hazelton, que Tony surveillait depuis son arrivée à Mirage Bay. Très rapidement, il s'était rendu compte que la vieille excentrique n'était pas là. Sa voisine la plus proche lui avait indiqué qu'elle était absente depuis environ un mois. Elle n'en savait pas plus que cela.

Ce matin, en entendant des éclats de voix dans le cottage, Tony s'était caché à proximité afin de voir qui était là. Quinze minutes plus tard, Alison Fairmont était arrivée en voiture. Plantée près de sa BMW décapotable, elle avait pleuré toutes les larmes de son corps, en regardant la bicoque de la vieille Hazelton. Un comportement pour le moins intrigant…

Puis elle avait frappé à la porte. Son frère s'était discrètement esquivé par l'arrière de la maison en remontant sa braguette. Alison ne l'avait pas vu. Elle avait continué à tambouriner contre le battant. LaDonna Jeffries était alors apparue, à moitié débraillée. Il y avait peu de chances pour qu'elle ou Bret Fairmont aient tué Butch, mais Tony s'était maudit de ne pas avoir pensé à se munir d'un appareil photo. Il venait de louper quelques clichés des plus compromettants…

Il n'avait pas entendu ce que LaDonna et Alison s'étaient dit. La première avait aussitôt adopté une attitude défensive, les bras croisés sur la poitrine, le menton relevé avec insolence. Quant à Alison, elle avait d'abord paru énervée puis, étrangement, anxieuse. Leur conversation s'était terminée abruptement, Alison semblant tout à coup pressée de partir. LaDonna s'en était allée peu après, à pied.

Tony avait renoncé à les suivre pour inspecter la maison. Il n'était pas au bout de ses surprises… A peine s'était-il introduit dans le cottage, au moyen de la clé que LaDonna avait glissée sous le paillasson, qu'une autre voiture était arrivée. Il avait eu juste le temps de se retirer subrepticement par la porte de derrière, comme Bret.

Plaqué contre le mur, il épiait à présent son quatrième suspect de la journée, Andrew Villard, qui était entré dans le cottage par la porte ouverte, et ignorait manifestement qu'il était observé.

Dans la salle à manger puis dans la cuisine, il ouvrit un à un tous les placards et les tiroirs, parcourut les notes aimantées sur le réfrigérateur, écouta le répondeur téléphonique. Avec un mouchoir en papier, il effaça ensuite toutes ses empreintes. Intéressant…

Lorsqu'il disparut dans l'unique chambre à coucher, Tony pénétra discrètement dans le cottage. Villard examinait tour à tour chacune des photos coincées dans le miroir de la coiffeuse. Des photos de Josephine Hazelton et de Marnie. Il en étudia une longuement, puis la glissa dans la poche de son pantalon. Et fit de même avec un petit écrin à bijoux.

Curieux… De plus en plus curieux…

Il ouvrit ensuite l'armoire, la fouilla rapidement, souleva un châle à motifs cachemire roses et verts jeté sur le lit, puis le reposa comme il l'avait trouvé. Après quoi, il ressortit de la maison et se dirigea droit vers l'endroit où Butch avait été assassiné, en regardant partout autour de lui. Puis il s'accroupit au bord d'un bassin formé par les rochers et mesura la profondeur de l'eau à l'aide d'une branche. Revivait-il mentalement le meurtre ? Il avait l'air perturbé, presque en état de choc.

En l'observant, Tony prit soudain conscience que lui-même n'était pas le moins du monde bouleversé. Son frère était mort ici. Sauvagement massacré. Et il ne ressentait rien. Pas même de la colère ou de l'injustice. Juste le farouche désir de relever le défi qu'il s'était lancé. Parfois, il se demandait s'il était tout à fait normal…

Villard jeta sa branche et se redressa, pensif, puis il regagna sa voiture. Tony quitta sa cachette et, discrètement, entre les arbres, se dirigea jusqu'à la sienne. Il attendit un instant avant de démarrer, puis prit Villard en filature.

A Mirage Bay, celui-ci se gara en face de chez le bijoutier et pénétra dans la boutique. Il en ressortit une quinzaine de minutes plus tard et se rendit un peu plus loin chez un agent immobilier…

Des quatre personnes que Tony avait vues ce matin chez Josephine Hazelton, Villard était le seul qui se soit aventuré sur le lieu exact du crime. Tony avait néanmoins du mal à le voir dans le rôle de l'assassin de son frère. Villard et Butch ne se connaissaient que de vue. Villard n'avait aucune raison d'en vouloir à Butch. Butch aurait pu nourrir de la rancune vis-à-vis de celui qui avait passé la bague au doigt de la petite amie de son frère. Mais ce n'était pas le cas. Il se fichait de la vie sentimentale de son frère comme de sa première chemise.

Tony aurait jubilé de pouvoir épingler ce salopard de Villard, mais force lui était d'admettre qu'il n'avait aucune charge concrète contre lui. Pas encore, tout du moins. En revanche, quelque chose lui disait qu'en cherchant il finirait par en trouver. Ce type avait un comportement trop bizarre pour être honnête…

Tout en conduisant sur l'autoroute, Julia observait avec contentement le soleil qui jouait sur son nouveau bracelet de diamants.

Bien que sa mère eût violemment réprouvé ses dépenses, elle n'éprouvait aucune culpabilité à jeter son argent par les fenêtres. Quel mal y avait-il à s'offrir des bijoux et des vêtements ? Surtout s'il n'y avait plus que ces petits plaisirs matériels qui vous rendaient heureuse…

A la vue du panneau annonçant la sortie de San Diego, elle regarda dans le rétroviseur avant de se déporter sur la voie du milieu. Une voiture vert foncé en fit de même, à laquelle elle ne prêta guère attention.

Elle jeta un coup d'œil à sa montre. Elle allait être en retard à son rendez-vous avec Furlinghetti. Un acte manqué, probablement. Elle n'aimait pas le tour que prenaient leurs relations. Il commençait à tirer un peu trop sur la ficelle, à abuser de la situation. Et rien ne hérissait plus Julia que les gens qu'elle ne pouvait manipuler à sa guise.

De nouveau, elle leva les yeux vers le rétroviseur afin de s'assurer qu'elle pouvait se rabattre sur la file de droite. La même berline verte était toujours derrière elle. Cette fois, elle la garda à l'œil. Quand elle quitta l'autoroute, la berline s'engagea à sa suite sur la bretelle de sortie. Le soleil se réfléchissait sur son pare-brise, si bien que Julia ne parvenait pas à voir le visage du conducteur.

Elle bifurqua à droite ; la voiture verte bifurqua aussi à droite. A présent, elle distinguait une silhouette féminine derrière le volant.

Elle tourna à gauche, la berline tourna à gauche. Julia plongea la main dans son fourre-tout de cuir, en retira son mobile et composa le numéro de Jack. Il répondit à la première sonnerie.

— Où es-tu ? Tu as vu l'heure qu'il est…

— Je suis suivie, Jack. Par une femme. Je crois que c'est mon assistante.

Dans le rétroviseur, Julia essaya de déchiffrer le numéro d'immatriculation de la berline. Rebecca avait une vieille Coccinelle Volkswagen, mais elle avait très bien pu emprunter ou louer un véhicule. Julia ne distinguait toujours pas nettement les traits de la conductrice qui la talonnait, seulement ses longs cheveux.

— Sème-la et ramène-toi. Je t'attends. Tu as bien noté l'adresse, n'est-ce pas ?

— Je ne viens pas, Jack. C'est trop risqué. Remettons notre rendez-vous à plus tard.

— Tu vas le regretter, ma chatte… J'avais une petite surprise pour toi, aujourd'hui.

— C'est vrai ? Quel genre de surprise ?

Il ricana niaisement. Julia grimaça. Sa mère avait raison : elle n'avait aucune morale. Jack Furlinghetti était un odieux personnage, mais elle était pire que lui. En rentrant dans son jeu, elle attisait ses instincts les plus bas.

— Réponds-moi, Jack. T'es-tu enfin décidé à coopérer ?

— Tu sais très bien que je ferai tout ce que tu voudras. A condition que tu sois très gentille avec moi. Dépêche-toi. Je me languis de toi.

— Tu es donc tenté par une partie à trois ? répliqua Julia sèchement. Je t'ai dit que j'étais suivie.

— Est-ce une question piégée ? demanda-t-il en changeant brusquement de ton. Ne me fais pas attendre, mon chou, tu sais que je n'ai pas beaucoup de patience.

— Je ne viens pas, Jack. Je te rappellerai.

Julia coupa la communication. Un coup de Klaxon la fit

tressaillir. Elle posa son téléphone sur le dessus de son sac et reporta son attention sur la route. Quand elle regarda dans le rétroviseur, cette fois, la berline verte avait disparu.

Jack Furlinghetti jeta rageusement son gobelet en plastique dans la corbeille à ordures. Ces boissons de distributeur automatique n'avaient aucun goût, mais les comprimés qui lui étaient devenus indispensables lui donnaient une soif inextinguible.

Cette chambre de motel le dégoûtait. La climatisation ne fonctionnait pas, les murs et les rideaux étaient crasseux, les meubles, branlants, dépareillés.

En étouffant un juron, il s'assit sur le bord du lit. Les ressorts du sommier produisirent un grincement qui le fit sourire amèrement. Julia Fairmont lui avait fait faux bond, la garce… Grave erreur stratégique de sa part. Elle allait s'en mordre les doigts.

Son téléphone portable en main, il avait soudain l'esprit vide. Totalement vide. Un grand blanc. Impossible de se souvenir du numéro de son bureau. Quel imbécile il faisait de ne pas avoir pris le temps de transférer son répertoire de son ancien mobile dans le nouveau… Il se serait giflé.

De la poche de sa veste de costume, il retira une tablette de cachets rouges et en avala deux, sans eau.

« Pas de panique, mec, ça va aller. Tout va rentrer dans l'ordre. »

Le lit grinça de nouveau quand il se releva. Il ouvrit la fenêtre et inspira une grande bouffée d'air chaud. Le parking du motel était désert, à l'exception d'une camionnette rouillée et de sa Porsche gris métallisé.

Julia Fairmont avait voulu jouer à la plus maligne ? Tant pis pour elle. Puisque c'était comme ça, le magot de sa chère mère resterait sous clé. Et aucun membre de cette famille de losers ne mettrait la main dessus.

Pas plus Bret, le fils, qu'Andrew, le gendre, qui tous deux avaient rendu visite à Jack sous des prétextes fallacieux et abordé la question par des voies détournées.

Curieusement, seule Alison ne s'était pas manifestée. Alors qu'elle était l'héritière légitime de sa grand-mère. Sans doute était-elle persuadée d'avoir enfreint la clause de moralité de la vieille Driscoll. Ce n'était pas le cas, cependant. Mais, de cela, seul Jack était juge. Et si la belle Alison était disposée à s'allonger…

Eleanor Driscoll était une cliente en or pour un notaire. Cette clause de moralité qu'elle avait portée dans son testament constituait la garantie quasi absolue qu'aucun de ses descendants ne verrait jamais la couleur de sa fortune. Bien sûr, cette clause pouvait être discutée, d'un point de vue juridique, mais les Fairmont étaient beaucoup trop orgueilleux pour déballer leur linge sale devant un tribunal.

Tout à coup, Jack se remémora le numéro de son bureau — 555-2100. Les comprimés rouges étaient efficaces. Illégaux, mais efficaces. Ils vous faisaient tourner le cerveau à cent à l'heure.

Non pas que Jack eût réellement besoin de se surpasser intellectuellement… Les gens auxquels il avait affaire étaient tellement stupides… Et plus ils étaient riches, plus ils semblaient idiots… Les notaires gagnaient leur vie — et ils la gagnaient bien — grâce à des abrutis qui n'étaient même pas fichus d'additionner un plus un.

Jack balaya la chambre du regard. Il était temps qu'il quitte ce trou à rat. Il rangea son téléphone. Inutile d'appeler ses associés. Ils avaient l'habitude de ses absences prolongées. Avant de retourner au cabinet, il allait rendre une petite visite à son fournisseur de comprimés. Il ne lui en restait plus qu'une tablette entamée. A croire qu'il les gobait sans même s'en rendre compte.

# 17.

Des lambeaux de nuages rosés s'effilochaient au-dessus des collines couvertes de lavande. L'air embaumait le jasmin. Bret et Julia Fairmont sirotaient des cocktails à base de champagne, lorsque Andrew les rejoignit sur la terrasse de Sea Clouds.

— Je vous sers quelque chose à boire ? lui proposa Rebecca en lui présentant un plateau d'amuse-gueules.

— Non, je vous remercie.

Andrew l'esquiva et se dirigea vers Julia, étendue sur une chaise longue sous un immense palmier de Kentia.

Les pans de son sarong laissaient voir ses longues jambes bronzées. Son sourire figé indiquait qu'elle n'en était pas à son premier verre.

Bret, en revanche, appuyé contre la balustrade, le dos à l'océan, paraissait parfaitement sobre. Il observait Andrew avec une lueur malveillante dans le regard.

— Quelqu'un sait où est Alison ? s'enquit Andrew. Elle n'est pas dans la chambre et elle ne m'a pas laissé de mot. Elle ne se sentait pas bien, ce matin, quand je suis sorti.

En se redressant, Julia renversa un peu de son cocktail.

— Nous ne l'avons pas vue depuis le petit déjeuner, répondit-elle.

— Elle a dû aller se promener, avança Andrew en s'efforçant de ne pas trahir son inquiétude.

— A cette heure-ci ?

— Pourquoi pas ? Elle aime se dégourdir les jambes avant de passer à table.

— Je l'ai vue partir le long de la plage, intervint Bret. Il y a environ une heure. Elle marchait comme un robot, comme si elle était en transe. Elle doit être à San Diego, à l'heure qu'il est.

— Prenez donc un apéritif avec nous, Andrew, offrit Julia, et ne vous faites pas de souci pour Alison. Elle saura bien retrouver son chemin.

— Rien n'est moins sûr, railla Bret. Elle ne connaît même plus son nom. Je l'ai appelée plusieurs fois, elle n'a même pas tourné la tête.

— Elle n'avait peut-être pas envie de te parler, rétorqua Andrew froidement.

Un sourire vicieux étira les lèvres de Bret.

— A mon avis, elle n'a pas capté que je l'appelais, insista-t-il.

— Bret, ne sois pas ridicule, le tança Julia sur un ton agacé. Rebecca, sers-moi un autre verre, s'il te plaît. Et sers Andrew, aussi, tu seras gentille.

Andrew plongea son regard dans celui de Bret. Le frère d'Alison proférait-il des méchancetés gratuites ou se doutait-il que Marnie n'était pas sa sœur ? Andrew avait du mal à le cerner. Bret n'était-il qu'un grand gamin jaloux de sa sœur aînée ou une bombe à retardement qu'il faudrait sans tarder désamorcer ?

Tandis que Rebecca s'empressait de préparer de nouveaux cocktails, Andrew s'engagea dans l'escalier qui descendait à la mer.

— Ne m'attendez pas pour dîner, lança-t-il par-dessus son épaule. Je vais faire un tour.

La plage était déserte. Le soleil déclinait rapidement et le vent se rafraîchissait. Au nord, le regard portait jusqu'au village de Mirage Bay, où les lumières commençaient à s'allumer. Au sud, le sable laissait place aux rochers… La brume descendait sur les falaises, réduisant la visibilité. Bret n'avait pas précisé dans quelle direction il avait vu Alison s'éloigner, mais il avait mentionné San Diego, qui se trouvait au sud.

Andrew leva les yeux vers la terrasse de Sea Clouds. Penchés par-dessus la rambarde, Bret et Rebecca le regardaient.

D'un pas alerte, il se dirigea vers le sud.

Il approchait de la maison de Josephine Hazelton, lorsqu'il aperçut Marnie sortant du cottage, laissant la porte grande ouverte derrière elle. Elle tenait quelque chose à la main, une pièce de tissu coloré. L'air hagard, elle s'avança à sa rencontre. Il comprit tout de suite qu'elle savait que Gramma Jo n'était pas partie en croisière.

Tout son visage exprimait un profond désespoir et on lisait dans son regard qu'elle s'était retranchée derrière un mur de chagrin. Une barrière qu'elle ne voulait pas qu'on franchisse. Andrew avait toujours admiré son courage.

N'importe quelle autre femme, dans de telles circonstances, aurait souhaité être cajolée, réconfortée, même Alison. Mais pas Marnie. Elle n'avait besoin de personne.

Parvenue face à Andrew, elle s'immobilisa. Il vit qu'elle avait à la main le châle rose et vert de Gramma Jo.

— Marnie ? Que se passe-t-il ?

— Elle n'a pas emporté son châle. Elle n'allait jamais nulle part sans son châle. Il appartenait à sa tante. Elle pensait qu'il lui arriverait malheur, si elle oubliait de le prendre.

Les yeux brillants de larmes contenues, Marnie plia le carré d'étoffe à franges et le lissa du plat de la main.

— Allons-nous asseoir sur les marches de la maison et discutons calmement, suggéra Andrew.

— Non, je ne peux pas.

Elle écarta ses cheveux de son visage. Une frayeur presque animale faisait trembler ses lèvres. Andrew aurait voulu la serrer contre lui. A la pensée de son corps vibrant contre le sien, une onde de désir le parcourut. Qu'il réprima aussitôt. Non, il ne pouvait pas céder à des impulsions aussi dangereuses.

— Il lui est arrivé quelque chose, articula Marnie faiblement. Elle ne serait jamais partie sans me laisser un mot.

— Tout le monde te croit morte..., lui rappela Andrew.

— Elle a dit à LaDonna qu'elle devait être hospitalisée, ajouta Marnie dans un sanglot.

— Dans ce cas, ce ne sera pas difficile de la retrouver. Il n'y a pas tant d'hôpitaux que ça dans la région.

Andrew n'était pas certain que Marnie l'entendait. Elle pressait le châle contre sa poitrine et le caressait tendrement. Elle paraissait si jeune, presque une enfant, encore. A cet instant, elle avait ce même regard effarouché que lorsque Andrew l'avait arrachée de justesse aux mains de Butch Bogart et de sa bande de voyous. Mais elle avait les traits d'Alison, à présent. L'âme de Marnie derrière le masque d'Alison. C'était fou comme la personnalité transparaissait à travers l'apparence extérieure...

— Non seulement je suis un assassin, murmura-t-elle, mais j'ai ruiné la santé de ma grand-mère. Elle qui avait tout sacrifié pour m'élever...

— Il se fait tard, l'interrompit Andrew d'une voix douce. Retournons à Sea Clouds.

Elle scruta son visage avec une expression ravagée par la douleur, une douleur devant laquelle Andrew se sentait impuissant, à son grand désarroi.

— Nous retrouverons Gramma Jo, dit-il. Je te le promets.

Marnie frissonna et détourna le regard. Mais elle hocha lentement la tête.

— Tu as raison, rentrons, acquiesça-t-elle. Les Fairmont doivent nous attendre.

La nuit tombait, tandis qu'ils reprirent en silence la direction de Sea Clouds.

A mi-chemin, Marnie s'immobilisa et se tourna vers Andrew.

— Merci, lui dit-elle.

— De quoi me remercies-tu ? lui demanda-t-il doucement.

— De m'avoir écoutée. De ne pas m'avoir prise pour une folle.

— Tu n'es pas folle, Marnie. Tu es inquiète, et c'est normal.

Andrew hésita brièvement avant de poursuivre d'une voix mal assurée :

— J'ai quelque chose pour toi. Ce n'est peut-être pas le moment, mais tant pis… Je suis passé chez ta grand-mère, ce matin. Je suis aussi allé au marché aux puces, dans l'espoir que quelqu'un puisse me renseigner… J'ai parlé à plusieurs marchandes. Celles qui connaissent le mieux ta grand-mère m'ont confié qu'elles trouvaient louche cette histoire de croisière…

Andrew sortit l'écrin de sa poche.

— C'était sur sa coiffeuse, dit-il. C'est à toi, je crois. J'ai pensé que ça te ferait plaisir de l'avoir avec toi.

Il souleva le couvercle de la petite boîte. Marnie s'approcha et prit délicatement une fine chaîne en or.

— Gramma Jo me l'avait donnée pour que je porte ma pièce percée autour du cou, dit-elle. Je ne la quittais jamais. Jusqu'au jour où elle a fini par se casser. Comme nous n'avions pas les moyens de la faire réparer…

Marnie s'interrompit. Une expression de surprise se peignit sur son visage.

— Ça alors…, fit-elle en levant les yeux vers Andrew. Elle a été réparée.

— Gramma Jo a dû l'apporter chez le bijoutier. Tu vois, elle savait que tu reviendrais.

De la poche de son short, Marnie sortit sa pièce de cuivre et l'enfila sur la chaîne.

— En vérité, elle pensait que ce gri-gri avait des pouvoirs protecteurs, expliqua-t-elle. Personnellement, je n'ai jamais été superstitieuse, mais je le portais pour lui faire plaisir. Tu peux me l'accrocher, s'il te plaît ?

En luttant contre l'envie qui le brûlait de poser ses lèvres sur la nuque de Marnie, Andrew crocheta le petit fermoir qu'il avait fait changer chez le bijoutier.

Maintenant, il avait la certitude que Marnie ne quitterait pas Mirage Bay sur un coup de tête, pas tant qu'elle n'aurait pas retrouvé sa grand-mère. Peu lui importait la promesse qu'il lui avait faite de l'innocenter du meurtre de Butch. A ses yeux, seul comptait le lien du cœur qui l'unissait à Gramma Jo. Bien sûr, Andrew compatissait à l'inquiétude de Marnie, mais force lui était de s'avouer que, pour lui, la disparition de la vieille femme avait tout d'une bénédiction.

— Pourquoi la laisses-tu te traiter comme ça, bon sang, Reb ?

— Me traiter comment ?

Dans la salle de gym, Rebecca transpirait à grosses gouttes en pédalant sur le vélo de cardio-training. En évitant le regard de Bret, elle se tamponna le front avec le coin de la serviette jetée sur ses épaules.

Bret n'était qu'un salaud, même quand il essayait de se montrer gentil avec elle. Il ne la comprenait pas, il ne pouvait pas la comprendre, et probablement ne cherchait-il pas à la comprendre. Ce qui faisait de lui un salaud !

— Comme une serpillière, précisa-t-il. Elle se défoule sur toi et tu ne bronches pas. Envoie-la chier, nom d'un chien.

En bermuda et débardeur moulant, terriblement sexy, il déambulait nonchalamment entre les appareils de musculation. Rebecca ne le voyait que du coin de l'œil. Lui, en revanche, devait avoir tout le loisir de détailler son ventre flasque saucissonné par son short et sa brassière de sport. Elle le détestait. Et elle se détestait encore plus. Pourquoi diable n'osait-elle pas lui dire de lui ficher la paix ?

— Tu devrais boire, lui lança-t-il en se dirigeant vers la fontaine d'eau fraîche. Tu as vu comme tu transpires ? Tu vas te déshydrater.

— Ça me fait du bien de suer, marmonna-t-elle en s'épongeant le cou et la naissance des seins.

Un gobelet en plastique à la main, Bret s'approcha d'elle et laissa délibérément son regard s'attarder sur sa poitrine. Gros porc… N'était-il attiré que par les femmes dont le physique ne pouvait en aucun cas lui rappeler sa mère ?

Il vida d'un trait son verre d'eau et l'écrasa au creux de son poing.

— Il faut que tu t'affirmes davantage, Reb.

L'un des murs de la salle était entièrement couvert de miroirs. Il alla se poster devant et s'admira en bombant le torse. Rebecca le trouvait un peu trop maigre. Il avait toutefois des épaules remarquablement bien taillées et le miroir l'avantageait.

Elle n'avait pas cette chance, elle. Quand elle regardait son reflet, elle ne voyait que sa cellulite et son double menton. Son image la dégoûtait. Ravalant sa honte, elle descendit du vélo et se dirigea vers le rameur.

— Excuse-moi, bégaya-t-elle en passant près de Bret.

Il la gratifia d'un sourire arrogant et lui posa une main sur le bras.

— Sois donc plus sûre de toi, Reb. On dirait que je te fais peur.

Elle recula d'un pas.

— Ne te laisse pas marcher sur les pieds, ajouta-t-il en lui effleurant du pouce la lèvre inférieure.

Elle demeura pétrifiée, excitée malgré elle par cette caresse intempestive.

— Je t'ai déjà dit que tu avais une bouche pulpeuse ?

— Probablement…

Il esquissa un sourire plein de morgue.

— Si tu avais plus confiance en toi, tu ne me laisserais pas faire des trucs pareils… Tu ne me laisserais pas t'embrasser, alors que tu n'en as pas envie…

Elle repoussa sa main, mais il lui bloqua le poignet, l'attira brusquement à lui et pressa ses lèvres contre les siennes. Elle l'empoigna par les cheveux, résolue à lui faire mal, mais ne lui arracha qu'un grognement de plaisir.

Renonçant à se débattre, elle lui glissa une main entre les jambes. Décidément, elle n'avait aucune volonté… Son bas-ventre se contracta lorsqu'elle sentit son érection.

En se frottant contre elle, il fit descendre son short de gym. A la hâte, elle termina de s'en débarrasser. Il la plaqua contre le mur, sortit son sexe de sa braguette et la pénétra brutalement.

Avec un gémissement, elle tenta de nouer ses jambes autour de lui. Ils s'affalèrent tous deux gauchement sur le plancher. Pantelant, il la fit rouler sur le dos et s'allongea sur elle.

— Aïe… Tu me fais mal, murmura-t-elle.

— Viens, lève-toi, dit-il en lui tendant la main et en l'entraînant vers un banc de musculation.

Avant qu'elle n'ait pu protester, il la poussa dessus et la prit par-derrière.

— Mmm, j'adore ton petit cul serré, ahana-t-il.

A peine eut-il prononcé ces mots que les spasmes de l'orgasme le secouèrent. Rebecca s'agrippa aux montants du banc, tandis qu'il se laissait tomber sur elle, repu, la laissant sur sa faim. Comme à son habitude.

Il ne lui fallut que quelques secondes pour reprendre son souffle, se redresser et refermer sa braguette. Rebecca remit maladroitement son short de Lurex sur ses cuisses, trempées de sueur. Il la regarda avec un petit rire moqueur. Elle le haïssait… Rageusement, elle tourna la tête. Les miroirs lui renvoyèrent un reflet manquant cruellement de dignité. Pourquoi fallait-il qu'il y ait toujours des miroirs dans les salles de sport ? Pour que les gens se fassent horreur et continuent à s'échiner sans relâche sur ces maudits appareils de fitness ? Julia adorait se regarder, elle, cette garce qui n'avait que la peau sur les os. Cette *vieille* peau. Elle faisait tout un mystère de son âge, mais elle devait friser la cinquantaine.

Bret sembla deviner les pensées de Rebecca.

— Ne laisse pas ma mère te répéter sans cesse que tu es grosse, dit-il.

— Tu me trouves grosse, toi aussi ?

Il haussa les épaules.

— Disons que ça ne te ferait pas de mal de perdre quelques kilos.

Nonchalamment, il s'installa sur le siège d'une machine destinée à muscler les dorsaux et agrippa la barre de chaque côté. Il tira de toutes ses forces. L'effort lui arracha une grimace.

— C'est le poids que j'avais mis pour moi, déclara Rebecca avec fierté.

— Pff..., siffla-t-il. Je n'ai pas besoin de machines, moi...

Joignant le geste à la parole, il enjamba le siège et se jeta prestement au sol pour exécuter une série de pompes, sur les deux bras d'abord, puis sur un seul.

— Quel homme..., commenta Rebecca.

— N'est-ce pas ? articula Bret entre ses dents, la sueur perlant à son front.

Rebecca vint se camper devant lui, puis le contourna comme pour mieux l'admirer. A vouloir jouer les machos, il ne s'était pas aperçu qu'il s'était placé juste sous une barre sur laquelle reposaient des poids non fixés. Des disques d'à peine plus de un kilo, mais des disques de fonte...

Désinvoltement, Rebecca posa une main sur la barre

et, tout doucement, la fit peu à peu basculer. Elle grimaça lorsque le poids heurta le crâne de Bret, qui s'écrasa face contre terre.

— Tu me sens plus sûre de moi, maintenant ? lui lança-t-elle avant de quitter la salle.

# 18.

A l'aide d'une brosse à dents et d'un peu de dentifrice — un truc qu'elle tenait de sa grand-mère, Marnie frotta sa pièce de cuivre jusqu'à ce qu'elle brille comme un sou neuf. Puis elle la rinça sous l'eau tiède, la sécha et la remit autour de son cou. La sentir au contact de sa peau, comme autrefois, la rendait confiante en l'avenir.

Toute la soirée, l'annuaire sur les genoux, elle avait appelé les hôpitaux, les cliniques et les résidences pour personnes âgées du comté de San Diego. Nulle part ne figurait le nom de Josephine Hazelton dans les registres d'admission du mois qui venait de s'écouler.

Pendant ce temps, grâce à la connexion internet de son mobile, Andrew avait consulté les avis de décès de la presse locale. Il n'avait rien trouvé non plus. Ce qui était bon signe, ne cessait-il de répéter. Josephine Hazelton n'était pas morte, elle n'était pas hospitalisée. Tôt ou tard, forcément, ils finiraient par retrouver sa trace. Andrew était prêt, s'il le fallait, à engager un détective privé. A condition que Marnie pose le téléphone pour aller se coucher.

A présent qu'elle s'était lavé la figure, brossé les dents, qu'elle avait changé le pansement de sa tempe, s'était appliqué de la crème parfumée au muguet sur le pourtour des yeux *et* avait nettoyé sa pièce porte-bonheur, il ne lui restait plus effectivement qu'à se mettre au lit.

Dans la salle de bains, elle se déshabilla et enfila sa nuisette de satin noir. Puis elle s'observa dans le miroir. Le soir de la réception, on l'avait abreuvée de compliments, et elle commençait à voir ce que les autres voyaient en elle, une beauté étrange, farouche. Personne n'avait employé ces termes, évidemment. C'était elle qui analysait ainsi l'image qu'elle renvoyait.

Plus elle se regardait, plus elle était intriguée. Au premier abord, elle concevait que l'on puisse aisément la prendre pour Alison Fairmont. Pourtant, son moi profond transparaissait dans chaque détail de sa physionomie, dans le bleu de ses yeux, dans la courbe interrogative de ses sourcils.

Qui était vraiment Alison ? se demandait-elle. Un être diabolique comme semblaient le penser Andrew et Bret ? Ou une jeune femme parfaite, comme voulait le croire Julia ?

Marnie avait idéalisé Alison, elle aussi, comme la plupart des habitants de Mirage Bay. Etait-il possible de duper ainsi le monde ?

— Bon, allez, au lit ! se murmura-t-elle en s'arrachant à ses réflexions.

La chambre était plongée dans l'obscurité. Andrew était déjà couché. En veillant à ne pas faire de bruit, elle s'allongea sur son côté du lit et ramena le drap sur elle. Elle qui aimait sentir l'air frais sur son corps nu pour s'endormir, elle était obligée ici de renoncer aux rituels qui la réconfortaient.

— Ça va ? chuchota Andrew.

— Oui, oui…

Il alluma sa lampe de chevet et se redressa contre les oreillers. Il ne portait que son bas de pyjama. La lumière tamisée soulignait les proportions sculpturales de son torse.

— Tu es sûre ? insista-t-il. Tu es restée longtemps dans la salle de bains.

— Je te fuyais.

La surprise se peignit sur le visage d'Andrew.

— Tu me fuyais ? Mais pourquoi ?

— Parce que c'est trop bizarre de partager ton lit.

Ce soir, elle éprouvait le besoin d'être franche.

— C'est vrai…, concéda Andrew. J'avoue que je ne dors pas très bien, moi non plus, depuis que nous sommes ici.

Il fit rouler sa nuque, en produisant un son guttural qui ressemblait à un ronronnement. Puis se massa les cuisses à travers la fine cotonnade de son pantalon. Marnie détourna le regard, gênée. L'unique bouton de sa braguette était ouvert. Ces boutons-là s'ouvraient toujours.

Non que Marnie eût une grande expérience des pyjamas masculins… Elle n'avait fait l'amour que deux fois, avec un gentil garçon rondouillard au visage grêlé par l'acné, encore plus timide qu'elle. Tous deux n'avaient que seize ans. Ils se comprenaient si bien qu'ils étaient devenus inséparables, jusqu'à ce que Butch et sa bande s'en mêlent.

Butch avait rabaissé le petit copain de Marnie plus bas que terre, devant tout le monde, et l'avait obligé à la traiter de tous les noms. Terrifié, le pauvre garçon avait vomi, pour la plus grande joie de Butch et ses amis.

Marnie savait que leur idylle ne durerait pas. Il n'était à Mirage Bay que pour les vacances, avec ses parents. Mais elle avait été peinée lorsque, le lendemain de cette mésaventure, il lui avait annoncé que tout était fini entre eux, même si elle comprenait la crainte que lui inspirait Butch. Après lui, elle n'avait eu aucun autre petit copain.

Et voilà qu'aujourd'hui elle était allongée près de l'homme qui avait incarné tous ses fantasmes d'adolescente. Mais, ironie du sort, elle n'avait pas le droit de le toucher. Comme si elle était toujours une bête galeuse, une paria… Rien n'avait changé.

Une tension presque palpable pesait au-dessus d'eux.

— Tu es sûre que tout va bien ? répéta-t-il.

Elle hocha la tête et se tourna vers lui. Le regard d'Andrew glissa de son visage vers sa poitrine.

— Comment as-tu fait pour la rendre aussi brillante ? lui demanda-t-il en prenant la pièce entre le pouce et l'index.

Le cœur de Marnie s'emballa.

— Je l'ai frottée avec du dentifrice.

— Tu sens le muguet.

Les jambes d'Andrew effleurèrent les siennes. Elle se sentit parcourue d'une onde électrisante. Eprouvait-il le même trouble qu'elle ?

En dépit de sa crainte d'être repoussée, elle posa une

main sur la sienne, osant tout juste respirer dans l'attente de sa réaction.

Penché au-dessus d'elle, il demeura immobile, silencieux. Etait-il donc de glace ? Marnie sentait son pouls battre sous ses doigts, son souffle chaud s'échapper de ses narines. Elle s'enhardit à lui caresser l'avant-bras, à lisser ses poils sombres en savourant la fermeté de ses muscles.

Puis elle chercha son regard. Il avait la mâchoire contractée. Une veine de son cou palpitait. Non, il n'était pas de marbre.

Doucement, elle retira la pièce de sa main et plaqua sa paume contre sa poitrine brûlante, retenant un gémissement de désir.

— Caresse-moi, murmura-t-elle.

Il la regarda en clignant les paupières. Puis s'écarta d'elle en roulant sur le côté.

— Je suis désolée…

— Je n'ai pas pris ma douche, dit-il.

Et il se leva.

— J'en ai pour deux minutes, ajouta-t-il en éteignant la lumière.

— Prends ton temps, répliqua-t-elle sèchement.

Il disparut dans la salle de bains.

Le dégoûtait-elle à ce point qu'il éprouvait le besoin de se laver, parce qu'elle l'avait touché ? Furieuse, blessée au plus profond de son amour-propre, elle se recroquevilla sur elle-même.

Puis, tout à coup, elle bondit hors du lit et poussa la porte de la salle de bains.

Nu sous le jet fumant, il se frictionnait vigoureusement et rapidement. Il avait un corps parfait, digne d'un dieu grec.

— Marnie ? fit-il en tendant la main vers le robinet.

— Je te répugne ? cria-t-elle afin de couvrir le bruit de l'eau. Tu peux me le dire, tu sais ? Toute ma vie, j'ai été méprisée, rejetée. J'ai l'habitude... Mais je ne m'attendais pas à tant de haine de ta part... Je croyais... Je croyais...

Bouche bée, ruisselant, il la dévisageait avec stupéfaction.

— Tu ne me répugnes pas, Marnie, dit-il enfin. Mais tout ça est tellement compliqué... Tu as l'apparence d'Alison mais tu n'es pas Alison... Alison était belle, mais creuse, vide, morte, même quand elle était en vie...

— C'est pour ça que tu l'as tuée ? hurla Marnie. Je suis navrée, mais il fallait que je te pose la question. Voilà, c'est fait.

— Je ne l'ai pas tuée, Marnie. Je ne sais pas ce qui lui est arrivé. Et c'est pour ça que je suis là.

Il s'était exprimé calmement, sans aucun signe de culpabilité, de colère ou de contrition. Sans équivoque.

— Elle était tout l'inverse de toi, poursuivit-il.

— C'est-à-dire ? demanda doucement Marnie.

— Toi, tu es un feu ardent, une force de vie.

— Alors pourquoi refuses-tu de me toucher ?

La douche coulait toujours sur ses épaules. Il avait la main sur le robinet, mais semblait avoir oublié qu'il avait l'intention de le fermer. Et il dévorait Marnie des yeux, comme s'il ne pouvait détacher son regard d'elle.

— Enlève ta chemise de nuit, articula-t-il d'une voix rauque.

Mais il ne lui en laissa pas le temps. Il s'avança d'un pas et l'attira à lui. Avec un cri de surprise, elle se jeta dans ses bras et se mit à rire aux éclats, les yeux levés vers lui, les cheveux ruisselants.

— Seigneur, murmura-t-il avant de l'embrasser passionnément, avec une tendresse infinie.

Quand elle s'écarta de lui, il la retint par les bras, comme s'il craignait qu'elle ne lui échappe.

— Tu m'as trouvée dans l'eau, dit-elle. A moi maintenant de te trouver.

Du bout des doigts, elle parcourut chaque courbe de son visage, de son thorax, de ses bras. Puis elle se laissa tomber à genoux et le prit entre ses deux mains, tel un calice dont elle s'apprêtait à s'enivrer du nectar.

— Stop ! l'interrompit-il. Tu m'as trouvé. A mon tour, maintenant.

S'agenouillant à ses pieds, il passa la langue sur chacune des gouttelettes qui perlaient sur sa peau, avec une douceur qui mettait Marnie au supplice. En arquant le dos, elle s'ouvrit à lui. Le plaisir était si violent qu'elle ne put retenir un cri.

Il se redressa, la souleva du sol et la plaqua contre la paroi carrelée de la cabine. Bras et jambes noués autour de lui, elle l'embrassa fougueusement.

Ils fusionnèrent avec langueur et tumulte. Submergée par des sensations intenses et inconnues, Marnie se laissait porter par les vagues de leur désir mutuel.

Leurs corps s'imbriquaient parfaitement l'un dans l'autre. Marnie avait l'impression de planer tel un cerf-volant dans le vent.

Ce furent les bruits humides qu'ils produisaient qui lui ramenèrent les pieds sur terre, avec une prise de conscience brutale : c'était une chose d'avoir scellé un pacte avec le diable ; c'en était une autre de tomber amoureuse de lui…

# 19.

Réveillé en sursaut par la sonnerie du téléphone, Tony tendit promptement le bras pour la faire taire. Si son père avait été dérangé, il allait faire un scandale. Il avait déjà jeté un portable dans les toilettes, et en avait écrasé un autre sous les roues de son pick-up.

En fourrant son mobile sous son oreiller, Tony réalisa où il était. Non pas chez son père, mais dans une chambre de motel, et il venait probablement de manquer un appel de son informateur.

— Et merde…, grommela-t-il en ressortant le téléphone de sous le traversin.

A la hâte, il souleva le clapet et prit la communication.

— Allô !

— Où étais-tu ?

— Je pionçais. Il est 6 heures du mat.

— Retourne sur les falaises. Un indice t'a échappé.

Tony régla le volume de son appareil au maximum.

— Un indice ? Quel indice ?

— La preuve que je ne mens pas.

— Aidez-moi. Que dois-je chercher ?

— Cherche mieux que la dernière fois.

— Comment ça ? Où ?

Clic.

Une tonalité perçante vrilla le tympan de Tony. Son mystérieux interlocuteur avait raccroché. Tony composa le *75, sans grand espoir toutefois. Si l'indic était malin, il devait se servir d'un mobile à carte prépayée, quasiment impossible à identifier.

Tony se passa une main sur le visage et se frotta les yeux. Ses doigts tremblaient. Pas bon pour un tireur d'élite… L'impatience commençait à lui jouer sur les nerfs. Pas bon du tout.

En s'étirant, il se leva et se gratta vigoureusement le pubis. Aujourd'hui, mission numéro un : trouver un Lavomatic ou acheter de nouveaux slips. Mais, d'abord, il avait besoin d'un café bien serré. Pourquoi diable avait-il pris une piaule dans ce motel bon marché où on ne servait pas le petit déjeuner ?

En urinant, il se répéta mentalement ce que lui avait dit la balance : *Retourne sur les falaises*… La Dent de Satan, probablement, d'où Marnie Hazelton s'était soi-disant jetée dans l'océan. Tony s'y était déjà rendu à deux reprises : le lendemain du meurtre de Butch, et le lendemain de son arrivée à Mirage Bay. Il n'était pas technicien de scène de crime, mais il savait chercher, et il n'avait rien trouvé. Pas l'ombre d'une preuve matérielle, bien qu'il eût passé le terrain au peigne fin. Son informateur anonyme se payait-il sa tête ? Il — ou elle — n'avait pas intérêt. On ne se fichait pas impunément de la poire de Tony Bogart.

*
* *

Au pied de la Dent de Satan, la plage était déserte, à l'exception de quelques surfers matinaux. Des dingues. De l'humble avis de Tony, il fallait avoir une case en moins pour se lever à l'aurore avec le seul but de se faire rouler par les vagues glacées. Même gamin, il n'avait jamais compris la culture des surfers, ces primates aux cheveux décolorés aussi débiles qu'on les dépeignait dans les films. De toute façon, Tony avait toujours été un solitaire.

Bien que le vent fût encore frais, la sueur lui dégoulinait le long de la colonne vertébrale. Il ôta son coupe-vent, le posa sur un rocher, et enfila les gants de latex qu'il avait glissés dans la poche arrière de son jean.

Puis il entreprit, le dos courbé, d'examiner méticuleusement le sol, en soulevant la végétation, les pierres… Ce qu'il avait déjà fait, deux fois, de façon moins méthodique, peut-être…

L'herbe était jonchée de capsules de bière et de mégots de cigarettes. Les jeunes du coin se rassemblaient souvent ici, le soir, autour d'un feu de camp dont l'emplacement était clairement délimité par de gros cailloux. Des troncs d'arbres étaient disposés tout autour. A tout hasard, Tony en déplaça un, puis un autre…

Et bingo ! Un petit objet métallique à demi recouvert de terre attira son attention. Une barrette à cheveux dorée, incrustée de pierres semi-précieuses. Il la frotta contre la jambe de son pantalon. Il s'agissait d'un accessoire de luxe. Gravé à l'intérieur des initiales A.F.

Alison Fairmont. Tony reconnaissait cette barrette. Elle la portait quand ils sortaient ensemble. Un rire de triomphe lui échappa. Elle allait payer, la garce, pour tout.

Son trophée précieusement serré au creux de sa paume, il retourna au bord de la falaise. Une femme grimpait le long du sentier qui menait au sommet. Une femme brune qu'il ne reconnut pas, tout d'abord, mais qui semblait se diriger droit vers lui. Il lui fallut un certain temps pour distinguer les traits de son ennemie numéro un : Alison Fairmont en personne.

Pieds nus, elle était vêtue d'une longue robe blanche, et elle avançait comme dans un état de transe, avec un regard étrange, fixe, absent. Curieusement, elle rappelait quelqu'un d'autre à Tony, sans qu'il puisse déterminer qui.

Elle ne semblait pas l'avoir vu. Elle gardait les yeux rivés sur le pic de la Dent de Satan. Elle revenait sur le lieu du crime. Tony n'aurait pu rêver plus belle confirmation de sa théorie.

Pour lui, il était clair que Marnie n'avait pas tué Butch, mais qu'elle avait été témoin du meurtre, et réduite au silence. En revanche, il ne comprenait toujours pas pourquoi Alison avait assassiné son frère. Butch détenait-il des informations compromettantes et avait-il essayé de la faire chanter ? Ç'aurait été stupide de sa part, mais Butch n'avait jamais été très futé… Ou bien avait-il tenté de l'agresser ?

Tony essaya d'imaginer la lutte entre Alison et son frère. Et tout à coup la lumière se fit dans son esprit. Butch n'avait pas cherché à violer Alison. Il avait voulu venger l'honneur de la famille Bogart. En humiliant Tony, Alison avait blessé dans leur dignité tous les mâles portant le nom de Bogart… Voilà comment ce macho de Butch avait dû raisonner. Il avait attendu des années que l'opportunité se présente, mais le jeu en valait la chandelle. Au nom du clan Bogart, il avait pris sa revanche…

Sans doute avait-il attiré Alison dans un lieu isolé afin de l'effrayer, sous-estimant sa capacité d'autodéfense. Elle avait trouvé une fourche et l'avait éventré. Marnie avait assisté à la scène. Peut-être même avait-elle aidé Alison, elle qui avait toutes les raisons de haïr Butch.

Oui, ce scénario était le seul qui faisait sens. Butch était capable de cracher à la gueule de son frère, mais il était capable aussi de venger secrètement son honneur bafoué. Il était mort pour que les Bogart puissent de nouveau marcher la tête haute. Crétin de Butch, qui n'avait pas trouvé d'endroit plus isolé que l'arrière du cottage de Gramma Jo…

Tout en se débattant avec le fermoir de son nouveau bracelet de diamants Tiffany, Julia pénétra dans la cuisine. Bret farfouillait dans le réfrigérateur. Il en sortit une cannette de bière.

Il n'était pas tout à fait 10 heures.

Julia posa son bracelet et son sac de paille orné de strass sur le comptoir.

— Bret, remets ça où tu l'as pris. Il est trop tôt pour boire.

Lorsqu'il se tourna vers elle en grognant, elle vit qu'il avait un œil au beurre noir et un bandage autour de la tête. Il se pressa la cannette glacée contre la tempe.

— Tu me prends pour un ivrogne ? protesta-t-il. C'est pour calmer la douleur.

— Mon Dieu ! s'exclama Julia. Que t'est-il arrivé ?

— Demande donc à ta chère assistante.

— Rebecca ?

— Elle niera tout, mais elle m'a balancé un poids sur le crâne, délibérément, à la salle de gym.

— Rebecca ?

— Tu es sourde ou quoi ? Rebecca, oui.

— Que lui avais-tu fait, Bret ?

— Ce que *je* lui ai fait, moi, pauvre victime ? Je pourrais être dans le coma que tu chercherais à me coller des torts sur le dos.

— Bret, es-tu en train de me dire que Rebecca s'en est prise à toi sans raison ?

Il posa rageusement sa cannette sur la table.

— Bon, d'accord, je l'ai peut-être un peu provoquée, mais était-ce une raison pour essayer de me tuer ? Elle a de la chance que je n'aie pas appelé la police.

— Il faut que tu voies un médecin, décréta Julia en fouillant dans son sac à la recherche de son portable.

Quand elle l'eut trouvé, elle fit défiler le répertoire jusqu'au numéro de son chirurgien esthétique. Cet homme lui avait extorqué des sommes colossales ; il pouvait bien lui rendre un petit service.

— Tu appelles qui ? maugréa Bret. Ça ne t'intéresse pas de savoir ce que cette petite garce m'a fait ?

— Ne traite pas Rebecca de garce, s'il te plaît. J'appelle un médecin pour qu'il vienne te soigner. Tu vois que je me soucie de toi.

En vérité, Julia ne tenait surtout pas à ce que son fils vienne perturber l'ordre qu'elle avait établi chez elle. Rebecca était une assistante en or et elle ne voulait pas la perdre. Une bien meilleure assistante, d'ailleurs, que Bret n'était un bon fils. Pour être honnête, si elle en avait eu la possibilité, elle aurait volontiers fichu Bret à la porte et adopté Rebecca.

— Je n'ai pas besoin de médecin, répliqua-t-il. C'est elle qui est malade. A ta place, je la ferais enfermer dans un asile psychiatrique.

— Je parlerai à Rebecca plus tard.

Julia était certaine que Bret ne lui disait pas tout. Rebecca, en revanche, lui raconterait toute la vérité. Et elle faisait confiance à Rebecca. Il l'avait « un peu provoquée », prétendait-il. Julia n'osait même pas imaginer ce qui s'était passé… Rebecca était toujours si désireuse de plaire, au point qu'elle en devenait parfois irritante, à sans cesse se répandre en courbettes devant les uns et les autres. En tout cas, Julia ne doutait pas une seule seconde que Bret n'avait eu que ce qu'il méritait.

Rapidement, elle convint avec la secrétaire de son médecin favori d'un rendez-vous d'urgence dans le courant de la journée.

— Où est ta sœur ? demanda-t-elle après avoir coupé la communication.

— Comment veux-tu que je sache ? Elle est toujours en train de se cacher. Tu ne crois pas qu'elle a perdu quelques neurones dans l'accident ? On dirait une folle, elle me fait peur. Et toi, tu ne te rends compte de rien.

— Le jour où les membres de cette famille parviendront à se supporter, soupira Julia, je crois que je mourrai d'une crise cardiaque.

— Ce n'est pas toi qui donnes l'exemple…

Elle résista à l'envie de gifler son fils. Il la détestait, c'était évident, et, dans des moments comme celui-ci, elle le détestait, elle aussi. Si tant est qu'une mère pût détester son fils… N'était-il pas la chair de sa chair ? Le lien du sang n'était-il pas plus fort que tout ? S'il arrivait malheur à l'un de ses enfants, elle ne s'en remettrait jamais…

— Bon, il faut que je trouve Alison, déclara-t-elle. Rebecca, elle et moi, nous partons faire du shopping, ce matin. J'aurais préféré n'aller en ville qu'avec Alison, entre mère et fille, mais Rebecca a insisté pour nous accompagner.

Julia remit son nouveau bracelet, le crocheta, et ajusta sa bague de fiançailles et son alliance.

— Tu crois que Rebecca est jalouse d'Alison ? demanda-t-elle.

Bret étouffa un éclat de rire.

— Je ne vois pas de quoi elle serait jalouse. Rebecca est amoureuse de moi.

Julia leva vers son fils un regard interrogateur.

— Elle est dingue de moi, ça crève les yeux, poursuivit-il. Mais elle ne m'aura pas. Sortir avec une employée de maison, elle m'a bien vu ? Au fait, vous allez acheter quoi ?

— Faut-il avoir quelque chose à acheter pour aller faire du shopping ? rétorqua Julia.

Bret tourna la tête vers la porte-fenêtre qui donnait sur la terrasse. Elle suivit son regard. Alison se tenait devant la cuisine. Le bas de sa robe de crêpe blanc était trempé, ses pieds nus, couverts de sable. Elle était habillée comme une paysanne, mais tellement belle…

Le cœur de Julia se serra. Elle aurait donné n'importe quoi pour être aussi belle que sa fille. Alison incarnait la perfection, même quand elle essayait par tous les moyens de s'enlaidir.

A cet instant, elle ressemblait à une enfant en quête de réconfort. En prenant conscience de cela, Julia éprouva subitement un sentiment de malaise. Bret avait-il raison ? Alison était-elle devenue folle ? Elle avait changé, en tout cas, on ne pouvait le nier. Mais n'était-ce pas compréhensible après le traumatisme qu'elle avait subi, les multiples opérations et une longue convalescence avec pour seule compagnie un mari étouffant ?

Bret ouvrit sa cannette et but une longue gorgée de bière.

— D'où viens-tu ? lança-t-il à Alison. Tu as vu dans quel état tu es ?

— Ça va, ma chérie ? intervint Julia. C'est vrai que tu es un peu débraillée…

Alison baissa les yeux.

— Je suis allée me promener au bord de l'eau, dit-elle.

— Tu es sûre que tout va bien ? insista Julia. Un problème avec Andrew ?

— Pourquoi cette question ? répliqua Alison en redressant le menton.

— Pour rien. Comme ça. Je ne vous ai vus ni l'un ni l'autre pour le petit déjeuner, ce matin. Je me demandais juste…

— Tout va très bien, l'interrompit sèchement Alison.

Bret jeta à sa mère un regard entendu, comme pour lui dire : « Tu vois, elle est cinglée. » Or, Julia ne semblait rien trouver de choquant dans le comportement de sa fille. Alison avait toujours été versatile : autoritaire et exigeante en famille, comme si tout lui était dû, mais douce comme un agneau avec le reste du monde. Même sa grand-mère Eleanor ignorait ses côtés les plus sombres.

Les enfants de Julia avaient toujours habilement dissimulé leur véritable personnalité. Peut-être, comme l'affirmait Bret, parce qu'ils avaient suivi l'exemple de leur mère. Julia avait parfois l'impression que des démons somnolaient dans les recoins les plus noirs de son âme, des démons dont elle ne savait à quels maux attribuer l'origine. Jamais elle n'avait été maltraitée ou négligée. Son père et sa mère, bien que très accaparés par leurs œuvres de bienfaisance, avaient toujours veillé à réserver des moments privilégiés à leur fille unique. Seulement, ils nourrissaient pour elle des ambitions excessivement élevées, et, quoi qu'elle fasse, elle n'était jamais à la hauteur de leurs espérances.

Aux yeux de ses parents, on était un modèle de vertu, ou bien l'on n'était rien.

Au fil des ans, Julia s'était rendu compte que plus elle se rapprochait de l'idéal de ses parents, plus elle perdait son identité propre. En quelque sorte, elle était victime d'un dédoublement de personnalité ; elle évoluait dans deux réalités différentes, qui ne lui plaisaient pas plus l'une que l'autre.

Peut-être avait-elle transmis sa schizophrénie à ses enfants. Bret, notamment, lui causait une certaine inquiétude, depuis quelque temps, en cela que, de plus en plus, il semblait avoir un rapport au monde extérieur extrêmement perturbé. Entre autres, son attitude vis-à-vis de sa sœur devenait de plus en plus malsaine. Julia le soupçonnait d'être jaloux d'Alison, parce qu'elle avait été désignée comme l'héritière de la fortune familiale. Pourtant, dès le plus jeune âge, elle lui avait expliqué qu'il en avait toujours été ainsi chez les Driscoll : le patrimoine se transmettait de femme en femme. Elle avait même chargé l'un de ses avocats de lui faire un topo sur le sujet.

Tandis qu'elle observait ses enfants, déchirés par la rivalité et pourtant si semblables, elle fut soudain saisie d'une angoisse oppressante. Quelque chose de physique, presque, qui lui broyait la poitrine et lui faisait bourdonner les oreilles…

Prise de vertige, elle s'appuya contre un mur. Elle avait l'impression de sentir l'odeur du feu de bois et d'entendre des cris de bébé, des cris perçants qui lui glaçaient le sang, des cris dont elle savait être la cause.

Comme la femme de Lot, elle avait regardé en arrière. Terrible erreur. Etre transformée en statue de sel n'était rien, comparé à l'enfer qu'elle venait d'entrevoir.

# 20.

Andrew venait de passer une matinée d'enfer. Pour commencer, dès la première heure, il avait eu Stacy au téléphone, son assistante, avec laquelle il avait dû régler diverses questions épineuses concernant l'organisation d'un concert de rock à Mexico.

Après quoi, il s'était occupé de finaliser son plan de repli. S'il y pensait depuis le début, il avait néanmoins espéré ne pas être contraint de recourir à cette solution de dernière extrémité. Malheureusement, s'il voulait conserver une certaine latitude pour mener son enquête, il n'avait plus le choix : Tony Bogart le surveillait. Ce matin, en se rendant à Mirage Bay, il avait encore aperçu sa Corvette le filant. Par chance, il avait réussi à le semer.

Jusqu'à présent, il avait la quasi-certitude que les menaces qu'il avait reçues émanaient de l'un des membres de la famille Fairmont. Il se demandait maintenant si Bogart n'en était pas l'auteur. Après tout, ce type travaillait pour le FBI. Il avait certainement accès à tout un tas d'informations…

A Mirage Bay, Andrew avait poursuivi ses investigations au sujet de Josephine Hazelton. Personne n'avait pu lui en apprendre plus que ce qu'il savait déjà. La vieille femme était une solitaire. Ceux qui la connaissaient l'appréciaient — et se faisaient du souci — mais, outre Marnie, elle n'avait aucun proche. Andrew n'avait pas voulu aiguiser la curiosité en posant trop de questions. Il s'était donc résolu à engager un détective privé.

La situation devenait tellement compliquée… A tous ses tracas s'ajoutait maintenant ce qui s'était produit la veille au soir avec Marnie. Elle n'avait pas voulu en parler. Il n'avait pas insisté mais n'avait pas fermé l'œil de la nuit. Il avait conscience qu'il devait garder la tête froide, ne pas baisser sa garde. Mais c'était plus fort que lui, il ne pouvait pas s'empêcher de penser à elle…

Quand il revint à Sea Clouds, la maison était vide. Sur la table de la cuisine, il trouva un mot de Julia : Alison, Rebecca et elle étaient parties faire du shopping, elles ne seraient pas de retour avant la fin de l'après-midi ; Bret était chez le médecin.

Andrew consulta sa montre. 10 h 30. Il ignorait à quelle heure Bret avait rendez-vous, mais l'opportunité ou jamais se présentait de fouiller la villa. Il palpa la poche de son jean. La fausse améthyste était toujours là.

Le bureau de Julia était à son image. Elégant et froid, respirant le luxe et l'argent.

Andrew commença par feuilleter son agenda. Elle avait un planning de ministre… Aucune annotation, toutefois, ne retint l'attention d'Andrew. Il ne s'agissait principalement que de galas et de ventes de charité, de réunions concernant divers comités et associations de bienfaisance.

Sur le calendrier figurant en premières pages, il nota cependant, sans savoir qu'en déduire, qu'elle avait entouré les mois de février, avril, juillet, août et novembre. Et, dans la marge supérieure au-dessus de la colonne de juillet, elle avait griffonné les lettres CF. Un code sibyllin qu'Andrew mémorisa avant de poursuivre son inspection.

Si, en surface, tout était impeccablement rangé, ce n'était pas le cas, en revanche, à l'intérieur des tiroirs. De la paperasse y était entassée pêle-mêle. Des coupures de journaux, plus ou moins récentes, parlant de la générosité des Fairmont ; des lettres manuscrites ; des relevés de comptes bancaires ; des cartes de visite… Julia semblait également collectionner les stylos Mont-Blanc, et elle avait un stock de fournitures de bureau suffisant pour ouvrir une papeterie. Rien, toutefois, qui pût avoir un quelconque intérêt pour Andrew.

A côté du bureau, un petit meuble supportait un ordinateur portable, qu'il ne prit pas la peine d'allumer.

Dans la chambre à coucher attenante, il ouvrit l'immense penderie qui faisait office de dressing. En premier lieu, il examina les chaussures. Plusieurs paires étaient ornées de fausses pierres, mais à aucune il ne manquait une améthyste. Certains des vêtements de Julia étaient également incrustés de verroterie, mais tous étaient intacts.

Les tiroirs de la coiffeuse ne contenaient rien d'autre que des articles de cosmétique. Le miroir, en revanche, recelait une cachette secrète. L'une des roses de son cadre doré actionnait un mécanisme. Andrew la pressa. Le miroir coulissa vers le haut, révélant un coffre-fort. Il était, bien sûr, hors de question de tenter d'en deviner la combinaison.

Andrew retourna dans le bureau, jeta de nouveau un coup d'œil à l'agenda, et s'éclipsa.

Au fond d'un couloir, au deuxième étage, la chambre de Bret était plongée dans l'obscurité. Les murs étaient couverts de publicités lumineuses pour des marques de spiritueux, du genre que l'on trouve dans les bars. Un ordinateur dernier cri était installé sous la fenêtre aux stores fermés.

Le placard était rangé avec un soin qui étonna Andrew : des piles de chemises et de T-shirts parfaites, les pantalons méticuleusement suspendus sur des cintres, les ceintures et les cravates accrochées à un dispositif tournant. Les pulls et les tenues d'hiver étaient remisés sur les étagères supérieures, dans des housses de plastique transparent.

Pas de coffre ni de cachette secrète nulle part. Un porte-habits de voyage s'avéra néanmoins surprenant. En tirant la fermeture à glissière, Andrew découvrit avec stupéfaction tout un assortiment de vêtements féminins : des bustiers de dentelle, des minijupes, des escarpins à talons aiguilles, et même de la lingerie. Rien toutefois avec des améthystes. Mais un chemisier portant les initiales d'Alison brodées sur la poche.

Andrew ne savait que penser. Bret était-il un travesti ? Tous ces vêtements appartenaient-ils à sa sœur ? A l'intérieur de la porte du placard, il avait scotché des pages de magazine, des photos de lui posant pour des marques de prêt-à-porter masculin. Il était difficile d'imaginer ce beau garçon viril dans une robe à froufrous…

Andrew jeta un coup d'œil à sa montre. Il était là depuis déjà une quinzaine de minutes. S'il voulait voir ce que l'ordinateur avait dans le ventre, il devait se dépêcher.

Le moniteur était en veille. Il s'alluma dès qu'Andrew effleura la souris. Les images qui s'affichèrent à l'écran le laissèrent bouche bée. Des photos porno de couples hétéros, de lesbiennes, de zoophiles…

Il cliqua sur la liste des favoris, entièrement composée de sites classés X.

Voilà donc à quoi Bret occupait ses journées… Et il ne faisait rien pour s'en cacher. N'importe qui, entrant dans sa chambre, n'avait qu'à déplacer la souris pour jouir du spectacle…

Andrew essaya d'ouvrir le premier tiroir de la console. Fermé à clé. Il tira le second. Des magazines et des DVD étaient classés dans des dossiers suspendus. Encore du X.

Des pas retentirent soudain sur le marbre du couloir. Andrew repoussa vivement le tiroir et se précipita dans le placard, dont il laissa la porte très légèrement entrebâillée.

Bret pénétra dans sa chambre, claqua la porte du pied et jeta sa veste sur une chaise. Il avait la tête bandée et un œil tuméfié.

Le frère d'Alison s'assit à son bureau, et, à l'aide d'une petite clé qu'il portait autour du cou, il ouvrit le tiroir verrouillé. Il en sortit une grande enveloppe, d'où il retira une série de photos 10 x 15. Puis il alluma une lampe dont la faible lueur l'enveloppa d'un halo inquiétant.

Andrew s'approcha de l'ouverture du placard dans l'espoir de mieux voir les clichés que Bret examinait un à un. Une femme nue dans des poses suggestives. La porte de la penderie grinça. Andrew se mordit la lèvre, prêt à bondir hors de sa cachette. Mais Bret semblait si absorbé dans la contemplation de ses photos qu'il ne tourna même pas la tête.

Andrew décida de jouer le tout pour le tout. Sur la pointe des pieds, il sortit du placard et s'approcha de Bret par-derrière. Un cri faillit lui échapper. La jeune fille blonde qui se masturbait sur papier glacé n'était autre qu'Alison ! A l'âge de quinze ou seize ans, dix-huit au grand maximum…

Assailli par des questions encore plus dérangeantes que ces clichés obscènes, Andrew avait un goût amer dans la gorge. Qui avait pris ces photos ? Bret lui-même ? Alison avait-elle posé pour lui ? Du frère ou de la sœur, qui était le plus pervers ?

Bret alluma l'écran de son ordinateur. Manifestement, il ne s'était toujours pas rendu compte qu'il n'était pas seul dans la pièce. Comme hypnotisé par les images salaces qui défilaient sur le moniteur, il se renversa contre le dossier de sa chaise, déboutonna sa braguette et glissa une main à l'intérieur. Ecœuré, Andrew s'esquiva à pas de loup.

*
* *

— Hum, ce pinot est délicieux ! Profitons de ce que Rebecca est partie chercher d'autres tailles pour souffler cinq minutes.

Marnie se laissa servir sans protester. Elle était épuisée. Julia l'avait traînée de boutique en boutique et l'avait quasiment obligée à essayer des dizaines de tenues.

Au moins, pendant qu'elles faisaient les magasins, Marnie pensait un peu moins à Gramma Jo.

— Je ne peux pas te dire combien je suis heureuse que nous ayons trouvé des vêtements qui te plaisent, roucoula Julia. Et qui te *vont*.

Elles étaient installées, en kimono de soie, dans le salon d'essayage privé d'un styliste, une vaste pièce pourvue de fauteuils capitonnés, d'un bar, d'un réfrigérateur, d'un micro-ondes et de toilettes. Le vin leur avait été offert, ainsi qu'un assortiment d'en-cas sucrés et salés. Marnie ne savait même pas que cela existait.

— Mais, franchement, poursuivit Julia, il faut que nous refassions toute ta garde-robe. Je ne comprends pas qu'Andrew ne t'ait pas emmenée en ville avant votre départ pour Mirage Bay.

Marnie porta son verre à ses lèvres.

— En effet, ce vin est excellent, dit-elle, détournant délibérément le sujet de la conversation.

Au fil des jours, elle maîtrisait de mieux en mieux son rôle de composition. Si Julia affirmait que tel pantalon lui allait comme un gant, elle se rangeait sagement à son avis. Si Julia estimait que telle robe nécessitait des retouches, elle montait docilement sur le tabouret de la couturière et attendait que l'on prenne ses mesures.

— Alors, tu reprends goût au shopping ? lui demanda Julia.

— Oh, oui ! Quelle journée merveilleuse ! J'avais oublié ce que c'était que de faire les magasins avec sa mère. Ça me manquait, tu sais…

A sa grande surprise, alors qu'elle se demandait justement si elle n'en faisait pas un peu trop, Julia parut touchée. Elle rigola, mais ses yeux s'étaient soudain embués.

— C'est la première fois que tu me dis quelque chose d'aussi gentil, murmura-t-elle.

Marnie se leva et se dirigea vers elle. Julia ouvrit les bras et la serra contre elle. Gênée, elle lui caressa doucement le dos. Cet élan d'amour de la part de Julia était sincère, elle le sentait, et elle éprouvait de la culpabilité à la duper ainsi…

Julia s'écarta brusquement et ajusta les pans de son kimono. Visiblement, elle regrettait déjà de s'être laissée aller à cet accès de tendresse.

— Pardon, bafouilla-t-elle en reprenant son verre de vin. Excuse-moi.

Après en avoir bu une gorgée, elle retrouva sa contenance.

— Parlons de toi, décréta-t-elle. Profitons de ce que Rebecca n'est pas là. Je t'en prie… Je me fais du souci.

— Pourquoi donc ? Il n'y a aucune raison.

— Vraiment ? Tu me le dirais, si quelque chose n'allait pas, n'est-ce pas ? Tu avais l'air contrariée, ce matin…

— Je ne dors pas bien, ces temps-ci, répondit promptement Marnie. J'ai passé une nuit affreuse.

— Ecoute, poursuivit Julia avec un regard scrutateur, je sais que ce que je vais te dire ne va pas te faire plaisir, mais il faut que je te le dise. Tout le monde pense, moi y compris, qu'Andrew a essayé de te tuer. Cet accident a eu lieu dans des circonstances trop bizarres… L'assurance vie, le fait que vous étiez en instance de divorce… Pourquoi êtes-vous partis en mer, alors que la météo annonçait une tempête ?

Marnie comprenait enfin pourquoi Alison et Andrew avaient été conviés à Sea Clouds avec une telle insistance. Julia croyait son gendre capable d'assassiner sa fille ; elle nourrissait à son égard une profonde méfiance. Et il incombait maintenant à Marnie de restaurer sa confiance. Sur des mensonges…

— C'est moi qui ai tenu absolument à sortir en mer, dit-elle. C'est vrai que nous avions quelques problèmes avec Andrew. Je pensais que, sur le bateau, nous pourrions discuter. Il m'avait prévenue que l'ouragan menaçait, mais j'ai insisté.

Elle répétait mot pour mot l'histoire qu'Andrew lui avait racontée.

— Tu aimes la robe cache-cœur que j'ai choisie ? enchaîna-t-elle.

— Ne change pas de sujet, s'il te plaît, répliqua Julia. J'attendais ce moment depuis ton arrivée. Allons au bout de notre conversation. Assieds-toi.

Marnie s'exécuta.

— Quand je ne serai plus là, poursuivit Julia, toi et Bret, vous hériterez chacun d'une belle somme. Mais n'oublie pas, Alison, que tu possèdes déjà une fortune personnelle. Pour ton prochain anniversaire, le fonds de ta grand-mère te reviendra. Tu hériteras de cinquante millions de dollars. Ce n'est pas rien, et je pense qu'il est important que tu t'y prépares.

Marnie ne comprenait plus rien. Andrew ne lui avait-il pas dit que les notaires de la famille trouveraient sans aucun doute un moyen de la déshériter ?

— Bien sûr, acquiesça-t-elle néanmoins. Je suis sûre que Jack Furlinghetti saura me conseiller.

— Je vois que tu es choquée, dit Julia en tripotant sa bague. Je n'ai pas été honnête avec toi, en février dernier, lorsque je t'ai dit que tu avais enfreint la clause de moralité. J'étais en colère, je suis navrée.

Marnie hocha la tête, n'osant rien dire, de crainte de commettre une maladresse. A l'évidence, Andrew n'était pas au courant de tout.

— Alison, surtout, ne mets pas cet argent sur un compte joint, et ne laisse pas ton mari…

— Maman, protesta Marnie. Andrew a de l'argent. Il n'a pas besoin du mien.

— A combien exactement se montent ses biens ?

— Je ne sais pas. Nous ne parlons pas de ces choses-là.

— C'est bien ce que je pensais, soupira Julia en posant une main sur l'avant-bras de sa fille. Alison, je peux t'aider à sortir du piège auquel il t'a prise. Dis-moi seulement ce qu'il a fait et je m'occuperai de son cas.

— Il n'a rien fait du tout, assura fermement Marnie. Pourquoi es-tu si suspicieuse ?

Julia resserra ses doigts autour du bras de Marnie.

— Rappelle-toi ce qui s'est passé avec Regine, dit-elle. Tu étais avec eux quand c'est arrivé…

— De quoi parles-tu ?

Marnie jouait la naïve et l'offusquée, mais des tas de questions se bousculaient dans son esprit. Alison était-elle impliquée dans la mort de Regine ? Etait-ce pour cette raison qu'Andrew avait refusé de s'étendre sur le sujet ?

— Quand elle s'est noyée dans leur piscine, à New York…, répondit Julia sur un ton lourd de sous-entendus. D'après le rapport de police, tu étais chez eux, ce soir-là…

Marnie savait qu'Alison avait un temps étudié à New York, et qu'elle avait épaulé Andrew après le décès de Regine, mais elle ignorait qu'elle était avec eux au moment de la tragédie…

— Comment sais-tu ce qu'il y avait dans le rapport de police ? contra-t-elle.

Julia termina son verre et regarda nerveusement autour d'elle à la recherche de la bouteille.

— Réponds-moi, insista Marnie en lui prenant le verre des mains. Comment sais-tu ce qu'il y avait dans le rapport de police ?

— J'ai engagé un détective privé pour enquêter sur le compte d'Andrew. Parce que je voulais te protéger. Je redoutais qu'il ne s'en prenne aussi à toi.

De son sac, Julia sortit une chemise en carton et la tendit à sa fille.

— Tous les renseignements qu'il a collectés se trouvent ici, continua-t-elle. Je ne t'en avais jamais parlé, parce que j'avais peur que tu me reproches de me mêler de ce qui ne me regarde pas, mais ton accident a confirmé mes soupçons… Regarde, Alison, regarde par toi-même.

Marnie posa son verre de vin et s'empara du dossier. Les doigts tremblants, elle en retira une liasse de documents. Les premières pages comportaient principalement des données financières. Elle ne s'y attarda pas, mais, si les chiffres étaient exacts, Andrew était immensément riche, encore plus qu'elle ne l'imaginait. Suivaient des photocopies de coupures de journaux, dont l'une retint son attention, un article relatant la mort de Regine, illustré d'une grande photo en couleurs de la jeune pop-star.

Selon la légende, le cliché avait été pris un mois avant sa disparition, lors d'un concert. Dans une combinaison-pantalon moulante en lamé or, sa longue crinière rousse rassemblée en queue-de-cheval, Regine saluait son public. D'énormes diamants roses scintillaient à ses oreilles.

— Les boucles…, murmura Marnie en portant une main à son lobe.

Elle ne les avait pas quittées depuis le soir de la réception. Andrew lui avait-il offert des bijoux ayant appartenu à sa défunte fiancée ?

Julia repoussa les cheveux de sa fille. Manifestement, elle n'avait pas encore remarqué les pendants de diamant rose.

— Quand te les a-t-il donnés ? voulut-elle savoir. Tu connais leur histoire, n'est-ce pas ? Ce sont les diamants Villard. Ils sont maudits.

— Je ne crois pas aux malédictions, répliqua Marnie en s'efforçant de dissimuler son trouble.

Pourquoi Andrew ne lui avait-il pas précisé d'où venaient ces boucles ?

— Lis le dossier du détective, insista Julia. Ces pendants appartenaient à sa mère. Elle était chanteuse d'opéra. Elle était promise à un grand avenir, mais elle est morte tragiquement, lorsque Andrew était adolescent. Il a hérité de ses bijoux et les a donnés à Regine. Elle est morte d'un tragique accident. Et toi aussi, Alison, tu as frôlé la mort…

Andrew lui avait remis les boucles *après* l'accident, songea Marnie. Trois femmes les avaient portées avant elle, et toutes trois étaient mortes ou disparues…

— Enlève-les, ordonna Julia. Enlève-les, je t'en supplie.

Marnie s'exécuta et glissa les pendants dans son sac.

— Maintenant, lis le rapport du détective. Il faut que tu saches tout.

— Ça me suffit, protesta faiblement Marnie. J'en ai entendu assez.

— Tu préfères te voiler la face ? Comme tu veux… De toute façon, tu es déjà au courant du pire… Tu étais avec lui quand il a été inculpé de meurtre.

De *meurtre* ? Les yeux baissés sur le dossier, Marnie osait à peine respirer. Andrew lui avait-il menti, en affirmant que Regine avait été victime d'un accident ? Pour en avoir le cœur net, elle n'avait pas d'autre solution que de lire ce rapport.

# 21.

Après une sieste pénible, entrecoupée de rêves scabreux mettant en scène Alison et son frère, Andrew terminait de se raser, lorsqu'il entendit Marnie revenir de son après-midi shopping. A la hâte, il enfila un peignoir en éponge et sortit sur le pas de la salle de bains afin de l'accueillir.

Elle déposa une multitude de sacs sur le lit et s'étira les bras au-dessus de la tête, telle une danseuse à la fin d'une dure séance d'entraînement. Ses cheveux étaient rassemblés en un chignon serré dans le bas de sa nuque. Son visage était fermé, tendu.

Elle changeait de jour en jour, songea Andrew. Vêtue d'un tailleur-pantalon bleu-vert, juchée sur des escarpins pointus de cuir argenté, terriblement sexy et sophistiquée, elle paraissait plus mûre, plus femme. Elle avait désormais l'allure d'une jeune bourgeoise sophistiquée, et Andrew ne savait qu'en penser. C'était lui qui l'avait façonnée à l'image d'Alison, mais il regrettait presque son côté naturel et enfantin… Oui, depuis son arrivée à Mirage Bay, elle s'était métamorphosée.

D'un geste las, elle enleva sa veste et commença de déboutonner son chemisier, un corsage blanc sans manches aux attaches imitant un style ancien. Dans la lumière de fin d'après-midi qui filtrait au travers des stores, sa peau paraissait douce comme du satin. S'il s'était écouté, Andrew se serait jeté sur elle pour la couvrir de baisers…

Il essaya de parler, mais aucun son ne sortit de ses lèvres. Il se racla la gorge.

— Andrew ? fit-elle en tournant brusquement la tête. Tu es là ? Pourquoi tu ne disais rien ? Tu m'as fait peur.

Elle paraissait à cran, presque en colère. Fébrilement, elle reboutonna son chemisier. Andrew se dirigea vers le bar et remplit un verre de vin rouge.

Marnie fronça les sourcils. Elle ne l'avait encore jamais vu boire.

— Marnie, qu'est-ce que tu as ? lui demanda-t-il en voyant son expression se durcir davantage.

Il lui tendit le verre.

— Merci, fit-elle sèchement en secouant la tête. J'ai déjà bien assez bu pour aujourd'hui.

— Ah, bon ?

— Ça fait partie du rituel du shopping, non ? siffla-t-elle. Remarque, je dois avouer que c'est souverain pour vous faire oublier la dure réalité.

Andrew remplit un deuxième verre de jus de raisin.

— Connaissant Julia, j'imagine que c'est elle qui a tout payé, dit-il en désignant les sacs épars sur le lit. Elle a plusieurs méthodes, elle, pour noyer son chagrin.

Marnie ne releva pas le sarcasme. En l'espace de quelques heures, Andrew était devenu son ennemi, et Julia, son alliée. Curieux, comme les rôles pouvaient s'inverser en un instant.

Andrew savourait son jus de fruits comme s'il s'agissait d'un grand cru, inspirant ses arômes, le faisant tourner dans sa bouche avant de l'avaler, observant le liquide grenat à travers le verre qu'il tenait sensuellement entre ses longs doigts de pianiste.

Marnie réprima un frisson à la pensée que, pas plus tard que la veille, elle s'était donnée à ce sinistre personnage. Elle était rentrée avec la ferme intention de le démasquer, de crever l'abcès sans attendre, mais maintenant qu'elle se retrouvait seule avec lui, elle était paralysée de terreur.

De son côté, Andrew interprétait son étrange attitude comme le contrecoup de la disparition de Gramma Jo, ce qui le confortait dans l'espoir qu'elle se montrerait ouverte à sa proposition, ou tout du moins disposée à l'écouter. Il n'y avait qu'un moyen de retrouver une vieille femme égarée dans le système médical : engager un détective privé.

— J'aurais aimé avoir de meilleures nouvelles à t'annoncer, dit-il, mais je n'ai toujours pas réussi à en savoir plus au sujet de ta grand-mère. Je crois que la meilleure solution serait de faire appel à quelqu'un, mais je voulais d'abord t'en parler.

— De faire appel à quelqu'un ? A qui ?

— Un professionnel. Je ne peux pas poser toutes les questions que je souhaiterais sans attirer l'attention sur moi, sur nous. Ce serait trop dangereux. Un détective privé aura davantage de latitude pour mener ses recherches…

De plus, les détectives privés ont des contacts, ils ont accès à des banques de données.

— Tu en connais un ?

— Dans le show-biz, on a tous besoin, un jour ou l'autre, d'une assistance discrète. Et les rock-stars ne veulent que ce qu'il y a de meilleur.

Marnie semblait avoir du mal à accepter cette idée.

— Personne sur le marché aux puces n'a pu te renseigner ? insista-t-elle.

— Non, j'ai l'impression qu'elle n'a voulu dire à personne où elle allait. Mais avec l'aide de quelqu'un de compétent, je suis sûr que nous la retrouverons.

— Tu ne crois pas que c'est risqué ? Que ça puisse faire du tort à Julia ou à Bret ? Ou, pire encore, que Tony Bogart en ait vent ?

— Un bon détective ne se préoccupe que de l'affaire qui lui a été confiée. Pas de détails croustillants sur la vie des Fairmont.

— Bien, dans ce cas, fais comme bon te semblera, soupira Marnie.

— Par ailleurs, depuis l'incident du pot de fleurs, je me fais du souci pour toi, enchaîna Andrew. Et je me demande ce que Bogart a derrière la tête… Au début, je croyais que ce n'était que de la jalousie. Mais je n'en suis plus aussi certain. Ce type est dangereux, et s'il s'aperçoit que je ne suis plus là, il risque de te chercher des noises. Il faudra que tu l'évites comme la peste. En fait, pendant mon absence, j'aimerais que tu ne quittes pas la villa.

— Es-tu en train de me dire que je dois rester cloîtrée ici en permanence ?

— Promets-moi seulement de ne pas essayer de chercher ta grand-mère.

— Tu penses que je suis physiquement menacée ?

— Je ne sais pas. Je veux seulement être sûr qu'il ne t'arrivera rien pendant les quelques jours où je ne serai pas là.

— Quelques jours ? s'écria Marnie. Mais où vas-tu ?

Bien qu'Andrew se soit efforcé d'amener le sujet en douceur, elle n'avait pas encore percuté.

— A Mexico. Il y a de gros problèmes au festival de rock que j'ai organisé là-bas. Mon assistante ne peut pas gérer ça toute seule. Il faut que j'aille la rejoindre au plus tôt.

— Quel genre de problèmes ? demanda Marnie sur un ton suspicieux.

Comme il s'y attendait, il n'était pas facile de la mener en bateau. Mais, dans leur intérêt à tous les deux, il n'avait pas d'autre solution que le mensonge.

— Des émeutes. Le chanteur d'un groupe a déjà été grièvement blessé. Il y a de fortes chances pour que je sois obligé d'annuler la suite de la tournée en Amérique du Sud. J'ai réservé un vol de nuit. Je pars ce soir.

— Ce soir ? A Mexico ?

— Je n'en aurai pas pour longtemps. J'espère être de retour après-demain.

Marnie ôta ses escarpins et se mit arpenter nerveusement la pièce. Puis elle se campa face à Andrew. Il était clair qu'elle n'avait pas avalé un traître mot de son histoire.

— Bien, fit-elle froidement. Dans ce cas, si tu dois t'envoler pour le Mexique, nous devons d'abord régler certaines choses.

Andrew lui décocha un regard interrogateur. Elle s'empara de son sac à main et en exhiba les pendants de diamant.

— Ces boucles étaient à Regine. Je n'en veux pas. Tu peux les reprendre.

Avec dégoût, elle les jeta sur le chariot à liqueurs.

— Ces boucles étaient à ma mère, répliqua posément Andrew. C'est tout ce qu'elle m'a laissé et j'y attache une grande valeur sentimentale.

— Mais tu les a données à Regine. Et maintenant, tu me les offres à moi. Dois-je en conclure que je suis ta prochaine victime ?

— Marnie… Qu'est-ce que tu racontes ? De quoi parles-tu ?

— De la façon dont elle est morte.

Marnie traversa rageusement la pièce et lui tendit le rapport de police.

— J'attends des explications, siffla-t-elle.

L'expression d'Andrew devint glaciale.

— Où as-tu trouvé ça ?

Marnie secoua la tête. C'était lui qui lui avait menti. Elle n'allait pas le laisser retourner la situation et la mettre en position de tort.

— Tu m'as dit que Regine était morte accidentellement. Il est écrit ici noir sur blanc que tu as été accusé de son meurtre.

— L'inculpation a été retirée dès que mon alibi a été

vérifié. Où t'es-tu procuré ces documents, Marnie ? C'est Julia qui te les a donnés, n'est-ce pas ?

Andrew jeta furieusement les documents sur une table basse et se dirigea vers la cheminée, où crépitait un petit feu.

— Elle n'a jamais accepté que j'épouse sa petite fille chérie, poursuivit-il. Et elle ne peut toujours pas me voir en peinture. Elle serait prête à tout pour me détruire.

— Puis-je savoir quel était ton alibi ? le coupa Marnie. Tu n'étais pas avec Regine lorsqu'elle s'est noyée ?

— Si, ivre mort dans une chaise longue. Alison était venue passer la soirée avec nous et j'avais bu plus que de raison, ce qui m'arrivait fréquemment à cette époque.

— Que faisait Alison à New York ?

— Elle suivait les cours de la Julliard School. Ses parents avaient un appartement, là-bas. Elle était fan de Regine. Au début, j'ai hésité à la lui présenter, mais Alison était tenace, elle m'a forcé la main. Regine l'a toute de suite prise en amitié. Alison était maligne, elle ne cessait de la flatter.

— Donc tu étais soûl, ce soir-là ?

Andrew acquiesça de la tête.

— Il faisait chaud, Regine a suggéré un bain de minuit. Comme je tenais à peine sur mes jambes, je n'ai pas voulu me baigner, mais elle exigeait que je reste près d'elle, alors je me suis affalé dans un transat au bord de la piscine. Alison est rentrée dans l'appartement en disant avoir un coup de téléphone à passer. J'ai dû m'assoupir. C'est Alison qui m'a réveillé en me secouant et en hurlant que Regine était morte.

Andrew contemplait le feu d'un air absent, le visage déformé par un rictus de douleur. Marnie voyait qu'il disait la vérité.

— Elle flottait dans la piscine sur le ventre…, ajouta-t-il.

— Pourquoi t'a-t-on accusé de l'avoir tuée, alors ?

— Quand les ambulanciers sont arrivés, je n'arrêtais pas de répéter qu'elle était morte par ma faute. J'étais encore bourré… Alison était partie. Elle devait rejoindre quelqu'un, je lui ai dit qu'elle pouvait y aller. Les urgentistes ont interprété mes paroles comme des aveux, ils ont appelé la police. On m'a emmené au poste et placé en garde à vue. Le lendemain, Alison a été convoquée. Elle a tout expliqué aux flics et j'ai été relâché.

— Que leur a-t-elle expliqué ?

— Qu'elle se tenait sur la terrasse pendant qu'elle téléphonait, qu'elle avait vu que je n'avais pas bougé de ma chaise longue. Elle ignorait par contre ce qui avait pu se produire. Regine n'était pas dans son champ de vision. Un test d'alcoolémie a confirmé que j'étais à la limite du coma éthylique.

— Pourquoi ne m'as-tu pas tout raconté ?

— Je n'aime pas parler de ça. Si je n'avais pas bu, ce jour-là, Regine serait encore en vie. Je me sens responsable de sa mort.

La voix d'Andrew se brisa. Marnie ne quittait pas son visage des yeux.

— Ce n'est pas ta faute, murmura-t-elle. Je suis sûre que je ne suis pas la première à te le dire. Ce sont des choses qui arrivent, malheureusement, un accident stupide…

Andrew garda le silence, si longtemps que Marnie fronça les sourcils.

— Ce n'était pas un accident ? avança-t-elle prudemment. Elle s'est suicidée ?

— Non, elle aimait trop la vie. On l'a tuée.

Andrew releva la tête, la mâchoire serrée. Marnie avait conscience qu'elle devait le laisser parler, mais la question jaillit malgré elle.

— Qui ? Alison ?

Andrew hocha doucement la tête.

— Après le décès de Regine, j'ai sombré dans une profonde dépression. J'étais rongé par le remords, je ne voulais plus penser à rien. Alison m'a beaucoup aidé. C'est grâce à elle que j'ai repris pied. Ce n'est qu'après notre mariage que j'ai peu à peu compris… Regine représentait un obstacle sur la voie qu'Alison s'était tracée… Elle voulait devenir une star et, pour cela, elle avait besoin de moi.

Le cerveau de Marnie tournait à plein régime. Andrew avait-il tué Alison pour venger Regine ? A reculons, elle s'écarta de lui.

— Certaines personnes pourraient voir là un mobile, dit-elle. On pourrait penser que tu as voulu punir Alison. Est-ce pour cette raison qu'elle a disparu en mer, parce qu'elle a noyé Regine ?

Andrew pivota furieusement sur ses talons.

— Si j'avais voulu tuer Alison, répliqua-t-il, je l'aurais tuée de mes propres mains.

Sa voix tremblait, ses yeux brillaient de rage. Marnie était tentée de croire qu'il était sincère. Elle s'assit sur le bord du lit et se prit la tête entre les mains, ne sachant plus que penser.

— Ça va ? lui demanda-t-il.

— Oh, non, soupira-t-elle.

Elle demeura un long moment immobile, soupesant ses options, avant de se décider enfin à poser l'une des nombreuses questions qui lui brûlaient les lèvres.

— Vas-tu vraiment au Mexique pour ramener l'ordre dans un concert de rock ?

— Quelle autre raison aurais-je de te laisser seule ici ?

— Je ne sais pas… Tu pourrais partir à la recherche d'Alison. N'est-ce pas pour ça que nous sommes là ? Je t'en supplie, Andrew, dis-moi la vérité.

— Non, je ne pars pas chercher Alison, répondit Andrew. Honnêtement, ça m'étonnerait qu'elle soit encore en vie. Nous, nous devons nous concentrer sur les menaces réelles et…

— Andrew, le coupa Marnie, vas-tu à un concert de rock, oui ou non ?

Ses yeux bleus jetaient des flammes.

— Oui, mes obligations professionnelles m'appellent et, crois-moi, j'aurais aimé pouvoir t'emmener avec moi, mais je ne pense pas que ce soit une bonne idée.

Marnie hocha la tête, pensive.

— Je préfère que tu restes ici, en sécurité, continua

Andrew. Et, à ce propos, j'aimerais t'expliquer comment les choses vont se passer. C'est important.

Elle n'était pas convaincue, il le voyait.

— Le détective privé que je connais a un associé, poursuivit-il néanmoins. Je compte les engager tous les deux, un pour rechercher ta grand-mère, l'autre pour garder un œil sur toi pendant mon absence. Je les ai déjà contactés. Si tu es d'accord, quelqu'un viendra dès demain prendre la place de l'actuel jardinier des Fairmont. Personne ne saura qui il est. Quant à toi, tu auras un nouveau téléphone portable. Tu n'auras qu'à appuyer sur une touche, si tu as besoin de lui. La seule chose que je te demande, c'est de ne pas griller sa couverture.

— Non, bien sûr que non.

Marnie porta une main à sa gorge, où une plaque rouge commençait à se dessiner.

— Ce n'était pas la peine de faire ça, ajouta-t-elle. Ce n'est pas pour moi que j'ai peur.

Elle se leva et se remit à faire les cent pas.

— Et toi, tu pars avec un garde du corps ?

— J'apprécie que tu t'inquiètes pour moi, répondit Andrew, c'est très gentil de ta part mais, franchement, il n'y a pas de raison.

— Je ne lis pas l'avenir, comme ma grand-mère, et je ne suis pas superstitieuse pour deux sous, mais ce voyage ne me dit rien qui vaille… J'ai un mauvais pressentiment.

— Ne t'en fais pas, dit Andrew en riant. J'ai fait de la boxe à l'école, à Cambridge, et j'étais plutôt bon. De plus, je serai armé.

— Armé ?
— J'emporte un pistolet, un semi-automatique.
— Tu as le droit d'avoir une arme à feu dans l'avion ?
— Elle voyagera dans la soute.
— Et tu crois que c'est un argument pour me rassurer ?

L'intensité du regard de Marnie, l'angoisse qu'il y lisait, sa réticence à le laisser s'éloigner touchaient Andrew au plus profond du cœur, lui remuaient les tripes comme un poignard chauffé à blanc. Elle n'était peut-être pas diseuse de bonne aventure, mais elle lisait en lui comme dans un livre ouvert… Qu'il appréhendait, lui aussi, ce voyage et cette séparation.

Tout à coup, elle porta les mains derrière sa nuque et décrocha sa chaîne.

— Tiens, dit-elle en lui présentant sur sa paume le fin bijou en or. Je veux que tu l'emportes.
— Ta pièce fétiche ? Non, je ne peux pas.
— Si, mets-la autour de ton cou.

Elle avait une expression déterminée, farouche, mais, sous son masque, Andrew percevait des émotions qui le bouleversaient.

— Merci, dit-il en prenant la chaîne. Je la garderai sur moi, je te le promets.

Elle avait les larmes aux yeux, à présent, et Andrew était profondément ému. Tenait-elle à ce point à lui qu'elle se soit résolue à se séparer de son porte-bonheur de toujours ?

Discrètement, elle s'essuya le coin des yeux. Soulagé qu'elle ait bravement lutté contre les sanglots, il glissa la pièce dans la poche de son peignoir. Elle lui saisit vivement le poignet.

— Je tiens à ce que tu la portes, dit-elle. Sous tes vêtements, personne ne la verra.

Avant qu'il n'ait pu protester, elle lui prit la chaîne des mains et se hissa sur la pointe des pieds pour la lui accrocher autour du cou. Andrew se sentait comme envoûté par son odeur, la douceur de ses gestes, la chaleur de son souffle dans sa nuque.

— Voilà, fit-elle. Comme ça, je serai plus tranquille.

Il se retourna vers elle et plongea son regard dans le sien.

— Je ne veux pas que tu partes, murmura-t-elle. J'ai peur.

# 22.

La gorge nouée par l'émotion, Andrew saisit les mains de Marnie et l'attira contre lui.

— Je suis obligé de partir, dit-il, mais ne t'en fais, tout ira bien. Il y aura quelqu'un ici pour veiller sur toi, il ne t'arrivera rien.

Incapable de prononcer le moindre mot, elle se blottit contre lui.

— Ne t'inquiète pas non plus pour moi, chuchota-t-il dans ses cheveux. Je serai bientôt de retour, je te le promets.

Son peignoir s'était entrouvert. Marnie glissa ses bras dessous et se colla contre son torse nu. Il émit un grognement et elle sentit son sexe durcir contre son ventre. Un frémissement de désir monta en elle.

Il était la cause de tous ses tourments et, en même temps, il l'attirait comme un aimant. Toute sa vie, elle avait rêvé de lui, et maintenant qu'elle était avec lui, il fallait qu'il la quitte déjà, pour une destination et des motifs qu'elle ne comprenait pas…

— Arrête…, articula-t-il. Il ne faut pas…

— Tant pis, murmura-t-elle. Tu vas partir et je ne sais pas si tu me reviendras. J'ai trop envie de toi.

Elle lui plaqua une main sur la bouche et fit glisser son peignoir au sol. Puis elle enleva sa veste, son pantalon. Avec une douceur mêlée d'impatience, il défit une à une les attaches de son chemisier. Elle ne portait pas de soutien-gorge. Un gémissement lui échappa, lorsqu'il passa les doigts sur la pointe dressée de ses seins.

Ne pouvant plus attendre, elle l'entraîna vers un fauteuil où ils basculèrent en s'embrassant. Dès l'instant où il fut en elle, elle atteignit des sommets de plaisir insoupçonnés. L'orgasme d'Andrew suivit le sien de peu, laissant leurs corps frémissant de volupté.

Quand les derniers spasmes de la jouissance se furent apaisés, elle noua les bras autour de son cou et enfouit le visage au creux de son épaule. Son dernier instant de bonheur avant qu'il ne s'en aille. Un instant qu'elle entendait savourer pleinement, dans lequel puiser des forces et du courage.

Car, au lever du jour, tout serait différent. Il serait dans un autre pays et elle serait seule pour mettre à exécution le plan qui se formait déjà dans son esprit.

Marnie se redressa contre les oreillers, étonnée de voir poindre entre les persiennes les premières lueurs de l'aube. Malgré elle, elle s'était endormie et Andrew ne l'avait pas réveillée pour lui dire au revoir.

Le mobile dont il avait parlé reposait sur la table de

chevet, avec un petit mot indiquant quelle touche presser pour alerter le détective ainsi qu'un numéro où appeler Andrew en cas d'urgence. Marnie se sentit rassurée de savoir qu'elle pouvait le joindre. Sa pièce porte-bonheur n'était nulle part. Il ne l'avait pas laissée sur l'oreiller, comme elle avait craint qu'il ne puisse le faire.

Il n'était même pas 7 heures. Il n'y avait aucun bruit dans la maison. Personne ne devait être debout.

Le plus silencieusement possible, elle descendit au rez-de-chaussée et se glissa dans chaque pièce afin de regarder par les fenêtres si elle apercevait le « jardinier » chargé de la protéger.

A sa grande déception, tous les patios et espaces paysagers qui s'étageaient sur le flanc de la falaise étaient déserts. Peut-être était-il encore trop tôt.

Elle s'apprêtait à ressortir du salon, lorsqu'il lui sembla distinguer une ombre furtive dans l'escalier menant à la terrasse. Elle ouvrit la porte-fenêtre et s'avança sur le seuil. Elle n'en était pas sûre, mais elle avait l'impression d'entendre des pas au niveau inférieur, celui où le pot de fleurs s'était écrasé. Elle s'approcha de la balustrade. Le son se fit plus net, mais, cette fois, il paraissait provenir de derrière elle. Son pouls s'accéléra.

Elle pivota sur ses talons, pour se retrouver face à Bret, vêtu d'un short de plage et d'un T-shirt froissé.

— Que fais-tu là en peignoir ? lui demanda-t-il.

— J'ai entendu du bruit.

— Toujours à fourrer ton nez partout, hein ?

En traînant ses tongs de cuir, il s'approcha d'elle avec

un sourire en coin et s'accouda tout près d'elle contre la balustrade.

— Tu te rappelles ce qui s'est passé la dernière fois que je t'ai trouvée ici nue sous ton peignoir ?

Marnie ne répondit pas.

— J'étais en pleine puberté, continua-t-il avec un regard lubrique. Tu m'as menacé de tout raconter à maman, mais tu n'as pas osé. Et à partir de ce jour-là, tu as enfin cessé de torturer ton petit frère, n'est-ce pas, Aliconne ?

— Je ne sais pas de quoi tu parles.

— Depuis ce jour-là, tu ne t'es plus jamais moquée de Bret le pervers, hein ?

— Laisse-moi tranquille, souffla-t-elle.

— Où est donc passé ton protecteur ? Le vieux loup de mer s'est levé aux aurores pour aller briquer son yacht ?

— Il a été appelé par des obligations professionnelles.

— Non… Comme ça tombe bien…

Il tira sur la ceinture de son peignoir. Elle lui frappa la main.

— On veut se faire désirer ? ricana-t-il en lui passant un bras autour de la taille.

Marnie laissa échapper un petit cri. Un homme en salopette, bandana sur le crâne et gants de travail à la main apparut presque aussitôt en haut de l'escalier. Bret s'écarta vivement de Marnie.

— D'où sortez-vous, vous ? lui lança-t-il. Vous avez fait peur à ma sœur. Et d'abord, qui êtes-vous ?

— Diego Sanchez, de l'entreprise Horton Parcs et

Jardins. On m'a demandé de tailler les haies de la terrasse, ce matin.

— Eh bien, dépêchez-vous de vous mettre au boulot, grommela Bret.

— Bon, moi, je rentre m'habiller, déclara Marnie avec un sourire glacial à l'intention de Bret.

# 23.

Marnie se gara devant le yacht-club de Mirage Bay, à peu près certaine, pour avoir fait des détours improbables, de ne pas avoir été suivie.

Amarré au mouillage invité, au bout de la jetée, le *Bladerunner* était le plus grand des bateaux de la marina. Marnie le reconnut sans peine. Elle avait trouvé les clés du yacht et la carte magnétique permettant d'accéder au port dans une trousse en cuir qu'Andrew avait laissée à Sea Clouds, sans doute loin de se douter que Marnie les emprunterait. Pourtant, il y avait déjà quelque temps qu'elle projetait de visiter le yacht. L'absence d'Andrew lui en donnait enfin l'opportunité.

Dans le tiroir de sa table de nuit, elle avait également eu la surprise de découvrir un petit pistolet de sac à main, accompagné d'une note d'Andrew précisant qu'il s'agissait de l'arme qu'elle avait réclamée, à n'utiliser, bien sûr, qu'en cas de « nécessité absolue ». Il lui avait aussi laissé le manuel d'instructions ainsi qu'une petite boîte de balles.

Marnie n'était jamais montée sur un yacht. Heureusement, à la dernière minute, elle avait pensé à troquer ses sandales à talons contre des chaussures plates à semelles antidérapantes.

La première chose qu'elle voulait voir était la proue du bateau, d'où Alison avait basculé à la mer, faisant basculer avec elle son destin à elle, Marnie. Elle savait que tous les dégâts avaient été réparés. Mais elle espérait ressentir des vibrations qui lui apporteraient des réponses quant aux événements survenus six mois plus tôt, par une nuit de tempête où deux femmes avaient plongé dans l'océan démonté.

C'était idiot, elle en avait conscience. Néanmoins, une phrase que répétait souvent Gramma Jo lui trottait dans la tête : *Quoi que tu jettes à la mer, tes ordures, tes prières ou tes chagrins, la mer se souvient…*

L'océan avait rendu Marnie à la vie. Qu'avait-il fait d'Alison ?

Des vaguelettes clapotaient contre la coque du *Bladerunner*. La baie était d'un calme plat. Accoudée au bastingage, Marnie scrutait pensivement le large. Si la mer se souvenait, elle n'était pas disposée à lui livrer ses secrets… Et Marnie ne pouvait pas rester là indéfiniment à attendre une révélation.

Elle jeta un coup d'œil à sa montre et descendit dans la cabine, où rien n'attira son attention, si ce n'est un album photos relié de cuir, rangé parmi les livres de la bibliothèque. Elle le délogea de son emplacement et le feuilleta… Des photos des diverses croisières d'Andrew, accompagnées de commentaires plus ou moins longs. Il avait fait le tour du monde : Fidji, Pago Pago, les îles Vierges… Des noms qui faisaient rêver.

L'album se terminait par un portrait grand format d'Alison,

posant à l'avant du *Bladerunner* en tunique transparente sur un Bikini noir. Marnie examina attentivement celle dont elle avait usurpé l'identité. L'épouse d'Andrew devait se tenir à peu près à l'endroit d'où elle avait été projetée par-dessus bord.

Marnie revint en arrière. Les deux pages précédentes ne comportaient que des photos d'Alison, toutes prises à la proue du yacht…

Perplexe, elle remit l'album où elle l'avait trouvé et s'apprêtait à remonter sur le pont, lorsque son pied heurta quelque chose. Une poignée de bois dépassant de l'ouverture oblongue découpée dans le tiroir en teck d'une couchette. Elle s'agenouilla pour ouvrir le tiroir. Il s'agissait de la poignée d'une scie à lame étroite et longues dents crantées.

Dont on aurait pu se servir pour scier le bastingage ? A cette pensée, parcourue d'un frisson, Marnie repoussa le tiroir et remonta à la hâte sur le pont, où son cœur ne fit qu'un bond. Elle n'était plus seule sur le bateau. Pendant qu'elle était en bas, quelqu'un était monté à bord. Tony Bogart, les pouces calés dans les passants de sa ceinture, qui la toisait avec un air narquois.

Rebecca poussa la porte de la chambre d'amis. Chance inespérée, elle n'était pas fermée à clé. Alison et son mari n'avaient-ils donc rien à cacher ? Rebecca en doutait fort. Tout le monde dans cette famille de dingues avait des secrets inavouables. Il aurait été étonnant que ces deux-là fassent exception à la règle.

Balayant la pièce du regard, elle décida de commencer son inspection par les tables de chevet. En général, c'était là que l'on gardait ses affaires les plus intimes, tout près de soi. Rebecca avait découvert des choses ahurissantes dans les tables de nuit de ses employeurs, des choses qui en disaient long sur la véritable personnalité de ces *beautiful people* pour qui elle travaillait depuis l'adolescence, comme baby-sitter, femme de ménage ou bonne à tout faire, un job que l'on désignait pompeusement chez les Fairmont par l'appellation d'« assistante ».

Au début, elle avait cru que Julia la traiterait avec davantage de considération que ses précédentes patronnes. Très vite, cependant, elle avait fait les frais de son cruel mépris. Julia était encore pire que les autres. Du matin jusqu'au soir, Rebecca encaissait sans broncher ses remarques désobligeantes : elle était trop grosse, elle était idiote, elle ne savait rien faire… Quant à Bret, s'il avait feint un temps de la considérer comme son égale, elle n'était plus maintenant pour lui qu'un vulgaire sac à foutre. Et si Alison s'érigeait face à sa mère en protectrice des opprimés, ce n'était que pour rabaisser Rebecca au rang de pauvre petite chose sans défense.

Un sourire fit frémir ses lèvres. Elle allait leur montrer, à tous, de quoi elle pouvait être capable…

Andrew avait laissé une trousse en cuir sur sa table de nuit, qui ne contenait rien de plus compromettant que des montres et des boutons de manchettes. Le tiroir se révéla aussi peu intéressant : quelques pièces de monnaie, un paquet de pastilles mentholées, des billets d'avion.

Déçue, Rebecca contourna le lit et ouvrit le tiroir de la table de chevet d'Alison. Un petit cri lui échappa à la vue d'un pistolet.

— Merci, mon Dieu, murmura-t-elle.

Encore mieux, beaucoup mieux, que ce qu'elle avait espéré.

Les Fairmont avaient besoin d'être remis à leur place et elle allait se charger de les faire descendre de leur piédestal. Ce ne serait que justice. Ces gens n'avaient jamais travaillé de leur vie. Ils avaient du fric à ne plus savoir qu'en faire et ils ne savaient que critiquer, rouspéter. Rebecca se mettait en quatre pour les satisfaire, et que recevait-elle en échange ? Un honnête chèque mensuel, mais jamais un remerciement, jamais une marque de reconnaissance…

— Rebecca ? Qu'est-ce que tu fabriques ?

La voix de Bret la fit tressaillir.

— Bret, tu es tombé du lit, aujourd'hui ?

Elle s'approcha de lui en souriant mielleusement — et en veillant à lui masquer la table de nuit ouverte.

— Alison m'a demandé de ranger la chambre pendant qu'elle était sortie, ajouta-t-elle.

— Comme si elle ne pouvait pas le faire elle-même, répliqua Bret en roulant les yeux.

Rebecca recula et referma le tiroir d'un discret coup de hanche.

— Je n'en ai plus que pour cinq minutes, dit-elle en tirant de sa manche le chiffon à poussière qu'elle avait toujours sur elle, au cas où Julia la prierait d'épousseter l'un de ses nombreux objets d'art.

— Et voilà, j'ai fini, chantonna-t-elle joyeusement après l'avoir passé sur la lampe de chevet.

Bret ne semblait toutefois pas dupe de son manège.

— Tu ferais mieux de sortir d'ici, dit-il, les yeux rivés sur le tiroir. Ne cherche pas les ennuis, ou tu finiras par les trouver.

— Pourquoi me dis-tu ça ? répondit Rebecca de son air le plus innocent.

— J'ai découvert tes cahiers. Je sais ce que tu mijotes, répliqua-t-il en lui faisant signe de prendre la porte. Sacrée Rebecca, chuchota-t-il quand elle passa devant lui. Bonne chance.

Tétanisée, elle se dirigea vers le fond du couloir. *Bonne chance…* Que devait-elle comprendre par là ?

# 24.

Marnie tâta la poche de son short afin de s'assurer que les clés du bateau étaient toujours là. Elle devait boucler la cabine au plus vite, avant que Bogart ne trouve le moyen d'aller y fourrer le nez.

— Tout va bien ? lui lança-t-il. Tu n'as pas l'air dans ton assiette…

— Ça ne pourrait aller mieux, répondit-elle froidement en s'efforçant de maîtriser sa colère.

Bogart n'avait rien à faire sur le *Bladerunner*. Et ce n'était pas parce qu'il travaillait pour le FBI qu'elle allait se laisser intimider.

— Je m'apprêtais à m'en aller, dit-elle en verrouillant la cabine.

— De retour sur le lieu du crime ?

— J'ignore de quoi tu parles.

— Sur le lieu de l'accident, excuse-moi. Ça doit être une dure épreuve pour toi de remonter sur ce bateau.

— Pas du tout, j'estime avoir eu de la chance. L'important, c'est que je sois en vie, non ? J'ai appris à tirer des traits sur le passé. Tu devrais en faire autant.

Bogart la fusilla du regard. Elle avait touché une corde sensible.

— Tu te flattes, Alison, rétorqua-t-il méchamment. Mais détrompe-toi, je ne vis pas dans le passé. Je le remue seulement dans l'unique but d'envoyer l'assassin de mon frère à la chaise électrique. Et crois-moi, je n'aurai pas de répit tant que cette ordure n'aura pas crevé la bouche ouverte.

Marnie était sidérée. Quoi qu'Alison ait fait à Tony, il n'avait pas le droit de la harceler ainsi, de l'accuser d'un meurtre dont il était certain qu'elle n'était pas l'auteur. Que voulait-il ? La rendre folle ? Et jusqu'où était-il capable d'aller ?

— Tu ne savais même pas baiser, cracha-t-il. On te l'a déjà dit ? Franchement, je ne sais pas ce que je te trouvais.

— De quel crime suis-je coupable pour mériter tant de haine, agent spécial Bogart ? riposta Marnie en s'engageant sur la passerelle.

— J'attends que tu me le dises.

— Qu'est-ce que tu cherches, bon sang, Tony ? Ce bateau est une propriété privée et tu n'as rien à faire à son bord. A moins que tu n'aies un mandat ?

— Quoi ?

— Présente-moi un mandat ou descends tout de suite de ce bateau.

— Tu peux toujours appeler les flics. Tu devras leur prouver que tu ne m'as pas invité.

Puéril et pathétique. Bogart se comportait comme un gamin dans une cour de récréation.

— Fiche le camp d'ici, lui intima Marnie en le fixant jusqu'à ce qu'il baisse les yeux et saute sur la jetée en maugréant des obscénités entre ses dents.

Quand il se fut éloigné, elle desserra les poings et sortit de sa poche le téléphone mobile qu'Andrew lui avait laissé.

— Pourquoi tu n'as pas emporté le pistolet ? lui demanda-t-il sitôt qu'elle eut terminé de lui raconter son entrevue avec Bogart.

— Parce que je n'ai pas l'intention de m'en servir.

Au moins, le téléphone fonctionnait, et Andrew était joignable.

— Je savais que tu ne resterais pas à la villa, lui dit-il sur un ton plein de reproche.

Elle se passa une main sur le front. Elle transpirait à grosses gouttes, et elle était probablement écarlate. Tony Bogart l'avait mise à cran et voilà qu'Andrew, au lieu de l'apaiser, la réprimandait maintenant comme une enfant qui a désobéi aux ordres de son père.

— J'ai trouvé un album photos avec au moins dix photos d'Alison à la proue du *Bladerunner*, dit-elle en s'enjoignant à garder son calme. Peux-tu m'expliquer pourquoi tu as pris ces photos ?

Andrew ne répondit pas.

— Qui a pris ces photos, Andrew ? insista-t-elle.

— C'est moi.

— Toutes ? Pourquoi l'as-tu photographiée dix fois au même endroit ?

— Bon, soupira Andrew, puisque tu veux tout savoir, j'ai rassemblé toutes les photos que j'avais d'Alison à l'avant du bateau. S'il y en a autant, c'est parce que, sur un bateau, c'est là que l'on fait les meilleurs clichés. Je voulais les étudier, les comparer. Celle dont j'ai tiré un agrandissement a été prise quelques heures avant l'accident. J'ai accentué les contrastes dans l'espoir de découvrir quelque chose.

— Quoi, par exemple ?

— Une preuve que le bastingage aurait été saboté. Une preuve tangible qui expliquerait pourquoi elle a basculé par-dessus bord.

— La preuve que tu ne l'as pas poussée, autrement dit ?

— Exactement, et je ne l'ai pas trouvée.

— Moi, par contre, j'ai trouvé une scie dans le tiroir d'une couchette.

— Bon sang, Marnie ! s'emporta Andrew. Tu as fouillé le bateau ? Cette scie me sert à couper les cordages quand ils sont emmêlés.

— Ne t'énerve pas, je te crois, l'interrompit Marnie, soucieuse de ne pas envenimer davantage la conversation. Et toi, comment vas-tu ? Ce n'est pas trop dangereux à Mexico ?

— Ne t'en fais pas pour moi. Le pire qu'il puisse m'arriver, c'est qu'un rocker bourré me pisse dessus.

Andrew garda un instant le silence avant d'ajouter :

— Retourne à Sea Clouds, Marnie, et n'en sors plus sans le pistolet.

— Je n'ai pas d'autorisation de port d'arme.

— Eh bien, tu paieras une amende si on t'arrête. Il vaut mieux ça que se faire tuer.

— Parce que tu penses sérieusement que quelqu'un veut ma peau ?

— Marnie, soupira Andrew, je te demande seulement d'être ultraprudente. Bogart est un vicieux. Il veut se venger d'Alison et je ne sais pas de quoi il est capable. Méfie-toi de lui.

— Je vais retourner chez les Fairmont, répondit Marnie sur un ton las.

— C'est ce que tu as de mieux à faire. Fais attention à toi, Marnie, je t'en supplie.

— Ne t'inquiète pas, je suis déjà dans la voiture. Je serai rentrée dans dix minutes. Toi aussi, prends soin de toi.

Sur quoi, elle raccrocha, agacée par le côté surprotecteur d'Andrew.

Marnie verrouillait la portière de la BMW, lorsque des bruits lui firent tendre l'oreille. Quelqu'un pleurait à gros sanglots et le son provenait du côté de la villa où se trouvait une entrée latérale donnant à proximité de la cuisine.

Intriguée, elle se hasarda à aller jeter un coup d'œil.

— Il y a quelqu'un ? lança-t-elle.

Pas de réponse.

Elle continua de s'approcher prudemment, et découvrit LaDonna, son amie d'enfance, assise par terre contre la façade, en larmes.

— LaDonna, ça va ? lui demanda-t-elle.

— Non, ça ne va pas du tout, hoqueta LaDonna en secouant ses boucles auburn. Je vais mourir.

— Voulez-vous que j'appelle un médecin ? Que vous arrive-t-il ?

— C'est votre frère, renifla LaDonna. Il m'a larguée.

— Bret ?

LaDonna et Bret ? Marnie n'en croyait pas ses oreilles. C'était donc avec lui que LaDonna forniquait dans le cottage de Gramma Jo…

— C'est pour ça que vous êtes là ? demanda-t-elle. Vous veniez voir mon frère ?

— Non, je venais livrer les drogues de votre mère.

— Et vous êtes tombée sur Bret ?

— Non, je lui ai passé un coup de fil pour lui dire que j'étais là et il m'a jetée comme une malpropre. Il m'a dit qu'il ne me connaissait pas. Salopard ! Je suis assez bonne pour tirer un coup, mais autrement je ne suis qu'une merde !

LaDonna postillonnait de rage. Marnie ne l'avait jamais vue dans un tel état, et elle avait de la peine pour son amie. Comment avait-elle pu s'enticher d'un type aussi arrogant que Bret ?

— Venez, marchons un peu, dit-elle en tendant la main à LaDonna.

— Pourquoi êtes-vous si gentille avec moi ? demanda LaDonna en se levant.

— Solidarité féminine. Moi aussi, j'ai eu le cœur brisé, je sais ce que c'est… Vous êtes amoureuse de lui ?

— Je crois, pauvre gourde que je suis. Mais je le hais autant que je l'aime.

De nouveau, des larmes jaillirent des yeux de LaDonna.

— L'erreur est humaine, déclara Marnie. La vôtre n'a pas été de vous amouracher de lui, mais de ne pas voir qu'il n'était pas assez bien pour vous. C'est vous qui auriez dû mettre un terme à cette aventure.

— Peut-être, soupira LaDonna, qui n'avait cependant pas l'air convaincue.

Elle avait une voix amère, elle semblait blasée d'avoir été si souvent rejetée et Marnie ne savait comment la réconforter autrement que par des platitudes.

— Vous vous souvenez de ce guitariste avec qui vous êtes sortie ? lui dit-elle. Vous l'avez laissé tomber comme une vieille chaussette au bout de quelques jours.

LaDonna s'essuya les yeux et la regarda en fronçant les sourcils.

— Comme se fait-il que vous soyez au courant de cette histoire ? demanda-t-elle.

Marnie sentit les plaques rouges lui envahir le visage. Son ancienne amie la dévisageait et, tout à coup, le choc se peignit sur ses traits.

— Il faut que j'y aille, bredouilla LaDonna en consultant sa montre. Il faut que je retourne au boulot.

Elle n'avait rien dit, mais elle avait compris… Que celle qu'elle prenait pour Alison Fairmont n'était pas Alison Fairmont. Hébétée, elle se dirigea vers la camionnette de livraison de la pharmacie.

— Attendez, lui lança Marnie en la rattrapant. C'est Bret qui m'a parlé de ce type, le guitariste.

— Ah, d'accord…, fit LaDonna en évitant de croiser son regard. Merci d'avoir été sympa avec moi. Au revoir.

Et elle monta dans sa voiture. A peine eut-elle démarré que Marnie fut saisie de panique. LaDonna était peut-être son amie, mais elle n'avait jamais su garder un secret…

# 25.

La nuit était tombée depuis un moment, un croissant de lune brillait dans le ciel noir, mais Tony Bogart continuait de marcher le long de la plage déserte. Il ne supportait plus l'atmosphère confinée de sa chambre de motel, et il avait besoin de faire le vide dans son esprit.

Depuis son arrivée à Mirage Bay, il avait l'impression de tourner en rond, d'avoir régressé au stade improductif de l'enfance. Lui qui se vantait de posséder un instinct et un flair hors du commun, il avait réussi à laisser son suspect numéro un lui filer entre les doigts. Andrew Villard avait disparu, et il était à court d'idées pour retrouver sa trace.

La nuit précédente, en surveillant la villa des Fairmont, il s'était malencontreusement assoupi. A son réveil, les grilles de la propriété étaient ouvertes. Par chance, un peu plus bas dans la rue, le gérant d'une station-service ouverte vingt-quatre heures sur vingt-quatre avait pu lui indiquer qu'il avait vu Villard partir en taxi aux environs de minuit.

Tony était parvenu à savoir que Villard s'était fait conduire à l'aéroport de San Diego. Où était-il allé ensuite ? Mystère. Chose qui lui était strictement interdite quand il n'était pas en service, Tony avait pris le risque d'exhiber son badge du FBI afin d'avoir accès aux listes de passagers des compagnies aériennes. Villard n'avait embarqué sur aucun vol commercial. Il s'était évanoui dans la nature.

Tony avait espéré soutirer au moins quelques indices à Alison, mais elle ne lui avait pas laissé le temps de poser la moindre question. Elle l'avait chassé du yacht sans ménagement, avec une hargne qu'il ne lui connaissait pas. Alison n'était certes pas un agneau, mais elle n'était pas non plus le grand méchant loup. Et, pourtant, elle avait réussi à le faire fuir, lui, le flic aguerri qui avait l'habitude des malfrats les plus retors…

Elle avait changé. Peut-être prenait-elle des médicaments qui altéraient son comportement. Tony prit note mentalement de se renseigner sur les traitements qui lui avaient été prescrits.

Par ailleurs, il n'avait plus reçu d'appel de son mouchard et cela le contrariait. Il se retrouvait tout bonnement acculé dans une impasse.

En approchant des falaises, il leva les yeux vers la Dent de Satan. Une silhouette se découpait sur le flanc de l'escarpement rocheux. Une silhouette qui battait des bras en tous sens et gesticulait de façon incongrue. La première pensée de Tony fut qu'il s'agissait d'un jeune du village éméché. Puis le vent changea et il perçut des cris. Une seconde silhouette se jeta sur la première et la saisit à bras-le-corps.

Des pierres roulèrent au bas de la falaise. Les deux silhouettes se rapprochaient de plus en plus du bord de l'à-pic. Tony leur hurla d'arrêter, mais sans doute sa voix ne portait-elle pas suffisamment loin. Il distinguait maintenant que l'une des deux personnes qui se battaient était une femme aux cheveux longs. Alison Fairmont ? Il lui semblait la reconnaître, mais, dans l'obscurité, il ne pouvait en être certain. C'était elle qui avait le dessus. Il ne voyait pas l'autre.

Au pas de course, il s'élança sur le chemin abrupt qui montait de la plage jusqu'au sommet de la Dent de Satan.

— Je ne le dirai à personne ! Je te le jure ! cria une voix féminine.

Un coup de revolver retentit, suivi d'un hurlement perçant, interminable. L'une des deux femmes avait basculé dans le vide.

Tony se figea net. Un meurtre de sang-froid venait d'être commis sous ses yeux. Il jeta un coup d'œil à sa montre, sortit son téléphone portable de l'étui accroché à sa ceinture et composa le 911.

Une fois les secours alertés, il courut jusqu'au sommet de la falaise. La femme aux longs cheveux avait disparu. En reprenant son souffle, il s'efforça de rassembler ses esprits.

— Beau match, commenta Bret en terminant sa bière et en posant la cannette vide à côté de celles qui s'alignaient déjà sur le guéridon qu'il avait approché de son fauteuil. Tu te rends compte ? Les Padres ont battu les Dodgers.

A l'aide de la télécommande, il éteignit la télé et se tourna vers sa mère. Regarder les matchs de base-ball était la dernière chose qu'ils faisaient encore ensemble, mais, ce soir, Julia dormait profondément. Un léger ronflement s'échappait de ses lèvres entrouvertes.

— Maman ? Beau match, hein ? répéta-t-il plus fort.

— Hein... Fantastique, fit Julia en se redressant. J'ai loupé les dernières minutes, mais fantastique, vraiment. Je vais préparer du café.

— Trop de pinot ? rétorqua Bret, tout en sachant pertinemment qu'il allait s'attirer les foudres de sa mère.

— Je n'ai bu que deux verres, répliqua-t-elle en se levant et en se dirigeant vers le bar.

— Alors comment se fait-il que tu aies besoin d'un café à 10 heures du soir ?

— J'ai du courrier à terminer avant d'aller me coucher. Je me suis engagée dans le comité d'organisation du gala de charité pour l'orchestre philharmonique, cette année.

Bret s'extirpa de son fauteuil et rassembla ses cannettes vides. Il était fier de lui. Il n'en avait éclusé que quatre, ce soir.

— Tu as vu le triple jeu des Padres ? dit-il en se dirigeant vers la poubelle.

— Fantastique, fantastique.

« Fantastique »... C'était donc tout ce qu'elle savait dire, aujourd'hui ? Bret était sûr que sa mère n'avait pas vu la moitié du match, et il était bien décidé à la torturer encore un peu. Julia ne reconnaîtrait jamais qu'elle avait succombé au sommeil devant un match de son équipe favorite.

— Et le coup de circuit sur frappe intérieure de Piazza à la septième manche ? Pas mal, hein ?

— Spectaculaire, acquiesça Julia.

— Ha ! Ha ! fit Bret. Tu dormais ! Piazza n'a pas joué la septième manche. Il était sur la touche parce qu'il s'était tordu la cheville.

— Tu te crois malin ? riposta Julia en claquant rageusement la porte du réfrigérateur. Je ne sais pas pourquoi je perds mon temps à regarder ces matchs avec toi. J'aurais mieux fait d'aller me coucher, comme Alison. Elle, au moins…

Un bruit violent l'interrompit.

— Qu'est-ce que c'était ?

Quelqu'un cognait contre la porte d'entrée. Bret posa vivement ses cannettes sur le comptoir et se rua dans le couloir, le cœur battant la chamade.

— Bret, où vas-tu ?

— Voir ce qui se passe. Reste ici. Surtout, ne bouge pas.

— Alison, réveille-toi !

Marnie ouvrit les yeux. Bret et Julia se tenaient au pied de son lit, l'air affolé.

— Que se passe-t-il ? articula-t-elle d'une voix ensommeillée.

— Lève-toi, dépêche-toi, lui intima Bret. Tony Bogart est en bas. Il veut te parler.

Marnie n'avait pas le souvenir d'avoir pris un somnifère. Pourtant, elle se sentait l'esprit embrumé, les gestes ralentis.

— Quelle heure est-il ? demanda-t-elle en regardant autour d'elle.

— 10 h 15.

— Du matin ?

— Du soir, intervint Julia. Lève-toi, vite. Quelqu'un a été assassiné et Bogart semble penser que tu es mêlée à cette sombre histoire.

— Assassiné ? répéta Marnie, émergeant brusquement de sa torpeur. Qui a été assassiné ?

Le fils et la mère échangèrent un regard, mais ni l'un ni l'autre ne répondit. Tous deux étaient blêmes.

— Qui ? répéta Marnie, la gorge nouée. Andrew ?

# 26.

Seul dans le salon des Fairmont, confortablement installé dans un fauteuil tapissé de soie blanche, Tony laissait errer son regard sur les nombreuses antiquités et œuvres d'art dont la pièce était meublée. Ce n'était pas la première fois qu'il pénétrait derrière les murs de Sea Clouds, mais, de la luxueuse villa, il n'avait jamais vu que la chambre d'Alison.

Elle avait voulu tout connaître de son monde à lui, le monde de la rue, le monde des pauvres gens sur lequel elle avait daigné poser son regard de déesse, mais elle s'était bien gardée de l'inviter dans son univers doré.

Un rire amer lui échappa. Elle avait eu peur qu'il ne salisse les tapis de sa maman ? Ce n'étaient pas les tapis qu'il allait souiller, mais la réputation des Fairmont serait bientôt salement entachée, et c'était par lui que le scandale arriverait.

Des portraits de famille étaient exposés sur le piano à queue. Une famille de rêve, qui menait une vie de rêve, privilégiée et insouciante. Tony étouffa une bouffée de jalousie et fit semblant de se plonger dans la lecture d'un magazine en entendant des pas dans le couloir.

Les trois Fairmont firent leur entrée dans la pièce. Ils avaient l'air effrayés, désemparés, sur la défensive. Intérieurement, Tony jubilait. La roue avait tourné. C'était lui, maintenant, qui allait les écraser de toute sa supériorité.

Il concentra son attention sur Alison. Elle portait le même polo blanc et le même short bleu marine que le matin, froissés, enfilés à la hâte. Ses cheveux étaient en désordre. Elle paraissait désorientée. Intéressant, pour une jeune femme qui veillait d'ordinaire à toujours être tirée à quatre épingles. Et, plus intéressant encore, elle tenait la main de sa mère. A moins que ce ne soit Julia qui tienne la sienne. En tout cas, la mère et la fille n'avaient jamais été aussi proches.

Tony se leva et exhiba son badge du FBI. Il n'était pas autorisé à enquêter sur cette affaire, mais les Fairmont n'étaient pas censés le savoir. Seuls les criminels en col blanc et les escrocs de haut vol osaient refuser de parler à un agent du FBI et réclamer leur avocat. Les autres passaient aux aveux à la seule vue de ces trois lettres magiques.

Alison s'avança vers lui et soutint son regard.

— Qui a été assassiné ? demanda-t-elle avec animosité.

Elle le détestait de tout son être, mais il préférait encore cela à sa froide indifférence.

— LaDonna Jeffries. Elle a été tuée par balle au sommet de la Dent de Satan et elle est tombée à la mer.

— LaDonna..., murmura-t-elle.

Son visage ne trahit toutefois aucune émotion.

— Je suis désolé de vous déranger à cette heure tardive,

poursuivit Tony, mais je souhaiterais vous poser quelques questions.

— Bien sûr, acquiesça Bret promptement. Nous ferons tout ce que nous pourrons pour vous aider. LaDonna était une chic fille. Qui pouvait bien lui en vouloir ?

— Vous la connaissiez personnellement ? lui demanda Tony.

— C'était une amie, oui.

Bret se dandinait nerveusement d'un pied sur l'autre. Sans doute sa mère et sa sœur ignoraient-elles que LaDonna avait été pour lui plus qu'une « amie ». Pauvre petit garçon qui avait peur de se faire remonter les bretelles…

— Et vous, Alison, étiez-vous amie avec Mlle Jeffries ?

— Non, je ne la connaissais que vaguement.

— Pourriez-vous me dire où vous étiez ce soir, à 20 h 45 ?

— Ici. Je me suis couchée tôt.

— C'est vrai, déclara Julia en s'avançant devant sa fille. Bret et moi, nous avons regardé le match des Padres. Alison ne se sentait pas bien. Elle est montée s'allonger.

— Je préférerais que vous laissiez votre fille répondre elle-même à mes questions, madame Fairmont, la coupa Tony d'une voix polie à l'excès. Et vous, Bret, vous étiez là, vous aussi ?

— Ma mère vient de vous dire que nous avons regardé la télé ensemble. Vous avez vu le triple jeu des Padres à la sixième manche ? Belle action, n'est-ce pas ?

— Je ne m'intéresse pas au base-ball, répliqua Tony.

Pour ma part, j'ai fait une longue promenade sur la plage, ce soir.

Il marqua une pause éloquente avant d'ajouter :

— Donc personne n'est sorti de la soirée ?

— Non, répondit Julia. Nous venons de vous le dire. N'avons-nous pas été assez clairs ?

Son ton montait dangereusement dans les aigus. Tony hocha la tête.

— Bien… Donc, si j'ai bien compris, vous regardiez le match avec votre fils, et Alison était toute seule dans sa chambre, c'est cela ?

— Absolument. Vers 20 h 45, je suis montée voir comment elle se sentait. Elle s'était endormie, je n'ai pas voulu la déranger.

Julia n'était pas crédible pour deux sous. Tony venait de demander à Alison où elle était à 20 h 45. La mère tentait de couvrir sa fille, de lui fournir un alibi, mais Tony ne la croyait pas une seconde.

— Etes-vous ici pour nous accuser de quelque chose ? lança Bret. De quoi ? D'avoir tué LaDonna ? C'est complètement insensé.

— La police locale se chargera de découvrir et d'arrêter l'auteur de ce meurtre, répondit Tony. Moi, j'essaye seulement d'éclaircir quelques points.

— Pourquoi Alison aurait-elle tué LaDonna ?

Bonne question, Tony devait l'admettre. Quel était le mobile d'Alison ?

— Pouvons-nous disposer, à présent ? s'enquit Julia.

Tony ne quittait pas des yeux Alison, dont les lèvres tremblaient imperceptiblement, à présent.

— Où est votre mari ?

— A Mexico, pour des raisons professionnelles.

— Par quelle compagnie aérienne est-il parti ?

La question parut la surprendre.

— Je l'ignore, répondit-elle, il ne me l'a pas précisé.

— Quand doit-il revenir ?

— Bientôt, je ne sais pas exactement.

— J'aurai quelques questions à lui poser, également, dès qu'il sera de retour.

Le regard d'Alison s'embrasa. Il n'avait jamais vu une telle flamme dans ses yeux bleus.

— Si vous voulez, dit-elle, mais je crains qu'il n'ait pas grand-chose de plus que nous à vous dire.

Un rictus déforma fugitivement les lèvres de Tony. Il était de nouveau en train de se faire éconduire. Julia s'approcha de lui, manifestement dans l'intention de le raccompagner à la porte.

— Une enquête va être ouverte, dit-il en regardant tour à tour chacun des membres de la famille Fairmont. Je vous prierai de ne pas quitter la ville, pour quelque raison que ce soit, et ce jusqu'à nouvel ordre.

Julia le poussa en direction du couloir. Il la saisit par le poignet. Avec une expression offensée, elle ouvrit la bouche pour protester, puis elle la referma aussitôt et serra les dents, contenant sa rage et sa frustration.

Tony était aux anges. Il n'y avait rien de plus excitant que le pouvoir. Ni le sexe, ni l'alcool, ni la drogue ne lui procureraient jamais une telle ivresse. La grande Julia Fairmont l'avait toujours regardé de haut ? Les rôles s'étaient inversés, tout à coup. Lorsqu'elle baissa les yeux, Tony savoura un instant de pur bonheur.

— Ne vous dérangez pas, susurra-t-il mielleusement. Je retrouverai tout seul le chemin de la sortie.

Pour la énième fois depuis le départ de Bogart, Marnie essaya de joindre Andrew. En vain. Lors de ses premières tentatives, elle était tombée sur une messagerie vocale qui ne lui avait pas donné l'option de laisser un message. A présent, elle obtenait une réponse automatisée lui disant que son correspondant n'était pas disponible. Dans l'espoir que la connexion serait meilleure, elle sortit sur le balcon. Avant que la voix monocorde n'ait terminé sa phrase, elle referma le clapet du téléphone.

Andrew ne saurait même pas qu'elle avait tenté de l'appeler. Elle espérait seulement qu'il ne lui était rien arrivé.

Elle avait également essayé d'entrer en contact avec le détective privé, qu'elle n'avait pas revu depuis le matin — si tant est que Sanchez fût bien le gars engagé par Andrew. Il n'avait pas répondu. Elle était seule, complètement seule.

Dans la chambre, elle jeta le mobile sur le lit et envisagea un instant de se servir un verre d'alcool. Puis elle se ravisa. Inutile de chercher à s'abrutir. Elle ne pouvait pas se couper de la réalité, alors que la situation prenait des proportions de plus en plus insensées.

LaDonna était morte… Elle ne parvenait pas à assimiler cette terrible nouvelle. Encore moins à comprendre pourquoi on l'avait assassinée. Au sommet de la Dent de Satan… S'agissait-il d'une coïncidence ou LaDonna était-elle liée à tout cet imbroglio dont Marnie et Alison étaient le centre ?

A la pensée que son amie avait été tuée par balle, Marnie se précipita vers la table de chevet. Le pistolet ! Avec soulagement, elle constata qu'il était toujours dans le tiroir, à côté de la boîte de munitions. Personne ne semblait y avoir touché.

Une migraine lui martelait les tempes. Elle s'assit sur le lit et se prit la tête entre les mains. Qu'allait-elle devenir ? Bogart accusait Alison de meurtre et elle *était* Alison. La vraie Alison avait disparu, et elle-même, Marnie, avait tué le frère de Bogart. Andrew était soupçonné d'avoir assassiné sa femme et Gramma Jo s'était volatilisée… C'était à n'y plus rien comprendre. Une histoire de fous.

Marnie releva la tête et se regarda dans le miroir de l'armoire. La panique se lisait dans ses yeux, sur son visage tout entier. Elle avait l'air d'une folle, oui, et c'était cette image qu'elle avait donnée à voir à Bogart.

Le réveil indiquait minuit pile. Andrew était parti depuis environ vingt-quatre heures. Autant Marnie lui avait reproché son paternalisme, autant elle se sentait perdue, maintenant, sans lui… Une enquête allait être ouverte, lui avait dit Bogart. Elle devait absolument se calmer et reprendre ses esprits.

Elle ressortit sur le balcon et s'enjoignit de respirer posément. Un café, voilà ce qu'il lui fallait. La nuit était encore longue et elle allait la mettre à profit. Si quelqu'un pouvait l'aider à se sortir de ce nid de guêpes, c'était Gramma Jo. Elle allait la retrouver. Certes, elle avait déjà appelé un certain nombre d'hôpitaux et de maisons de retraite, mais peut-être n'avait-elle pas été exhaustive, peut-être n'avait-elle pas suffisamment insisté. Coûte que coûte, il fallait qu'elle retrouve sa grand-mère.

Tony inséra quelques pièces dans le distributeur de boissons du poste de police, puis regarda le gobelet en carton se remplir de liquide brunâtre. Il se souvenait de cette machine. Depuis vingt ans, les flics de San Diego buvaient toujours la même lavasse infâme, alors que l'on trouvait maintenant de bons cafés à emporter à tous les coins de rue. Et ils n'avaient même pas passé un coup de pinceau sur les murs de leurs couloirs. Une honte… Les locaux du shérif du comté étaient toujours aussi sordides que lorsqu'on y avait conduit Tony, dans sa jeunesse, après l'avoir arrêté en train de se battre sur la voie publique. Deux fois.

— Eh, salut, Bogart !

Tony pivota sur ses talons. Vince Connelly, l'inspecteur en charge du meurtre de LaDonna, lui assena une grande tape sur l'épaule.

Connelly était une montagne de muscles aux cheveux maintenant grisonnants. C'était lui qui avait cueilli Tony dans la rue, quand il était gamin, et l'avait sermonné vertement devant tous ses copains. Il ne l'avait pas verbalisé, mais Tony gardait néanmoins une vieille dent contre lui.

— Laisse-moi prendre un jus de chaussette, dit Connelly en décochant un coup de pied dans la machine, et si tu as cinq minutes de ton précieux temps à m'accorder, j'aimerais te montrer les preuves que nous avons rassemblées hier soir, là-haut.

— J'ai tout mon temps, répondit Tony en suivant l'inspecteur le long d'un couloir.

En sirotant son café, Connelly salua quelques collègues avec condescendance. Exactement le genre de type que Tony détestait. Parce qu'il avait pris du grade, et parce qu'il était taillé comme une armoire à glace, il se prenait pour le roi du monde.

— Alors comme ça, dit-il en refermant la porte de son bureau, tu bosses pour le FBI. Chapeau… Je n'aurais jamais cru qu'un petit loulou comme toi ferait autant de chemin.

— Montre-moi donc ce que tu voulais me montrer.

D'une grande enveloppe marron, Connelly sortit plusieurs sachets transparents et les étala sur sa table de travail. Tony les examina un à un, puis arrêta son attention sur un bouton bleu marine, accroché à un morceau de jersey bleu marine déchiré. Le déclic se fit instantanément dans son esprit. Alison portait un cardigan bleu marine, quand il l'avait vue le matin sur le yacht. Le soir, en revanche, elle n'avait plus ce cardigan.

— Ce truc te dit quelque chose ? lui lança Connelly.

— Je crois que oui.

# 27.

Un plateau chargé de café, jus de fruits et fruits frais en équilibre sur une main, Rebecca frappa à la porte de Julia, puis poussa le battant de la hanche.

— Votre petit déjeuner, annonça-t-elle d'une voix chantante.

Julia était encore au lit, en pyjama de soie, à étudier son reflet dans un petit miroir à main.

— Pose-le sur la table, dit-elle sans lever les yeux. Tu m'as trouvé un vol ?

— Pour l'île Maurice ? C'est un voyage de vingt-quatre heures, vous savez ?

— Rebecca, je ne t'ai pas demandé combien de temps durait le voyage, je t'ai demandé…

— De vous réserver un billet d'avion, je sais, excusez-moi. Je vous ai peut-être trouvé une place sur un vol *via* Paris. C'est un voyage d'agrément, n'est-ce pas ?

Jusqu'à ce matin, Rebecca n'avait jamais entendu parler de cette île à l'autre bout du monde, et elle était curieuse de savoir ce que sa patronne voulait aller y faire.

— J'ai besoin de prendre l'air, soupira Julia, et Maurice est une destination sublime, bien qu'il doive y faire une chaleur terrible, à cette époque de l'année. Tu pourras regarder les températures, s'il te plaît ?

Enfin, elle abaissa son miroir.

— Tu sais qu'un meurtre a été commis sur les falaises, hier soir ? enchaîna-t-elle. La police est venue nous interroger. Enfin, pas vraiment la police. Cette brute, Tony Bogart, qui fricotait avec Alison il y a quelques années. Ils se figuraient que je n'étais pas au courant, les pauvres… Ce petit voyou est devenu agent du FBI, tu imagines ?

Soucieuse de ne trahir aucune émotion, Rebecca s'affaira à remplir une tasse de café. Julia sortit une pince à épiler du tiroir de sa table de chevet et commença à arracher le fin duvet qui lui ourlait la lèvre supérieure. Cette femme était cinglée. Pourquoi ne se faisait-elle pas épiler au laser, alors qu'elle en avait largement les moyens ?

— Oui, Bret m'en a parlé, répondit Rebecca en versant un sachet d'édulcorant et une dosette de crème allégée dans le café de sa patronne. Il paraît que ce Bogart vous a demandé à chacun de rendre compte de votre emploi du temps de la soirée ?

— Ce type ne manque pas de culot…, maugréa Julia. Heureusement, nous étions tous à la maison, hier soir. Bret regardait le match avec moi, dans le petit salon télé, et Alison dormait dans sa chambre. A propos, est-elle levée ? J'aimerais tenir un conseil de famille ce matin, ici, dans ma chambre. Nous devons nous assurer que nos versions des faits concordent, on ne sait jamais, au cas où…

— Au cas où quoi ? s'écria Rebecca, manquant de peu de renverser la cafetière.

Redoutant d'hyperventiler, elle se contraignit à respirer régulièrement. Une joie malsaine, teintée d'un léger remords, lui causait une sensation de vertige. C'était trop beau pour être vrai : les Fairmont mêlés à une affaire criminelle, traînés devant la justice… La surprise qu'elle leur réservait allait être encore plus belle que prévu.

— Je ne fais pas plus confiance à la police qu'aux médias, déclara Julia. Ils ne pensent qu'à la gloire. Ils feraient n'importe quoi pour gagner de la promotion.

Rebecca se garda de surenchérir.

— Bret est levé, c'est sûr, dit-elle, je viens de le croiser dans la cuisine. Quant à Alison, elle a dû sortir se promener. J'ai frappé à sa chambre, tout à l'heure, mais elle n'a pas répondu.

— Bizarre, murmura Julia. Alison avait horreur de marcher, avant… Et voilà qu'elle passe son temps à arpenter la plage. A-t-elle laissé un mot ?

— Je n'en ai pas trouvé. Vous avez l'air inquiète… A-t-elle encore été souffrante, hier soir ?

— Evidemment que je suis inquiète ! s'emporta Julia. On nous accuse de meurtre !

— Que désirez-vous que je vous serve avec votre café ? demanda Julia avec obséquiosité. Un jus d'orange ? Des fruits ?

— Je ne veux pas de café. Je suis déjà assez énervée. Je tremble tellement que je n'arrive pas à m'épiler.

— Mais vous m'avez pourtant commandé un café bien serré…

— C'était une erreur. Tu le serviras à Bret. Ou tu le boiras.

— J'ai déjà pris mon petit déjeuner. Julia… que faites-vous ?

— Ces poils me rendront folle !

— Laissez-moi vous aider. Arrêtez, Julia. Vous saignez, vous êtes en train de vous arracher la peau.

Alors que Rebecca se précipitait vers sa patronne, le timbre de la sonnette retentit. Elle jeta un coup d'œil à sa montre. A peine 9 heures. Qui pouvait bien être ce visiteur matinal ?

— J'y vais, dit-elle en prenant prestement la pince à épiler des mains de Julia, au risque de provoquer une crise d'hystérie.

Et elle s'élança dans l'escalier.

Bret avait déjà ouvert la porte, et remontait les marches quatre à quatre. Il la saisit par le poignet et l'entraîna dans la chambre de sa mère. Julia bondit hors de son lit.

— Bret, que se passe-t-il ?

— Les flics sont là, deux. Ils ont un mandat de perquisition et un mandat d'arrêt contre Alison. Il paraît qu'un témoin l'a vue tuer LaDonna, hier soir.

Rebecca écarquilla les yeux. Bret ne racontait pas de salades, à en juger par son visage décomposé. Il était terrifié. Et Julia semblait sur le point de défaillir, elle aussi. Même dans ses rêves les plus fous, Rebecca n'avait osé imaginer un dénouement aussi grandiose.

*
* *

Marnie conduisait tranquillement en direction de San Diego, dans le flot de la circulation, lorsque des coups de Klaxon furieux lui firent lever les yeux vers le rétroviseur. Apparemment, elle ne roulait pas assez vite pour le conducteur de la voiture de sport qui lui collait au train. Délibérément, elle leva le pied de l'accélérateur. Si ce fou du volant était pressé, qu'il aille au diable…

Un choc la projeta en avant. Sa ceinture de sécurité se bloqua en même temps que résonnait le sinistre fracas de la tôle froissée.

Un deuxième choc secoua la BMW. Mince… Sur quel malade était-elle tombée ? Le cœur battant, elle se rangea sur le bas-côté et s'arrêta. Tandis qu'elle fouillait dans son sac à main, à la recherche de son portable, des coups frappés à la vitre de la voiture la firent sursauter. Elle se retourna vivement. Bret…

— Pourquoi tu ne réponds pas au téléphone ? hurla-t-il. Ça fait une heure que j'essaye de te joindre.

Elle descendit la vitre.

— Ah, bon ? Je n'ai pas entendu la sonnerie.

En prononçant ces paroles, elle réalisa qu'elle n'avait même pas allumé son téléphone personnel, seulement celui qu'Andrew lui avait laissé, car qui d'autre qu'Andrew aurait pu l'appeler ?

— Tu aurais pu éviter de me rentrer dedans, reprocha-t-elle à Bret. Mais au fait, comment m'as-tu trouvée ?

— Tu as laissé l'annuaire ouvert sur ton bureau, avec des noms de maisons de retraite entourés. J'étais prêt à me rendre dans toutes.

Elle avait laissé l'annuaire ouvert… Où donc avait-elle la tête ? C'était presque aussi idiot que d'avoir oublié d'allumer son portable.

— Bref, soupira-t-elle. Qu'as-tu donc de si important à me dire ?

— Le shérif veut t'arrêter pour le meurtre de LaDonna. Deux de ses hommes se sont présentés ce matin à la maison avec un mandat d'arrêt. A l'heure qu'il est, ils ont dû lancer un avis de recherche. Je vais te conduire au tribunal. Maman nous y rejoint avec un avocat.

— Non…

— On va te tirer de ce mauvais pas, Alison, ne t'en fais pas. Viens avec moi.

Marnie crispa ses mains sur le volant. L'idée lui traversa l'esprit de mettre les gaz et de foncer vers la frontière mexicaine. Bret avait peut-être une voiture plus puissante que la sienne, mais il n'avait ni sa détermination ni la peur au ventre comme moteur. Non, elle ne pouvait pas aller au tribunal. On découvrirait sa véritable identité et Dieu seul sait alors ce qu'il adviendrait ensuite. Andrew n'était même pas au courant… Elle ne reverrait peut-être jamais sa grand-mère…

A l'approche du palais de justice du comté de San Diego, Marnie ralentit et se gara le long du trottoir. Elle avait refusé de monter dans la voiture de Bret. Il avait néanmoins insisté pour qu'elle l'attende devant le tribunal, et elle avait accepté, consciente que n'importe quel frère aurait tenu à être présent au côté de sa sœur dans une situation aussi grave.

Plusieurs personnes étaient rassemblées par petits groupes sur les marches de l'édifice, mais nulle part elle ne voyait ni Julia ni Bret. Ce dernier devait probablement chercher un emplacement de stationnement.

— Alison !

Julia apparut soudain, accompagnée d'un homme de haute stature vêtu d'un costume sombre. Marnie descendit de sa voiture.

— Je te présente James Brainard, lui dit Julia. Me Brainard est spécialisé en droit criminel. C'est un as du barreau, nous avons de la chance qu'il soit disponible. Je lui ai déjà expliqué que tu étais victime d'un coup monté par un ex jaloux.

— Un ex qui est agent du FBI, jugea utile de préciser Marnie.

Brainard lui tendit la main avec une expression grave et soucieuse, qui inspirait la confiance. Il avait une poigne d'acier.

— Je viens de m'entretenir avec Mme le procureur, dit-il. Elle est d'accord pour vous faire passer en comparution immédiate. Dès que nous en aurons terminé avec la procédure d'usage, nous nous rendrons directement à l'audience. La lecture de l'acte d'accusation est prévue pour 13 heures.

— La procédure d'usage ? répéta Marnie sur un ton interrogateur.

— On va vous prendre en photo, relever vos empreintes,

vous fouiller, expliqua l'avocat. Ce n'est pas très agréable, mais nous sommes obligés d'en passer par là, si nous voulons obtenir dès aujourd'hui une mise en liberté provisoire sous caution.

Des empreintes… La preuve irréfutable que Marnie n'était pas Alison. Mais elle ne pouvait pas s'y soustraire. Brainard semblait toutefois ne pas douter qu'elle serait relâchée avant la fin de la journée. Peut-être aurait-elle donc le temps de joindre Andrew avant d'être jugée. Et de retrouver Gramma Jo.

— Vous ne pouvez pas faire ça vous-même ? demanda Julia à l'avocat.

— Quoi donc ? rétorqua-t-il avec une note d'agacement. Ce ne sont pas mes empreintes qu'ils veulent, mais celles de votre fille.

— Elle va être libérée, n'est-ce pas ? persista Julia sur un ton implorant. Ils ne vont pas la mettre en prison ?

— Maman, ne t'inquiète pas, intervint Marnie, que l'angoisse de Julia gagnait peu à peu.

— Le procureur va requérir une détention préventive, c'est son rôle, répondit Brainard en s'adressant à Marnie. Mais je me suis entendu avec elle, elle ne s'acharnera pas et accédera à ma requête de libération sous caution, à condition que le montant en soit élevé.

— C'est-à-dire ? s'enquit Marnie.

— Pas moins de un million de dollars, à mon avis. La cour a besoin de la garantie que vous ne tenterez pas de vous enfuir.

Marnie jeta un coup d'œil à Julia, qui lui chuchota qu'il n'y avait pas de problème.

— Les mauvaises nouvelles, maintenant, enchaîna Brainard. La villa de votre mère a été perquisitionnée et un petit pistolet pour dame a été découvert dans le tiroir de votre table de chevet. Un pistolet qui a été utilisé récemment… Rien ne prouve, toutefois, pour l'instant, qu'il s'agisse de l'arme du crime. La police attend les résultats des analyses du labo.

Julia saisit la main de sa fille et la serra à lui faire mal.

— Comment se fait-il que tu avais un pistolet dans ta chambre ?

— Je ne m'en suis pas servie, déclara Marnie. Andrew me l'a laissé, parce qu'il craignait que je sois menacée. Un énorme pot en terre a failli me tomber sur la tête, le soir de la réception.

— Oh, mon Dieu ! s'exclama Julia. Pourquoi ne m'as-tu rien dit ?

— Excusez-moi, intervint l'avocat en prenant Marnie par le bras. J'aimerais m'entretenir quelques instants en privé avec ma cliente.

Et il entraîna Marnie un peu à l'écart.

— Je sais que c'est la première fois que vous allez passer devant un tribunal. L'épreuve peut être intimidante, je le conçois, mais vous pouvez vous en remettre à mon expérience. Laissez-moi tout prendre en main, d'accord ?

— Bien sûr.

— La seule chose que vous aurez à faire, c'est de plaider non coupable, et de regarder le juge droit dans les yeux.

— Entendu.

— Et, si vous permettez, j'aurai une dernière question à vous poser. Etes-vous sûre de m'avoir tout dit ? Je n'aime pas les surprises, Alison. Si vous me cachez des choses, je ne pourrai pas assurer votre défense.

Marnie se sentit flageoler sur ses jambes. Comment allait-elle affronter cette épreuve avec le lourd secret qu'elle portait ?

Tétanisée, Marnie se tenait droite comme un i, tandis que le greffier lisait l'acte d'accusation, lequel ne portait pas sur un, mais sur deux crimes… On l'accusait de son propre meurtre ? Tony Bogart avait réussi à convaincre le procureur qu'Alison Fairmont avait poussé non pas une mais deux personnes du haut des falaises : Marnie Hazelton et LaDonna Jeffries.

Vraisemblablement, cependant, il n'était pas parvenu à réunir suffisamment de charges pour la faire incriminer du meurtre de son frère, Butch.

— Comprenez-vous les faits qui vous sont reprochés ? demanda le juge à Marnie.

Elle acquiesça de la tête.

— Que plaidez-vous ?

Le conseil de l'avocat résonnait aux oreilles de Marnie, mais elle était incapable de regarder le magistrat dans les yeux.

— Non coupable, aux deux chefs d'accusation, Votre Honneur.

Le juge se tourna vers le procureur, une femme de la quarantaine à la mâchoire volontaire et à la voix nasillarde.

— Avez-vous des objections à une libération sous caution ? lui demanda-t-il.

— Votre Honneur, répondit-elle, la prévenue ne réside pas dans l'Etat de Californie. Oui, je crains qu'elle ne veille s'enfuir. C'est pourquoi je ne suis pas favorable à une mise en liberté sous caution et requiers sa détention provisoire jusqu'à la date du jugement.

James Brainard se leva pour prendre la parole et ce n'est qu'alors que Marnie remarqua qu'il portait ses cheveux poivre et sel attachés en une longue queue-de-cheval, une coiffure qui la surprit, pour un avocat.

— Votre Honneur, Mme Villard est la fille de Julia Fairmont, un pilier de la communauté de San Diego, une philanthrope d'une grande générosité. Mme Villard ne cherchera pas à s'enfuir, je puis vous l'assurer.

S'ensuivirent des pourparlers sur le montant de la caution. Interdite, Marnie écouta le procureur et l'avocat évoquer des sommes qui lui paraissaient ahurissantes.

Enfin, le juge finit par abattre son marteau.

— La caution est fixée à trois millions de dollars, déclara-t-il. Elle devra être versée auprès du greffier.

Brainard protesta, mais le procureur demeura inflexible. La justice se payait au prix fort pour les nantis.

— La séance est levée, annonça le juge avec un nouveau coup de marteau.

Marnie Hazelton était une femme libre, tout du moins pour les heures à venir.

Malgré lui, Tony éprouva un pincement au cœur, lorsque Marnie se retourna pour faire face à la salle. Elle était pâle, les lèvres bleuies, les yeux cernés, mais d'une beauté à couper le souffle. Force lui était d'admettre qu'il n'était pas guéri de la maladie d'amour. C'était rageant, mais était-ce une raison suffisante pour l'envoyer à la potence ? s'interrogea-t-il furtivement.

Oui, Alison Fairmont éliminait sans scrupule ceux qui la gênaient. Elle était une criminelle. Un monstre comme elle n'avait pas sa place dans la société. Il avait agi pour le mieux. Elle s'était débarrassée de lui, quand elle en avait eu marre de lui. Elle lui avait porté un coup fatal dont il avait failli ne pas se relever. Rien que pour ça, elle ne méritait aucune pitié.

Marnie parcourut la salle du regard. Tony baissa les yeux, lorsque les siens s'arrêtèrent sur lui. Pourquoi m'as-tu fait ça ? semblait-elle lui demander silencieusement.

Mal à l'aise, il la suivit des yeux, lorsqu'un policier l'escorta hors de la salle d'audience. Puis, bien vite, il chassa ses remords. Sa famille allait cracher au bassinet. D'ici à une heure, au maximum, elle serait libre. Un avocat brillant et renommé plaiderait ensuite son innocence et, avec un peu de chance, elle serait acquittée. A cette pensée, Tony frémit de colère.

Une bonne séance de tir, zigouiller des cibles en carton, voilà ce dont il avait besoin.

Cette histoire allait le rendre fou. Que cherchait-il, au juste ? Venger son frère ? Mais, dans sa quête de vérité et de justice, ne s'était-il pas laissé aveugler par son désir de vengeance sur Alison ? Quelles preuves avait-il contre elle ? se demanda-t-il en quittant le tribunal. Une barrette, et puis… ?

Pas grand-chose de plus, devait-il s'avouer. Pourtant, les pièces du puzzle s'imbriquaient parfaitement, à présent, dans son esprit. Alison avait tué Butch, puis Marnie Hazelton, parce qu'elle l'avait surprise en flagrant délit. Elle avait disparu du yacht pour se forger un alibi. Un alibi qui aurait pu être en béton, si son stratagème ne s'était pas retourné contre elle. Sans doute n'avait-elle pas envisagé la possibilité d'être grièvement blessée, défigurée.

Certains éléments demeuraient toutefois dans le flou. Pourquoi avait-elle tué LaDonna ? L'amie de Marnie avait-elle été témoin du meurtre, elle aussi ? Probablement. C'était la seule explication plausible. Alison avait dû lui donner de l'argent pour qu'elle se taise. Mais elle avait fini par paniquer et se débarrasser de ce deuxième témoin gênant.

Un autre point demandait encore également à être éclairci. Andrew Villard était-il le complice de son épouse ? Il y avait de fortes chances. Ce ne pouvait pas être un hasard, s'il s'était évaporé dans la nature juste au moment où sa femme commettait un nouveau meurtre.

Enfin, dernier mystère à élucider, et non des moindres : qui appelait Tony sur son portable pour l'orienter dans son enquête ? Cette personne savait des choses qu'elle était seule à savoir. Son témoignage serait capital afin qu'Alison n'échappe pas à la justice. Il fallait absolument identifier cet indicateur anonyme. Et mettre la main dessus.

# 28.

— Tu n'as pas encore goûté le vin, Alison ? Il est pourtant délicieux.

Julia se resservit un verre, tandis que Bret apportait sur la table les darnes de saumon qu'il venait de faire cuire au barbecue pour le dîner.

— Tu es contrariée, n'est-ce pas ? insista Julia. Je vois que cette histoire t'a remuée, mais il ne faut plus y penser. Tout ça n'est qu'un mauvais moment à oublier. Goûte donc ce chardonnay californien, il est divin.

Marnie était sidérée. Comment les Fairmont pouvaient-ils se comporter comme s'il ne s'était rien passé ? Soit ils étaient en plein déni, soit ils se berçaient d'illusions. En tout cas, il était impossible qu'un tel cataclysme ne les ait pas affectés.

— Contrariée ? Mais non, pas du tout, rétorqua-t-elle d'une voix lourde de sarcasmes. On m'a seulement accusée de deux homicides avec préméditation. Ç'aurait pu être pire.

Elle était à cran. Depuis le début de l'après-midi, elle attendait le coup de téléphone qui révélerait que ses empreintes n'étaient pas les siennes. La bombe allait exploser d'un instant à l'autre et comment se défendrait-elle ? ne cessait-elle de se demander avec une angoisse grandissante. Elle ne pourrait tout simplement pas nier l'évidence. Elle serait obligée d'avouer qu'elle n'était pas Alison Fairmont.

— Oh, excuse-moi d'avoir versé une caution exorbitante et d'avoir fait appel au meilleur avocat que l'argent puisse acheter, riposta Julia de toute sa hauteur. Qu'est-ce que tu peux être négative ! Enfin… Si tu veux faire ta tête de cochon, tant pis pour toi. Moi, je suis certaine que tout va s'arranger.

— Moi aussi, intervint Bret en adressant un clin d'œil à Marnie. Mais ne change pas, sœurette. J'adore ton attitude de gamine insolente.

Marnie se contenta de l'ignorer. Bret ne méritait pas qu'elle use de la salive. Plus elle apprenait à le connaître, plus elle le voyait comme un sale môme prenant plaisir à semer la discorde, mais somme toute inoffensif. Au moins, à sa manière, il faisait un effort pour la soutenir. Lorsque Rebecca s'était retirée dans sa chambre en disant qu'elle avait mal au cœur, il s'était proposé de préparer le repas. Et Marnie devait admettre que son idée de barbecue avait quelque peu détendu l'atmosphère.

Elle resserra son cache-cœur autour de ses épaules. Le soleil se couchait, rouge et rond comme une grenade, et la température commençait à fraîchir.

— J'apprécie tout ce que tu fais pour moi, sincèrement, dit-elle à Julia dans l'espoir de se racheter. Merci, maman.

— Ne t'en fais pas, ma chérie. Brainard va dissiper

ce fâcheux malentendu et, bientôt, cette sinistre farce ne sera plus qu'un mauvais souvenir, lui assura Julia avec un sourire confiant. Tu es en train de traverser une rude épreuve, j'en ai conscience, mais essaye de ne pas dramatiser, d'accord ?

Marnie hocha la tête. De toute façon, rien de ce qu'elle pourrait dire n'entamerait l'optimisme de Julia, et peut-être valait-il mieux qu'il en soit ainsi. En attendant que la boîte de Pandore soit ouverte…

Les Fairmont réagissaient sans doute comme n'importe qui l'aurait fait en cas de coup dur, songea Marnie. Ils ne formaient certes pas une famille unie, mais, face à l'adversité, ils resserraient leurs rangs et se tenaient les coudes. Elle qui avait toujours léché ses blessures dans la solitude, elle se sentait toutefois étrangère à cet esprit de corps.

— Des nouvelles de ton mec ? lança Bret.

Stoïque, elle ne répondit pas. Bret savait pertinemment qu'elle ne parvenait pas à joindre Andrew et remuait le couteau dans la plaie. Distraitement, elle émietta sa darne de saumon. Le poisson était succulent, mais elle n'avait pas d'appétit.

— Peut-être devrais-je monter un plateau à Rebecca, suggéra-t-elle.

— Je m'en chargerai plus tard, déclara Julia. Il faut que je lui parle. Je crains que cette histoire ne l'ait bouleversée encore plus que nous. C'est que tout le monde n'est pas un vaillant petit soldat, comme nous, qui avons du sang des Driscoll dans les veines.

Marnie avait déjà remarqué que Julia ne loupait pas une occasion de se vanter de son ascendance et cela lui paraissait pour le moins paradoxal, sachant qu'elle — elle le lui avait elle-même confié lors de leur grand après-midi de shopping — attribuait ses difficultés de communication avec sa fille aux relations conflictuelles qu'elle avait entretenues jusqu'à la fin avec sa propre mère.

— Crois-tu que je devrais, moi aussi, parler à Rebecca ? demanda-t-elle. Si elle se fait du souci pour moi, je pourrai peut-être la rassurer.

— Ce serait très gentil de ta part, Alison. Mais, dis-moi, tu n'as pas répondu à la question de ton frère ? Toujours pas de nouvelles d'Andrew ? S'il ne revient pas sans tarder, la police va commencer à se poser des questions… Tu devrais le prévenir, tu sais ?

— Parce que tu penses que je n'essaie pas ! s'emporta Marnie. Je suis désolée, s'excusa-t-elle aussitôt. C'est le stress. Je lui ai laissé plusieurs messages. Je suis sûre qu'il va bientôt appeler.

Elle-même n'y croyait plus, cependant, si bien qu'elle en était presque arrivée à espérer qu'il lui soit arrivé quelque chose. Un terrible accident, un infarctus foudroyant, une agression à main armée, n'importe quoi de gravissime… Au moins, son silence serait justifié.

Instinctivement, elle porta une main à sa gorge. C'était lui qui avait sa pièce porte-bonheur, se rappela-t-elle. Quelle idiote je suis, songea-t-elle amèrement, de lui avoir donné la seule chose à laquelle je tenais.

*
* *

Debout devant la télévision à l'image granuleuse, Andrew regardait Marnie éviter les reporters à la sortie du tribunal. Entourée des Fairmont et de leur avocat, elle avait l'air désemparée, désarmée, défiante.

Les médias locaux s'étaient emparés de l'affaire. Ils la dépeignaient comme une mystérieuse héritière, vivant recluse depuis un grave accident de bateau. Le portrait qu'ils dressaient d'elle donnait bien sûr dans le sensationnalisme. Elle avait été défigurée, elle avait subi de multiples opérations de chirurgie plastique, des virtuoses du scalpel avaient accompli des miracles, mais le traumatisme interne avait été fatal à la belle jet-setteuse. Pour étayer ces propos, des images d'Alison avant et après l'accident se succédaient à l'écran. Le contraste n'était-il pas frappant entre la ravissante blonde au sourire insouciant et la prévenue brune au regard de bête traquée ?

Andrew coupa le son. Lui seul savait qui était cette jeune femme énigmatique — et lui seul pouvait la tirer de la souricière dans laquelle elle était tombée. Or, s'il intervenait maintenant, s'il révélait qu'Alison Fairmont était en réalité Marnie Hazelton, il devrait répondre de la disparition de son épouse, et Marnie, du meurtre de Butch Bogart.

Il jeta un œil en direction du bar. Les derniers vacanciers qui avaient séjourné dans cette résidence de location avaient laissé des bouteilles entamées. Jamais encore depuis qu'il avait cessé de boire, il n'avait eu aussi envie d'un verre d'alcool…

Lorsque Diego Sanchez, ses yeux et ses oreilles à Sea Clouds, après s'être fait renvoyer par Bret, lui avait annoncé la mort de LaDonna Jeffries, Andrew était rentré sur-le-champ du Mexique. L'histoire du festival de rock ayant viré à l'émeute n'était, bien sûr, qu'un mensonge destiné à justifier son absence. Une absence qui faisait partie d'un plan longuement mûri, la seule manière, pensait-il, de découvrir qui avait tenté de lui monter un coup fumeux.

A son arrivée, il s'était fait conduire en taxi à Sea Clouds. La propriété des Fairmont grouillait de policiers, si bien qu'il n'avait pas eu d'autre possibilité que de se réfugier dans la maison louée avant son départ, par précaution, à croire qu'il pressentait que la situation prendrait un nouveau tour.

Il ne s'était donc pas trompé sur les intentions de Bogart. Cette fouine avait réussi à convaincre le procureur qu'Alison était l'auteur du meurtre de Marnie. Et, soi-disant, il l'avait vue tirer sur LaDonna. Ce dernier rebondissement laissait Andrew perplexe. Soit Alison n'était pas morte, soit Marnie avait tué son amie, deux hypothèses aussi peu probables l'une que l'autre. Bogart avait-il fait une déposition mensongère ? Une chose était sûre : il ignorait qu'Alison n'était pas Alison, et qu'il avait accusé Marnie de son propre meurtre.

Andrew pouvait certes avouer aux autorités que Marnie Hazelton avait usurpé l'identité d'Alison Fairmont, et en assumer les conséquences afin de l'innocenter d'au moins un des deux crimes dont elle était inculpée, mais là où le bât blessait, c'est qu'il était incapable de prouver sa réelle identité.

Lorsque Marnie avait accepté de devenir Alison, il s'était mis en quête de son état civil. Or, elle n'en avait pas. Par les articles de presse traitant du meurtre de Butch Bogart, il avait appris que la police n'avait, elle non plus, trouvé aucune trace officielle de l'existence de Marnie Hazelton. A l'exception d'un dossier scolaire attestant de son inscription à l'école de Mirage Bay, aucun document administratif, pas même un acte de naissance, n'avait été établi à son nom. Ses empreintes digitales n'avaient jamais été fichées.

Interrogée par les hommes du shérif, Josephine Hazelton avait déclaré avoir trouvé Marnie bébé dans un panier. Lorsque celle-ci avait refusé d'aller à l'école, en raison des moqueries que lui valaient ses malformations, elle lui avait fait suivre des cours par correspondance. Si aucun dossier médical n'avait jamais été ouvert à son nom, avait expliqué la vieille femme, c'est parce qu'elle l'avait toujours soignée elle-même. Les policiers l'avaient menacée de la dénoncer aux services de protection de l'enfance. Elle ne leur en avait pas dit davantage pour autant.

Andrew ne comprenait pas comment il était possible qu'un citoyen des Etats-Unis ne soit répertorié nulle part, mais, en un sens, cela l'avait arrangé. A présent, l'« inexistence » de Marnie constituait néanmoins un frein à toute démarche pour la sauver.

En voyant son propre visage apparaître sur l'écran, il remonta le son de la télé. Un agent du bureau du shérif était interviewé à son sujet.

— Andrew Villard, le mari de la prévenue, serait actuellement en voyage d'affaires et injoignable, déclara-t-il. M. Villard n'est pas encore suspecté, mais des moyens ont été mis en œuvre pour le localiser.

Andrew éteignit la télé. Il était donc recherché… Comme disaient les flics dans leur jargon, il était une « personne d'intérêt »…

Le mystère dans lequel il nageait devenait de plus en plus opaque et il avait pieds et poings liés. Néanmoins, il devait coûte que coûte à Marnie de la libérer du filet dans lequel elle était prise par sa faute. Et, pour cela, il ne voyait qu'une solution : retrouver l'assassin de LaDonna. Car il en était persuadé, elle n'avait pas tué son amie.

Par conséquent, si Alison était morte, comme il avait de bonnes raisons de le penser, quelqu'un avait intérêt à faire croire qu'elle était en vie.

Les nerfs à fleur de peau, il sortit sur la terrasse. La villa dans laquelle il se terrait était nichée dans les collines au-dessus de la propriété des Fairmont. Par chance, un bosquet lui permettait d'en voir l'arrière sans être vu… Sea Clouds avait retrouvé le calme. Les reporters avaient enfin quitté les lieux. Le soleil disparaissait derrière l'océan, sphère incandescente embrasant l'horizon d'une riche teinte écarlate.

Si Andrew avait été superstitieux, il aurait interprété ce tableau comme un mauvais présage. Pire qu'un mauvais présage : comme le signe d'une nouvelle mort annoncée.

# 29.

Marnie vérifia une nouvelle fois dans le rétroviseur qu'elle n'était pas suivie. A cette heure-ci, il n'y avait pas beaucoup de circulation. Si elle était filée, elle s'en apercevrait.

Après une nuit d'insomnie, elle s'était levée à 6 heures, résolue à jouer son va-tout. La veille, tout en rongeant son frein dans l'attente d'un coup de fil de la police — qui n'était pas venu —, elle avait de nouveau appelé toutes les institutions médicales du comté, cette fois en précisant le nom de jeune fille de sa grand-mère, Clark. Et elle avait fini par localiser une Josephine Clark à la maison de convalescence de Springdale, dans la petite ville de Billingsly, située à une heure de la côte. Clark étant un patronyme assez répandu, il était possible qu'il s'agisse d'une autre personne, mais il fallait qu'elle en ait le cœur net.

La porte de la chambre 220 B était grande ouverte. Ne voyant pas au-delà du petit vestibule, elle frappa contre le battant.

— Bonjour, lança-t-elle.

Pas de réponse. Elle s'avança dans le couloir. Une femme aux cheveux blancs, voûtée, était assise devant la fenêtre, absorbée dans la contemplation d'un colibri voletant au-dessus d'une mangeoire suspendue. Gramma Jo n'avait pas les cheveux blancs, et, malgré son grand âge, elle était encore dynamique.

— Josephine Hazelton ? hasarda néanmoins Marnie.

La vieille femme se retourna. Le cœur de Marnie bondit dans sa poitrine. C'était elle.

— Qui est là ? demanda Gramma Jo. Avancez donc, je ne vous vois pas.

Pétrifiée, Marnie ne pouvait pas bouger. En quelques mois, sa grand-mère avait vieilli de vingt ans.

— C'est moi, dit-elle en rassemblant son courage et en pénétrant dans la pièce.

Gramma Jo la dévisagea en plissant les yeux. Sa vue semblait avoir baissé.

— Allez-vous-en, marmonna-t-elle. Vous n'avez rien à faire ici.

Elle n'avait pas reconnu Marnie. Elle la prenait pour Alison.

— Laisse-moi t'expl…

— Fichez le camp !

Soudain, le regard de Gramma Jo se radoucit et ses lèvres se mirent à trembler. Lentement, elle porta les mains devant sa bouche, dans un geste de prière, et ses yeux s'emplirent de larmes.

— Mon Dieu, ce n'est pas possible, murmura-t-elle. Marnie, que t'est-il arrivé ?

— C'est une longue histoire, Gramma.

La vieille femme détaillait les cheveux, les yeux et le

sourire confus de l'enfant qu'elle avait élevée, à présent métamorphosée, transformée en une autre.

— Viens, viens près de moi, lui dit-elle.

Marnie s'approcha et s'agenouilla auprès du fauteuil de sa grand-mère.

— Pardonne-moi, articula-t-elle faiblement. Pardon, Gramma, je ne pouvais pas te dire que j'étais vivante. Je ne pouvais le dire à personne.

Elle prit la main de Gramma Jo et, en luttant contre les larmes, entreprit de tout lui raconter, avec autant de détails qu'elle s'en remémorait. Comment et pourquoi elle avait tué Butch, puis s'était jetée du haut de la Dent de Satan. Comment Andrew l'avait trouvée à demi morte sur les rochers, leur pacte secret et la raison pour laquelle ils étaient revenus à Mirage Bay.

L'émotion lui brisait la voix. A plusieurs reprises, elle dut s'interrompre dans son récit, mais Gramma Jo l'écouta patiemment jusqu'au bout, sans l'accabler d'un seul reproche, d'une seule parole critique, sans le moindre jugement. Quand elle lui expliqua que les chirurgiens plasticiens avaient reconstruit son visage à l'image de celui d'Alison Fairmont, une expression étrange, indéchiffrable, se peignit sur les traits de sa grand-mère.

— Tu savais que j'étais en vie ? lui demanda-t-elle.

— Non. La police est venue m'annoncer que tu avais assassiné Butch et que tu avais sauté du haut des falaises. Je crois qu'ils voulaient me faire avouer que j'avais été témoin du meurtre. Je leur ai dit la vérité. Que je n'étais pas à la maison, mais au marché aux puces, quand ce drame est arrivé. Je leur ai dit aussi que Butch te persécutait, qu'il n'avait eu que ce qu'il méritait.

Marnie redoutait d'aborder les événements survenus au cours des dernières quarante-huit heures, mais elle n'avait pas le choix. Sa grand-mère était la seule personne qui puisse l'aider. Comme elle s'y attendait, ce fut un choc pour la vieille femme d'apprendre la mort de LaDonna, et une horreur plus grande encore la saisit, lorsque Marnie lui révéla qu'elle était accusée de deux homicides.

Il lui fallut un long moment, et user de tout son pouvoir de persuasion, afin de la convaincre qu'elle avait les épaules assez solides pour encaisser ce mauvais coup du sort.

— Que vas-tu faire ? lui demanda Gramma Jo. On ne peut pas te juger pour ton propre meurtre.

— Tant que je n'ai pas prouvé qui je suis, si. Or, il n'existe aucun document officiel à mon nom. Je n'ai pas de certificat de naissance, pas de numéro de Sécurité sociale, pas de permis de conduire, pas d'empreintes digitales fichées, rien. J'ai seulement été inscrite à l'école du village, mais ce n'est pas une preuve d'identité.

Gramma Jo hocha pensivement la tête.

— Hier, au tribunal, ils ont pris mes empreintes, poursuivit Marnie, mais apparemment ils n'ont pas encore remarqué qu'elles ne correspondent pas à celles d'Alison.

— Et le meurtre de Butch ? S'ils apprennent qui tu es, ils te condamneront.

— Je plaiderai la légitime défense. Tout le monde sait qu'il me harcelait.

Dehors, le ciel s'était assombri. Une tempête se préparait. Marnie se redressa pour allumer une lampe, quand les haut-parleurs du couloir annoncèrent qu'il était l'heure du petit déjeuner.

— Tu veux que je t'accompagne à la salle à manger ? proposa-t-elle en parcourant la chambre du regard.

Aussi impersonnelle qu'une chambre d'hôtel, la pièce n'était meublée que d'un lit, d'un fauteuil et d'une télévision. Gramma Jo devait être malheureuse, loin de la maison où elles avaient vécu ensemble des moments si heureux.

— Pourquoi es-tu ici ? demanda-t-elle. Tu as été malade ?

— J'ai fait un malaise et le médecin m'a dit que ma tension était trop élevée. Il m'a prescrit un traitement mais, un jour sur deux, j'oubliais de prendre mes cachets. Il valait mieux que je sois dans une institution. On n'est pas mal, ici, tu sais ?

— C'est toi qui as décidé de venir ? Toi qui as fait toutes les démarches ? LaDonna m'a dit que tu l'avais chargée de veiller sur le cottage.

Gramma poussa un soupir las.

— Ne t'occupe pas de ça, pour l'instant. Tu es venue te décharger de ton fardeau. C'est bien, je suis contente. Tous les jours, je pensais à toi et je priais le bon Dieu pour que tu sois encore en vie. A présent que tu es là, je dois, moi aussi, t'avouer quelque chose. Moi aussi, je porte un lourd secret, depuis de nombreuses années, et il est bien plus laid que le tien. J'espère que tu me pardonneras, comme je t'ai pardonné.

Stupéfaite, Marnie s'assit sur le bord du lit.

— L'être humain n'est pas noble, tu sais, et je ne fais pas exception à la règle, mais je vis avec le poids de ma faute, en essayant de racheter mon âme noircie.

— De quoi parles-tu, Gramma ?

La vieille femme se tourna vers la fenêtre.

— Tu sais que je me suis toujours intéressée à la médecine traditionnelle. Il y a des années de cela, j'ai mis au point une décoction à base de plantes qui avait le pouvoir de déclencher des saignements, chez les femmes.

— De faire venir les règles ?

— Pas exactement. En fait, c'était un peu comme une pilule du lendemain. La rumeur s'est répandue dans le village que je savais préparer une potion permettant d'éviter les grossesses indésirées. Tu penses bien que toutes les filles qui craignaient d'être enceintes venaient frapper à ma porte. Je n'étais pas tout à fait sûre que ce remède était sans risque, mais ces jeunes femmes étaient tellement désespérées que j'étais incapable de le leur refuser.

— Alors tu leur vendais ta préparation ?

Gramma Jo triturait nerveusement le bouton de sa manche, comme si elle essayait de le boutonner, alors qu'il l'était déjà.

— Non, je ne leur demandais pas d'argent, et personne n'a jamais eu de problème, mais au bout d'un moment, j'ai quand même cessé de préparer ce produit. Jusqu'au jour où une femme est arrivée chez moi, en pleurs, hystérique. Elle était mariée et avait eu une brève liaison avec un représentant de commerce. Elle était prête à me payer n'importe quel prix.

Le bouton finit par se dégager de la boutonnière. Marnie saisit les doigts fébriles de sa grand-mère.

— Laisse-moi faire, dit-elle.

— Je n'ai pas voulu de son argent, continua Gramma Jo, mais je lui ai donné ce qu'elle voulait. Et c'est là mon erreur, ma terrible erreur. Cette femme m'avait menti. Elle était déjà enceinte, de trois mois. Le lendemain, elle est revenue. Elle saignait abondamment et elle souffrait le martyre. Malheureusement, je ne savais pas quoi faire pour la soulager. Comme elle, j'étais certaine qu'elle allait faire une fausse couche. Mais elle a gardé son bébé.

Un frisson parcourut l'échine de Marnie.

— Six mois plus tard, elle est revenue me voir en me suppliant de mettre son enfant au monde et de l'adopter. Moi, la vieille folle…

Gramma Jo secoua la tête. Des mèches argentées s'échappèrent de son chignon desserré.

— Pour cacher sa grossesse à son mari et à sa famille, elle était partie en Europe, où elle pensait accoucher. Je ne sais pas pourquoi elle est revenue avant… Toujours est-il que je l'ai aidée à donner naissance à une petite fille, qui était vivante, en bonne santé, mais…

La voix de Gramma Jo se fit hésitante.

— Mais elle avait des malformations, reprit-elle sur un ton chargé de regret et de douleur. La mère était horrifiée. Elle disait qu'elle avait accouché d'un monstre.

— Des malformations…, répéta Marnie, glacée par ce qu'elle devinait dans les non-dits de sa grand-mère. A cause de ta décoction, je suppose.

Elle porta une main à sa gorge, où se trouvait autrefois sa marque de naissance, et se remémora son visage difforme, son bec-de-lièvre, ses dents tordues.

— Qui a choisi le prénom de Marnie ? demanda-t-elle.

— La mère. Je ne sais pas s'il avait pour elle une signification particulière.

— Ma mère…, murmura Marnie. Qui était-elle ?

— Julia Fairmont.

— Quoi ? s'écria Marnie, abasourdie.

Elle était la fille de Julia Fairmont, la demi-sœur d'Alison, le fruit non désiré d'une aventure passagère, un enfant venu au monde malgré une tentative d'avortement. Elle ne savait si elle devait avoir pitié de Julia ou la haïr.

— Est-elle venue me voir, de temps en temps ? demanda-t-elle d'une voix frémissante de rage.

— Non, mais tous les mois elle m'envoyait un chèque. C'est grâce à ça que j'ai pu subvenir à tes besoins.

— Quelle générosité ! commenta Marnie amèrement.

Etant donné la vie qu'elle avait menée avec Gramma Jo, Julia ne devait pas grever son budget d'une trop grosse somme.

— Et c'est elle qui paye mon séjour dans ce centre, ajouta Gramma Jo.

— Pour que tu ne dises rien.

— Probablement. Mais tu as de graves ennuis, aujourd'hui, et elle a de l'argent pour t'aider.

— Je ne veux pas de son aide, cracha Marnie.

— Sois raisonnable, Marnie. Si quelqu'un peut prouver

qui tu es, c'est elle. Quand tu es née, je lui ai noté ton poids, ta taille et quelques autres détails. Elle a peut-être détruit ce bout de papier, mais il faut que tu le lui demandes. Parle-lui, dis-lui que tu sais tout.

— Gramma Jo, tu ne pourrais pas dire au juge qui je suis, toi ? Tu es ma mère adoptive.

— Certes, mais je ne peux rien prouver, et ils n'ont aucune raison de me croire. Je ne suis pas ta mère biologique. Tu as besoin du soutien de Julia Fairmont, et elle te le doit.

Marnie garda le silence. Elle ne voulait rien de Julia. Elle ne savait même pas si elle pourrait encore la regarder en face. Cette femme n'avait pas de cœur, elle s'était débarrassée d'elle comme d'un vulgaire paquet de linge sale.

Craignant de contrarier sa grand-mère, elle hocha lentement la tête. Néanmoins, elle savait exactement ce qu'il lui restait à faire.

# 30.

Lorsque Marnie regagna Sea Clouds, une camionnette d'une chaîne de télé locale était garée devant la propriété. De loin, elle actionna la télécommande ouvrant le portail. Dès que les grilles commencèrent à s'écarter, une journaliste armée d'un micro et des cameramen jaillirent du véhicule pour se précipiter sur la voiture.

Marnie remonta sa vitre et fonça vers le garage de la villa, au risque de renverser quelqu'un. Par chance, elle ne heurta personne, mais un homme décocha un coup de pied dans l'une des jantes de la BMW en l'injuriant.

Dans la cuisine, Rebecca préparait le déjeuner.

— Où est Julia ? lui demanda-t-elle.

— Votre mère est dans sa chambre. Elle s'apprête à sortir.

Occupée à trier des asperges devant l'évier, Rebecca jeta un œil par-dessus son épaule.

— Alison, vous êtes toute pâle, fit-elle remarquer. Ça va ?

— Les barbares sont à la porte, répondit Marnie en s'élançant dans l'escalier.

Les grilles de la villa se refermaient automatiquement,

mais elle n'était pas sûre qu'aucun reporter ne se soit introduit dans la propriété.

Julia se contemplait de profil dans son miroir, lorsqu'elle fit irruption dans sa chambre, sans prendre la peine de s'annoncer.

— Que se passe-t-il ? lui lança-t-elle. Il y a une horde de journalistes devant la maison.

— Ah, te voilà, ma chérie, roucoula Julia.

— Tu as entendu ma question ?

— Entre, viens près de moi, s'il te plaît, poursuivit Julia sur le même ton chantant. J'aimerais que nous nous fassions prendre en photo toutes les deux. Notre dernier portrait de mère et fille remonte à quand tu étais toute petite, tu te rends compte ?

Marnie avait envie de gifler cette femme en tailleur trois pièces moulant qui s'admirait sous tous les angles, en arrangeant sa coiffure laquée, en se penchant pour examiner son maquillage trop parfait. On aurait dit qu'elle portait une armure.

En faisant claquer ses talons hauts sur le sol de marbre, Julia s'approcha de Marnie et la prit par la main.

— Regarde, dit-elle en l'entraînant devant le miroir. Nous ne sommes pas belles, toutes les deux ?

Vraiment pas belles, non, songea Marnie en observant ses cheveux en désordre et le sourire figé de Julia. Néanmoins, la ressemblance était frappante, et pas seulement grâce au travail accompli par les chirurgiens.

— Il y a une horde de journalistes devant la maison, répéta-t-elle en détachant nettement chaque syllabe.

Est-ce qu'il s'est passé quelque chose pendant que je n'étais pas là ?

— La police est venue, ce matin, une équipe de techniciens de scènes de crime, tu sais, comme dans la série que Bret adore. Ils ont fouillé ta chambre une nouvelle fois, ils ont remué nos poubelles et ils sont repartis avec l'un de tes vêtements.

Seigneur… Les choses se précipitaient. Qu'avaient-ils emporté ?

— Quel vêtement ? demanda Marnie.

— Je ne sais pas. Ils ne m'ont pas laissée les approcher. Soi-disant que je faisais obstruction à leur perquisition.

— Bret était là ? Est-il au courant ?

— Pour que je fiche la paix aux policiers, ton frère m'a emmenée faire une promenade sur la plage, comme tu le fais si souvent. C'était très agréable.

*Très agréable.* Marnie n'en croyait pas ses oreilles.

— Et maintenant, il est là ?

— Non, il est allé passer un entretien pour un poste à la rédaction d'un magazine masculin. S'il est embauché, il partira travailler à New York. Tu imagines ? Ce serait formidable. Il dit que c'est un métier qui l'a toujours fasciné. Je suis sûre qu'il va décrocher ce job. Nous avons toujours eu de la chance, dans la famille.

Marnie était sidérée. La façon qu'avait Julia de se comporter lui donnait envie de vomir.

— Franchement, je ne te comprends pas, dit-elle. Je suis accusée de meurtre et tu fais comme si de rien n'était. N'as-tu pas conscience que je risque d'aller en prison, d'être condamnée à mort ?

— Ça y est..., soupira Julia. Voilà que tu recommences à dramatiser. Ne dis pas de bêtises, tu n'iras pas en prison, pas avec James comme avocat. Ne t'en fais pas, tout va s'arranger, fais-moi confiance.

Julia ne se voilait pas la face. Elle était convaincue que l'argent résolvait tous les problèmes, sans doute parce qu'il en avait toujours été ainsi autour d'elle. Pour elle, comme certainement pour tous les riches, tout s'achetait. Triste héritage du rêve américain...

— Non, tout ne va pas s'arranger, bien au contraire, répliqua Marnie. Assieds-toi. Il faut que je te parle.

— Ça ne peut pas attendre ? minauda Julia en battant des paupières. Je m'apprêtais à sortir déjeuner.

— Non, ça ne peut pas attendre. Assieds-toi, s'il te plaît. Tu m'entends, assieds-toi !

Julia foudroya sa fille du regard, puis se laissa tomber dans une bergère.

— Voilà, je suis assise, dit-elle en ouvrant son sac à main Gucci, d'où elle retira une trousse à maquillage. Dépêche-toi, tu veux bien ? ajouta-t-elle en se poudrant les pommettes. On m'attend pour déjeuner et je ne voudrais pas être en retard.

— Je n'ai tué ni Marnie Hazelton ni LaDonna Jeffries.

Du bout de l'ongle, Julia rectifia son rouge à lèvres.

— Evidemment, ma chérie. Je sais bien que tu es parfaitement innocente. Cette accusation est ridicule.

Marnie hésita un instant, se demandant comment adoucir le coup qu'elle allait porter. Puis, aussitôt, elle sentit la colère bouillonner en elle. Julia s'était-elle souciée, elle, d'adoucir le sort de l'enfant qu'elle avait lâchement abandonnée ?

— LaDonna était ma meilleure amie, déclara-t-elle. Je n'aurais jamais tué ma meilleure amie. Et je n'ai pas tué Marnie Hazelton, parce que je *suis* Marnie Hazelton.

Julia leva les yeux de son poudrier.

— Que dis-tu ?

— Je ne suis pas Alison. Bret s'en doutait depuis le début. Tu aurais dû l'écouter. Il avait raison.

— Voyons, ma chérie, que racontes-tu ? Tu ne te sens pas bien ?

— Oh, non, pas bien du tout, rétorqua Marnie avec un rire cassant.

Et elle entreprit de relater à Julia son entrevue avec Gramma Jo. Comme sa grand-mère, Julia l'écouta en silence, son expression se décomposant de seconde en seconde, la fureur embrasant ses yeux gris.

Marnie lui raconta ensuite tout ce dont elle se souvenait de la journée du 2 février, et ce qui s'était passé ensuite, n'omettant aucun détail, et surtout pas les plus choquants.

Quand elle eut terminé, Julia se tordait nerveusement les mains en la fixant avec défiance, livide.

— Et alors, qu'attends-tu de moi ? demanda-t-elle froidement. Si tu as l'intention de spolier Alison de sa fortune, tu ferais mieux d'y réfléchir à deux fois. Je préférerais avoir recours à un tueur à gages plutôt que de te voir toucher le moindre cent de la famille.

Julia se leva brusquement et jeta son sac sur le lit. Le poudrier s'écrasa au sol.

— Tu te rends compte de ce que tu m'as fait ? poursuivit-elle. Tu as conspiré avec Andrew contre moi. Vous m'avez trompée. Tu m'as fait croire que tu étais Alison. Tu m'as fait croire que ma fille était vivante. Tu m'as donné de *l'espoir*.

La gorge de Marnie se serra. La voix de Julia n'avait plus rien d'agressif. Elle exprimait à présent une profonde détresse, une profonde douleur. Marnie refusa cependant de céder à la compassion.

— Et toi ? siffla-t-elle. Te rends-tu compte de ce que tu m'as fait ? De ce que tu as fait à ta propre fille ?

Julia détourna le regard. Avait-elle jamais agi autrement que par pur égoïsme ? s'interrogeait Marnie en l'observant. Avait-elle jamais éprouvé des sentiments pour quiconque ? Elle avait du mal à croire qu'elle était la fille d'une femme aussi cruelle.

— C'est Andrew qui l'a tuée ? murmura Julia.

— Je ne sais pas, avoua Marnie. Je ne sais pas où il est, et je ne sais pas ce qu'il a fait. Tu peux me croire, c'est la vérité. Je suis prête à le jurer.

— Alors, que veux-tu de moi ? Pourquoi es-tu ici ?

Marnie brûlait d'envie de partir en claquant la porte, pour ne plus jamais revoir cette créature abjecte qu'était Julia Fairmont. Seule la pensée de Gramma Jo la retenait. Que deviendrait sa grand-mère, si elle finissait en prison ?

— Je n'ai pas tué Butch gratuitement, dit-elle. Il m'a agressée, je me suis défendue. Je suis prête à répondre de ce crime et je n'ai pas peur du verdict de la cour. Mais je dois prouver que je suis Marnie Hazelton.

— Qu'attends-tu de moi ?

— Ma grand-mère m'a dit qu'elle t'avait remis un document à ma naissance. L'as-tu gardé ?

Julia devint encore plus pâle qu'elle ne l'était déjà.

— Tu plaisantes…, souffla-t-elle. Je ne peux pas révéler que tu es ma fille. Les médias l'apprendront. Imagine le scandale… Les Fairmont et les Driscoll ont toujours été des gens respectés. Voudrais-tu que j'entache l'honneur de la famille ?

— Des gens respectés…, répéta Marnie, atterrée.

Julia se dirigea vers une console où reposait une carafe de cristal remplie de liquide ambré. Elle s'en versa un verre, plein à ras bord, et le vida d'un trait.

— Cette conversation est terminée, déclara-t-elle en posant le verre bruyamment.

Paralysée de terreur et d'indécision, Marnie garda le silence. Son sort reposait entre les mains de Julia. Sans elle, elle n'aurait plus d'avocat, plus d'argent, outre les quelques dollars qu'elle avait dans son porte-monnaie. Andrew lui avait laissé un pistolet et un téléphone, mais pas un sou en liquide. Et elle était maintenant persuadée qu'il lui avait fait faux bond, qu'il l'avait manœuvrée comme un pion pour ensuite poursuivre son objectif à lui, quel qu'il fût. Elle devait absolument faire comprendre à Julia que le scandale n'était rien, comparé à ce qui l'attendait.

— Ma vie est ruinée, ajouta Julia. Va-t'en de cette maison et ne reviens plus jamais.

Marnie hocha la tête, la colère l'emportant sur la panique. Julia avait un cœur de pierre. Elle se fichait royalement du sort de sa fille naturelle. Seul lui importait son univers de strass et de paillettes, un univers dans lequel une bâtarde n'aurait jamais sa place.

— Bien, je m'en vais, dit Marnie en tournant les talons.

Elle remplissait ses valises, lorsque des coups retentirent à la porte de la chambre.

— Je peux te parler ? cria Julia à travers le battant.

Marnie ouvrit la porte. Julia se tenait sur le seuil, un plateau entre les mains.

— Rebecca m'a dit que tu n'avais rien mangé de la journée. Tu dois avoir une faim de loup. Je t'ai préparé un petit quelque chose.

Offrande de paix ? Marnie jeta un coup d'œil sceptique à la salade de crabe et d'asperges marinées.

— C'est toi qui as fait ça ? demanda-t-elle. J'ai vu Rebecca trier les asperges.

— Pardon ? Je sais encore préparer une salade, répondit Julia sur un ton offensé.

— Je n'ai pas faim.

— Je suis sûre que si, insista Julia. Laisse-moi entrer. J'aimerais que nous revenions sur la conversation que nous avons eue tout à l'heure. Peut-être parviendrons-nous à une solution qui arrangera tout le monde.

Marnie s'écarta pour la laisser passer. Julia déposa son plateau sur la table basse près de la cheminée.

— Mange, dit-elle, tu me feras plaisir.

Bien que méfiante, Marnie s'installa sur le canapé.

— C'est très bon, dit-elle en goûtant du bout des lèvres une fourchette de miettes de crabe.

Julia haussa les épaules.

— Je le dirai à Rebecca. En vérité, c'est elle qui a tout préparé.

Marnie en éprouva un certain soulagement. Au moins, Julia ne tentait pas de l'empoisonner. Elle arpentait la pièce en regardant furtivement les affaires de Marnie.

— Qu'avais-tu à me dire ? lui lança celle-ci.

— Maintenant, je suis sûre qu'Alison est morte, commença Julia d'une voix blanche, et presque certaine que c'est Andrew qui l'a tuée. Je le soupçonnais depuis le début. Il avait un mobile, une opportunité rêvée. Mais j'ai beaucoup réfléchi depuis ce matin… Il m'a volé une fille, mais il m'en a rendu une autre.

Interloquée, Marnie posa sa fourchette. Que cachait ce revirement d'attitude ?

— Je veux que tu sois ma fille, poursuivit Julia. Tu as chamboulé toute ta vie pour te glisser dans la peau d'Alison. Il n'y a pas de raisons pour que tu fasses marche arrière. Tu seras heureuse, tu verras, tu auras la vie que tu mérites, après toutes les épreuves que tu as traversées.

— Tu voudrais que je continue d'être Alison ?

— Oui, que tu sois ma fille.

— Et Andrew ? Quelle sera sa place dans ce tableau ?

— C'est toi qui décideras. Mais, honnêtement, j'aimerais autant que tu le quittes. Je ne crois pas que tu sois en sécurité avec lui, même ici. Un homme capable de remplacer sa femme disparue par une autre est capable de tout. Enfin, tu feras comme tu voudras. Je me plierai à ton choix.

— Si j'accepte ta proposition, je suppose que tu attends de moi quelque chose en retour ?

— Que tu te présentes au procès d'Alison. James Brainard te défendra et tu seras acquittée. Il pense que la seconde inculpation sera retirée, faute de preuves, et qu'il pourra facilement te disculper du meurtre de LaDonna.

— Admettons, et ensuite ?

— L'héritage d'Alison est à toi. Plus de cinquante millions de dollars. La seule chose que je te demanderai en contrepartie, c'est de ne jamais révéler ta véritable identité à personne, et surtout pas à Bret. J'ai de bonnes raisons de tenir à ce qu'il ne sache rien. Et, bien sûr, j'aimerais que nous restions en contact. Je peux t'offrir beaucoup, t'apprendre énormément. Je considère que c'est mon ultime chance de me racheter pour… tout.

— Je ne peux pas, déclara fermement Marnie.

Julia se raidit, choquée que l'on s'oppose à sa volonté.

— Et pourquoi donc ? demanda-t-elle avec une expression outragée.

Décidément, elles n'avaient vraiment pas les mêmes valeurs.

— Tout simplement parce que je ne veux pas vivre la vie d'une autre, parce que je ne veux pas vivre dans le mensonge, pour tout l'or du monde. Je ne sais pas ce que l'avenir me réserve, mais je suis prête à affronter mon destin. Celui de Marnie Hazelton.

Julia inspira profondément.

— Prends le temps d'y réfléchir, dit-elle.

— C'est tout réfléchi. Ma décision est prise.

— Bien, dans ce cas, je remercie ton avocat et je révoque la caution. Bonne chance, Marnie.

Savourant son effet, Julia marqua un temps de pause avant de lâcher sa dernière grenade :

— Au fait, James a téléphoné cet après-midi. Le pistolet qu'on a trouvé dans ton tiroir est bien l'arme avec laquelle LaDonna a été tuée. Et le bouton que l'on a découvert sur le lieu du crime provient de ton cardigan bleu marine — celui que tu avais fourré dans la poubelle.

Un sourire étira ses lèvres.

— James dit que le procureur compte requérir la peine capitale, termina-t-elle.

Le souffle coupé, soudain prise de vertige, Marnie se

renversa contre le dossier du canapé. Julia se dirigea vers la porte, puis s'arrêta devant les valises de Marnie.

— Tu étais en train de faire tes bagages ?

— Dans une heure, je ne serai plus là, lui assura Marnie.

— Les journalistes sont toujours dehors. Il y a même trois camionnettes, maintenant. S'ils te voient partir d'ici avec des valises, ils ne te lâcheront plus. Ta vie sera un enfer.

— Que suggères-tu, alors ?

— Reste ici jusqu'à ce que les choses se calment. Et ne dis à aucun de ces vautours qui tu es vraiment. Fais au moins ça pour moi, je t'en prie.

— Pourquoi ferais-je quelque chose pour toi ? rétorqua Marnie.

— Parce que je suis ta mère.

— Tu n'as jamais été et tu ne seras jamais ma mère. Je ne te dois rien.

Une ombre passa furtivement dans le regard d'acier de Julia, puis toute son expression se durcit.

— Comme tu voudras, dit-elle en quittant la pièce.

# 31.

Planté sur le seuil du bureau de l'inspecteur Connelly, Tony attendait que celui-ci termine sa conversation téléphonique, ou daigne tout au moins lui faire signe d'entrer et de s'asseoir. Ce type affichait pour lui un mépris ostentatoire qui commençait à lui faire monter la moutarde au nez.

— Du nouveau dans l'affaire Jeffries, dit-il enfin en posant le combiné sur son socle. Je viens d'avoir la proc. James Brainard n'assure plus la défense de Mme Villard.

— Qui le remplace ?

— Personne, pour l'instant. A ce que j'ai compris, Alison Villard s'est disputée avec sa mère, après quoi Julia Fairmont lui a retiré son soutien financier et a déposé une demande de révocation de la libération sous caution. Mais ce n'est pas tout…

Connelly but une gorgée de café avant de déclarer :

— Les services du procureur pensent avoir une autre bonne raison de révoquer la mise en liberté provisoire.

— Sérieusement ?

— Le lendemain du meurtre, la prévenue a, paraît-il, tenté de prendre la fuite. C'est son frère, Bret Fairmont, qui l'a rattrapée sur la route et l'a convaincue de se livrer aux autorités. Par ailleurs, Mme Villard a failli écraser un reporter, hier, devant la propriété de sa mère. La scène a été filmée.

— En effet…, marmonna Tony.

Connelly avait un sourire jusqu'aux oreilles. Sans doute pensait-il que cette affaire allait attirer sur lui l'attention des médias, et lui valoir une nouvelle promotion.

— Nous allons tenir cette jeune personne au chaud, dit-il avec un rire satisfait.

Tony détestait ce type, presque autant qu'il détestait Alison. En manœuvrant habilement, il pouvait lui causer l'humiliation de sa vie. Mais alors il rendrait service à Alison. Or, Alison le méritait-elle ? Lequel des deux haïssait-il le plus ? Le dilemme n'était pas facile à trancher…

Encore à moitié endormie, Marnie tendit le bras vers la télécommande et alluma la télé — qu'elle n'avait jamais autant regardée que depuis qu'elle faisait l'actualité.

La veille au soir, une chaîne locale avait diffusé les images de son arrivée à Sea Clouds, le présentateur des informations précisant qu'elle avait délibérément foncé sur un cameraman. Plus tard dans la soirée, la même vidéo était passée sur d'autres chaînes, avec les mêmes commentaires sur sa conduite hystérique. Et, ce matin, on parlait encore d'elle au journal.

Avec un grognement, elle se redressa contre les oreillers. Des bruits de vaisselle entrechoquée lui parvenaient du rez-de-chaussée. Sans doute Rebecca s'activant dans la cuisine. Avec un peu de chance, elle lui monterait une tasse de café. En tout cas, Marnie n'avait pas l'intention de descendre.

Encore une fois, elle n'avait quasiment pas fermé l'œil de la nuit, mais elle avait eu beau retourner la question dans tous les sens, elle ne voyait pas comment prouver son identité sans la coopération de Julia ou d'Andrew. Gramma Jo pouvait témoigner, certes, mais, dans la mesure du possible, elle préférait lui épargner l'épreuve d'une déposition à la barre. De surcroît, comme sa grand-mère l'avait fait remarquer, rien ne garantissait que l'on croirait les déclarations d'une vieille marginale.

Bien que courbatue de la tête aux pieds, et extrêmement lasse, elle repoussa les draps et s'assit sur le bord du lit.

Sur le bar roulant, un éclat de lumière attira son regard. Les boucles d'oreilles, les diamants maudits… Brillant de tous leurs feux, ils semblaient presque vivants.

Marnie se leva et les rangea dans leur écrin de velours noir, qu'elle glissa ensuite dans la trousse en cuir d'Andrew. Ces bijoux étaient à lui. Elle ne voulait plus les voir.

Cela fait, elle ouvrit en grand les portes du balcon. La chaleur de l'extérieur pénétra dans la pièce. Les reporters n'étaient plus là.

Soulagée, Marnie se rendit dans la salle de bains et tourna le robinet du lavabo. A la télé, on annonçait un flash spécial d'information. En écoutant distraitement, elle s'aspergea le visage. Par-dessus le bruit de l'eau, elle entendit vaguement qu'un corps avait été découvert sur une plage.

Curieuse, elle retourna dans la chambre. Un cadavre s'était échoué dans une crique déserte de la péninsule de Baja, au nord-ouest du Mexique, tout près de la Californie. Selon la présentatrice, il s'agissait d'une jeune femme blonde qui n'avait pas encore été identifiée, vêtue vraisemblablement au moment de sa mort d'un maillot de bain noir.

Cheveux blonds, maillot noir…

Marnie songea immédiatement aux photos d'Alison rassemblées dans l'album qu'elle avait trouvé sur le *Bladerunner*. Alison portait un Bikini noir sur certains de ces clichés. Bien sûr, des millions de femmes possédaient un maillot de bain noir, mais combien d'entre elles avaient disparu en mer ?

En entendant un ronflement de moteur, elle se tourna vers la fenêtre. Deux véhicules de patrouille et une voiture de police banalisée franchissaient les grilles de la villa. Son cœur se mit à battre la chamade. L'étau se resserrait…

De la fenêtre de sa chambre, Rebecca observait Alison, menottes aux poignets, encadrée de pas moins de six officiers de police, quatre en uniforme, deux en civil. On allait la conduire au poste comme un agneau à l'abattoir. Néanmoins, Rebecca n'éprouvait pour elle aucune pitié. Alison valait peut-être un peu mieux que son frère ou que sa mère, mais tant pis pour elle, elle allait trinquer pour eux.

Julia n'était même pas sortie de sa chambre, lorsque les flics étaient arrivés. C'était Rebecca qui avait dû les accueillir et les accompagner jusqu'à la chambre d'Alison. Après quoi, elle était aussitôt allée prévenir sa patronne. Celle-ci lui avait hurlé de la laisser tranquille. Sans doute était-elle ivre. Ou en train de se soûler. Rebecca n'avait pas insisté.

Les policiers avaient tout juste laissé le temps à Alison d'enfiler une robe de plage. Ils l'avaient embarquée pieds nus, les cheveux en désordre. Une chance pour elle, les journalistes n'étaient pas là.

Un vague remords étreignit Rebecca à la pensée de ce qu'elle-même avait fait.

— Non, tu n'as pas à te sentir coupable, se murmura-t-elle à elle-même.

Après tout, elle n'avait fait qu'assurer sa survie, préserver sa santé mentale. Et lorsqu'il était question de sauver sa peau, tous les coups n'étaient-ils pas permis ? N'était-ce pas la leçon qu'elle avait retirée au contact des Fairmont ?

Assise sur un banc de ciment, vêtue d'une combinaison orange, Marnie attendait dans la cellule de garde à vue qu'on lui envoie un avocat commis d'office. Me Paul Esposito, l'avait-on informée en la jetant là, viendrait la voir quand il aurait cinq minutes. A présent qu'elle ne bénéficiait plus du soutien de la famille Fairmont, on la traitait avec beaucoup moins de ménagements.

James Brainard avait déclaré publiquement qu'Alison elle-même l'avait prié de se retirer de l'affaire. Marnie n'avait pas cherché à rétablir la vérité. Pas plus qu'elle n'avait tenté d'expliquer que ses empreintes ne pouvaient pas correspondre à celles d'Alison. Car elles correspondaient. On les lui avait prises une deuxième fois. Il n'y avait pas d'erreur possible.

Comme il n'y en avait pas non plus concernant le bouton découvert sur le lieu du crime. Il appartenait au cardigan bleu de Marnie que l'on avait retrouvé dans les poubelles de Sea Clouds. Des fibres de coton bleu marine avaient également été prélevées sous les ongles de LaDonna. Elles provenaient aussi du cardigan de Marnie.

Tout ça faisait partie du coup monté par Tony Bogart, elle en était persuadée. La seule question qu'elle se posait était de savoir s'il avait toujours été un monstre ou si c'était Alison qui l'avait rendu fou.

Les jambes ankylosées, elle se leva du banc et se mit à marcher de long en large dans la cellule. Toute cette situation lui paraissait irréelle. Elle-même n'était pas réelle…

Aucun des Fairmont n'était descendu, lorsque la police l'avait emmenée. Ni Julia, ni Bret, ni même Rebecca. La maison était plongée dans un silence total, comme si tous ses occupants étaient soudain devenus des fantômes.

Geste réflexe, elle porta une main à son cou. Elle n'avait même plus sa pièce de cuivre percée. Sans elle, elle n'était plus rien. Ce gri-gri ne constituait-il pas aussi une part de son identité ?

***

Dans la chambre de Bret, tous les placards étaient ouverts, plusieurs costumes étalés sur le lit, des paires de chaussures sorties.

— Bret ? cria Julia. Bret, où es-tu ?

Elle le trouva dans la cuisine, en grande conversation au téléphone. En la voyant, il leva le pouce en signe de victoire et articula silencieusement : « J'ai eu le job. »

Il souriait de toutes ses dents. Julia ne se souvenait même pas de la dernière fois où elle l'avait vu aussi heureux. Son cœur se serra douloureusement à la pensée du sacrifice qu'elle allait lui demander.

— Il faut que je te parle, chuchota-t-elle.

Il hocha la tête.

Quelques minutes plus tard, il prenait congé de son interlocuteur et se lançait dans une tirade enthousiaste à propos de sa nouvelle vie new-yorkaise.

— L'un de mes anciens copains de fac habite à Manhattan. Il veut bien partager son appart avec moi, le temps que j'en trouve un. C'est supersympa de sa part, hein ? J'ai commencé à préparer mes affaires. Mon avion décolle à…

Au beau milieu de sa phrase, il s'interrompit et inclina la tête sur le côté.

— Qu'est-ce qu'il y a ? demanda-t-il à sa mère. Tu n'es pas contente pour moi ?

— Je suis très heureuse, Bret, sincèrement, mais il va falloir que tu reportes la date de ton départ. Nous avons de gros ennuis et j'ai besoin de toi ici.

— Oh, non…, grogna-t-il. Tu ne peux pas me faire ça. Tu me reproches sans arrêt de passer mes journées à ne rien faire et chaque fois que je trouve un boulot, tu me mets des bâtons dans les roues.

Ses yeux brillaient de colère.

— C'est à cause d'Alison que nous avons des problèmes, c'est ça ? ajouta-t-il. Rebecca m'a dit que les flics étaient venus la chercher. Fait chier… C'est toujours à cause d'elle.

— Bret, tu avais raison. Cette fille n'est pas Alison.

Il considéra sa mère avec un regard suspicieux.

— Hein ? Qu'est-ce que tu me racontes ?

Les mains de Julia tremblaient. Un verre d'alcool l'aurait calmée, mais elle avait arrêté de boire. Une heure auparavant. Plus d'alcool, plus de comprimés, avait-elle décidé. Elle devait être sobre pour traverser cette épreuve.

— Assieds-toi, ordonna-t-elle à son fils.

Avec un soupir agacé, Bret se hissa sur le comptoir de l'îlot central.

— Je le savais, murmura-t-il, lorsque Julia lui eut rapporté tous les tenants et les aboutissants de l'imposture de Marnie et d'Andrew, en omettant soigneusement d'éventer le secret qu'elle gardait depuis tant d'années, le lourd secret qu'elle emporterait dans la tombe.

— Comment as-tu deviné ? lui demanda-t-elle. Elle ressemblait tellement à Alison.

— C'était évident, mais tu ne voulais pas le voir. Tu voulais tellement croire que parce qu'elle avait échappé à la mort, vous alliez vous tomber dans les bras l'une de l'autre et vous pardonner mutuellement tout le mal que vous vous êtes fait.

— C'est vrai, concéda Julia. Mais attends, tiens-toi

bien, tu n'as pas encore entendu le pire. Cette Marnie Hazelton est complètement folle. Elle m'a menacée de faire des révélations à mon sujet, des révélations purement mensongères, bien sûr, mais c'est pour ça que j'ai besoin de ton aide.

— Quel genre de révélations ?

— Lorsque je lui ai dit qu'elle ne devait plus compter sur moi pour la sortir du pétrin, elle est devenue complètement hystérique. « Puisque c'est comme ça, m'a-t-elle hurlé à la figure, je dirai au juge que je suis votre fille illégitime ! »

Bret repoussa une mèche qui lui tombait devant les yeux.

— Dans quel intérêt ? Je ne comprends pas.

— Soi-disant qu'elle n'a pas d'autres moyens de prouver qu'elle n'a pas commis les crimes dont Alison est accusée. Elle prétend qu'elle n'a pas d'état civil, aucun document attestant de son identité. Comme si c'était possible, dans notre pays… C'est complètement absurde. Toujours est-il qu'elle compte me faire chanter. Mais je ne me laisserai pas faire.

En enroulant une boucle blonde autour de son index, Bret dévisageait sa mère avec un air sceptique.

— Bret, je t'en supplie, repousse ton départ pour New York, l'implora Julia. Je ne sais même pas si ta sœur est vivante ou morte. Je ne supporterai pas de perdre tous mes enfants à la fois.

Bret baissa les yeux vers le sol.

— Bret.

Julia eut un mouvement de surprise, lorsqu'il sauta à bas du comptoir pour la prendre dans ses bras.

— Je vais appeler l'éditeur et lui demander de m'accorder quelques jours, dit-il. Il ne pourra refuser. Je lui dirai que nous avons un gros problème, et il le verra par lui-même dans la presse.

Julia avait les larmes aux yeux. Son fils ne l'avait pas habituée à de telles démonstrations de tendresse.

— Ne parle pas des médias, je t'en prie, répondit-elle en lui passant un bras autour des épaules. J'espère que cette sombre histoire ne nuira pas à ta carrière.

Elle n'était pas sûre de pouvoir compter sur Bret, mais, avec ou sans lui, elle se battrait bec et ongles afin de ressortir indemne de ce cauchemar. Nier, nier, nier. Les médias, elle en était certaine, l'accuseraient de tout et n'importe quoi, de la disparition d'Alison jusqu'au meurtre de Butch Bogart. Elle nierait tout.

Elle se vêtirait de noir et se comporterait avec la dignité d'une mère endeuillée, comme seule Eleanor aurait pu se comporter dans de telles circonstances. Parce qu'elle était une Driscoll. Des Fairmont, elle n'avait que le nom. Elle était née Driscoll, Driscoll elle resterait jusqu'au bout.

# 32.

Paul Esposito paraissait à peine vingt ans. Il devait juste commencer d'exercer, et il était clair qu'il n'avait pas choisi sa profession par vocation. Sans arrêt, il jetait des coups d'œil à sa montre et ne témoignait pour Marnie qu'un intérêt des plus limités. Qu'elle fût ou non la fille d'une famille de nantis ne semblait guère l'impressionner. Pas plus que le fait d'avoir en face de lui une jeune femme accusée d'avoir commis deux meurtres de sang-froid.

Car, pour lui, elle était Alison Fairmont, dont le cas venait d'être aggravé par la découverte de preuves matérielles accablantes et par l'absence de soutien financier.

— Le procureur va requérir la peine capitale, dit-il sur un ton aussi détaché que s'il parlait de la pluie et du beau temps. Mais si nous jouons son jeu, je pense que nous pourrons négocier une condamnation à perpétuité.

— La perpétuité, répéta Marnie. C'est long, ça…

Il haussa les épaules. Manifestement, il ne comprenait pas l'ironie.

— Qu'entendez-vous par « jouer son jeu » ? lui demanda-t-elle.

— Plaider coupable au premier chef d'accusation.

Le second sera sans doute transformé en homicide involontaire, voire retiré, faute de preuves.

— Et je passerai le restant de mes jours dans un pénitencier de haute sécurité ?

— C'est mieux que la peine de mort.

De nouveau, il haussa les épaules. Vraisemblablement, personne ne lui avait jamais dit que ce geste n'était pas très élégant.

— En êtes-vous sûr ? répliqua Marnie. Avez-vous déjà été condamné à mort ?

Avec un soupir, il ferma le dossier ouvert devant lui et le glissa dans sa serviette. L'entrevue était close.

— Puis-je informer Mme le procureur que vous plaiderez coupable ? demanda-t-il en fermant sa serviette.

— Laissez-moi y réfléchir. Et permettez-moi de vous poser une question. J'ai entendu hier à la télé que le corps d'une femme a été retrouvé sur une plage de la péninsule de Baja.

— Ah, oui, j'ai entendu ça, fit l'avocat en ajustant sa cravate. Apparemment, la dépouille de cette femme n'a pas pu être identifiée. Elle n'avait plus de dents… On ne sait pas non plus si elle est morte par accident ou si elle a été victime d'un acte criminel. Triste fin.

Marnie ne répondit pas. Ses derniers espoirs s'envolaient en fumée. Anéantie, elle se prit la tête entre les mains. Les doigts figés sur sa cravate, Esposito la considéra soudain avec intérêt.

— Pourquoi me parlez-vous de ce cadavre ? demanda-t-il.

— Comme ça… Mon mari est parti au Mexique en voyage d'affaires. Je suis un peu inquiète.

Enfin, elle avait réussi à capter l'attention de son jeune avocat.

— Quand doit-il revenir ? s'enquit-il. Ce voyage est-il lié à votre inculpation ?

La question était plutôt de savoir s'il allait revenir ou non, songea Marnie. Et une pensée se forma aussitôt dans son esprit : Esposito pouvait peut-être l'aider à retrouver Andrew. Elle avait conscience qu'elle devait toutefois se montrer prudente. Lancer les chiens aux trousses d'Andrew pouvait être lourd de conséquences, pour lui et pour Julia. Bien sûr, Marnie ne leur devait rien, mais elle était humaine, elle, et jeter les autres aux lions pour sauver sa peau lui posait un cas de conscience.

— Mon mari sera de retour d'ici deux ou trois jours, dit-elle.

— Bien. Que dois-je dire au procureur, alors ?

De toute façon, Esposito n'avait qu'une hâte : terminer sa journée.

— Laissez-moi le temps d'y réfléchir, s'il vous plaît.

— D'accord, comme vous voudrez.

L'avocat se leva et adressa un signe au policier qui se tenait devant la porte de la salle d'interrogatoire.

Un instant plus tard, celui-ci bouclait la cellule de Marnie, qui s'assit sur sa couchette et contempla d'un air absent son plateau-repas tiède.

Elle avait demandé le temps de la réflexion. Et du

temps, elle allait en avoir, pour démonter tous les rouages du piège qui s'était refermé autour d'elle, ce piège qu'elle avait contribué à se tendre à elle-même.

Ce cadavre de femme n'étant pas identifiable, elle devait donc continuer à assumer le rôle d'Alison. Alison, dont elle avait les empreintes digitales…

A cela, il n'y avait qu'une seule explication possible : Andrew lui avait pris les siennes, sans doute lorsqu'elle était à l'hôpital, inconsciente, et les avait échangées contre celles de son épouse dans les dossiers officiels. Comment ? Elle n'en avait pas la moindre idée, mais une chose était sûre : pour en arriver à de telles extrémités, il fallait qu'il ait quelque chose de grave à se reprocher.

Réclamer un test ADN ? A quoi cela servirait-il, si ce n'était à confirmer qu'elle était la fille de Julia Fairmont, dont elle avait déjà l'apparence, les empreintes digitales et tous les papiers d'identité ?

Elle s'écarta de la tambouille à l'odeur écœurante et ramena les genoux sous son menton. Elle avait toujours été une battante. Dès la naissance, elle avait survécu à une tentative d'avortement. Toute sa vie, elle avait bravement affronté le fait d'être rejetée au rang de paria. Et, plus récemment, elle avait réchappé de la noyade. Mais elle ne voyait pas comment elle allait gagner ce nouveau combat…

Enfant, il lui était parfois arrivé de se demander ce qu'elle faisait sur cette Terre. Aujourd'hui, elle se posait la même question. A quoi bon venir au monde pour souffrir toute sa vie et finir dans une cage ?

Lasse, elle s'allongea sur sa couchette, en priant pour que le sommeil lui apporte quelques heures de répit, quelques heures d'oubli et d'évasion.

Rompue de fatigue, elle finit par s'assoupir, mais les cris de ses codétenues la tirèrent rapidement de sa torpeur. Une odeur d'urine lui assaillit les narines. Le vacarme d'objets frappés contre les barreaux d'acier lui irritait douloureusement les tympans. Elle s'efforça de faire abstraction de ce chaos, mais elle ne parvint pas à se rendormir.

La pensée de Gramma Jo la hantait. Pauvre Gramma Jo, qui par sa faute avait perdu sa belle indépendance. Marnie ne pouvait pas laisser sa grand-mère croupir dans cette institution, si confortable fût-elle. Gramma Jo allait perdre le goût de la vie, baisser les bras, décliner de jour en jour. Elle devait à tout prix faire quelque chose pour elle.

Et, tout à coup, elle sut ce qu'elle allait faire.

— Garde ! appela-t-elle en secouant les barreaux de sa cellule.

Au bout de plusieurs minutes, une surveillante apparut enfin.

— Je veux parler à mon avocat, lui dit-elle. Dès que possible.

— Julia ? Je vous passe M^e^ Paul Esposito, l'avocat d'Alison, annonça Rebecca dans l'Interphone.

Julia leva les yeux de la lettre qu'elle était en train de

rédiger et posa son stylo en contemplant le téléphone. Pourquoi ce type dont elle n'avait jamais entendu le nom voulait-il lui parler, si ce n'était pour l'informer que Marnie acceptait finalement son offre ou qu'elle allait lâcher sa bombe ?

— Julia ? Vous prenez l'appel ?

— Oui. Allô ! Maître Esposito ?

Celui-ci en vint directement aux faits.

— Madame Fairmont, votre fille Alison m'a prié de vous faire savoir qu'elle plaiderait coupable aux deux chefs d'accusation.

— Très bien, répondit Julia en se retenant de bondir de joie. Dites-lui que je vais me débrouiller pour lui trouver le meilleur avocat du pays.

Esposito se racla la gorge. L'avait-elle offensé ?

— Je lui transmettrai votre message, dit-il, mais ce n'est pas pour ça que je vous appelle. Votre fille m'a chargé de vous demander quelque chose.

— Je vous écoute.

Julia avait les mains moites, à présent. Quel coup tordu cette Marnie Hazelton avait-elle encore manigancé ?

— Elle souhaiterait que vous fassiez sortir une certaine Josephine Hazelton du centre de convalescence où elle se trouve actuellement, et que vous subveniez à tous ses besoins une fois qu'elle sera rentrée chez elle. Elle a couché tout ça par écrit. Puis-je vous faxer le document ?

— Bien sûr, acquiesça Julia. Je vous passe mon assistante, qui vous communiquera notre numéro de télécopie.

Sur quoi, elle raccrocha en poussant un énorme soupir de soulagement. Tout compte fait, Marnie était une fille intelligente. Cependant, Julia ne se sentait pas la conscience tranquille pour autant et, curieusement, elle éprouvait la sensation d'être dépossédée de quelque chose.

Cinq jours. Sur le mur de ciment au-dessus de sa couchette, Marnie avait gravé cinq encoches, quatre traits horizontaux barrés d'une ligne diagonale. Elle n'avait pas reçu une seule visite, hormis celle de Paul Esposito, qui était venu l'informer qu'il allait tâcher de hâter l'audience de plaider-coupable.

Il lui avait également remis un document signé de la main de Julia, laquelle s'engageait à pourvoir à tous les besoins de Josephine Hazelton et ce jusqu'au décès de cette dernière. Elle avait accepté toutes les conditions de Marnie : faire rénover et redécorer le cottage, engager une dame de compagnie, régler au besoin tout frais médical et verser chaque mois une généreuse pension pour les dépenses courantes.

Julia avait même proposé de s'arranger avec James Brainard pour qu'il assure quand même la défense de Marnie, mais celle-ci avait refusé. Elle n'avait plus besoin de lui, à présent. Elle était en paix avec elle-même, prête à renoncer à la liberté, si tel était le prix à payer pour le bien-être de sa grand-mère.

Esposito avait obtenu du procureur qu'elle puisse lui

passer un coup de téléphone. La gorge nouée, Marnie avait annoncé à Gramma Jo qu'elle pourrait bientôt retourner chez elle, où une surprise l'attendrait. La vieille femme avait fondu en larmes. Marnie avait pleuré avec elle, en songeant qu'elle aurait toujours le souvenir de ce moment de bonheur infini auquel se raccrocher.

Lorsque Gramma Jo lui avait demandé si elle avait eu une discussion avec Julia, elle lui avait répondu que cela faisait partie de la surprise, et elle l'avait suppliée de ne pas lui poser davantage de questions. Puis, afin de ne pas avoir à expliquer à sa grand-mère pourquoi elle ne pouvait lui rendre visite, elle avait prétendu partir quelques jours en voyage avec Andrew. Que Gramma Jo savoure pleinement la perspective de retrouver son chez-soi. Marnie préférait remettre les mauvaises nouvelles à plus tard. Que Gramma Jo soit heureuse. Pour l'instant, il n'y avait que cela qui comptait.

A l'aide d'un morceau de ciment, elle commença à marquer une nouvelle encoche dans le mur. Maintenant, elle n'avait plus rien à faire qu'attendre.

Lorsque le greffier eut prononcé l'ouverture de l'audience, le juge régla son micro et prit la parole :

— Madame Villard, j'ai été informé par votre avocat que vous désiriez plaider coupable aux deux chefs d'accusation qui viennent d'être lus.

— C'est exact, Votre Honneur, répondit Marnie en se levant.

Le juge, un homme d'un certain âge à l'expression paternelle et chaleureuse, chaussa des lunettes de lecture et parcourut les documents étalés devant lui.

— Comprenez-vous les faits qui vous sont reprochés ? demanda-t-il à Marnie.

— Oui, articula-t-elle, gênée par le regard scrutateur du magistrat.

— Comprenez-vous que vous avez été inculpée de deux homicides avec préméditation, pour lesquels vous encourez la peine capitale ou, dans le meilleur des cas, une condamnation à perpétuité dans un établissement de haute sécurité ?

Marnie acquiesça, puis répondit par l'affirmative, en hochant la tête tel un robot, à chacune des questions que le juge lui posa ensuite afin de s'assurer qu'elle avait parfaitement conscience de la gravité et de l'irrévocabilité de sa décision. Oui, elle comprenait tout.

— Je vous remercie, madame Villard. A présent, voudriez-vous m'expliquer les motifs qui vous poussent à plaider coupable ? Vous êtes jeune, vous avez toute la vie devant vous. Pourquoi refuser un jugement qui permettrait à la cour d'examiner plus avant les circonstances dans lesquelles vous avez commis les faits dont vous êtes incriminée ?

La question déstabilisa Marnie. Que devait-elle répondre ? Elle avait passé une nuit entière à mûrir sa décision et, au fil des jours qui avaient suivi, elle avait acquis la certitude de ne pas se tromper. Mais comment résumer tout cela en quelques mots qui feraient sens pour cet impressionnant personnage en robe noire qui incarnait la justice ?

Paul Esposito lui jeta un regard d'encouragement. Elle sentit son visage s'enflammer, ses tempes devenir moites. Son avocat vola à sa rescousse.

— Votre Honneur, dit-il, Mme Villard désire payer sa dette envers la société. Plaider coupable constitue pour elle le premier pas en ce sens. Ma cliente regrette vivement ce qu'elle a fait et souhaite se racheter.

— Je vous remercie, maître Esposito, le coupa le juge, mais j'aimerais entendre la prévenue elle-même. Ce sont sa vie et sa liberté qui sont en jeu.

Marnie approuvait cette repartie. Son avocat n'avait à aucun moment pris le temps de dialoguer avec elle. Il ignorait qui elle était, ce qu'elle avait fait, pourquoi elle l'avait fait. Comment pouvait-il s'exprimer en son nom ?

Elle essaya de prendre la parole, mais aucun son ne franchit ses lèvres. Une étrange sensation d'engourdissement lui envahissait les extrémités, la même sensation qu'elle avait éprouvée au sommet de la Dent de Satan avant de se jeter dans le vide.

Tout à coup, elle n'était plus certaine de rien… Sa vie et sa liberté, en effet, dépendaient de ce qu'elle allait dire maintenant, comme le juge l'avait souligné. Etait-elle prête à rendre les armes, à se sacrifier sur l'autel de sa trop grande bonté ? Car qui allait bénéficier de sa bonté ? Julia Fairmont, la mère indigne et irresponsable qui n'avait jamais voulu poser un œil sur l'enfant au visage difforme qu'elle avait malencontreusement mis au monde… Andrew Villard, qui l'avait entraînée dans une perfide machination pour la laisser ensuite affronter seule les conséquences de leur honteuse imposture.

Un frisson lui parcourut l'échine, une vague de sentiments la submergea : tristesse, désespoir, rage, injustice…

— Je veux juste en finir, bafouilla-t-elle. Je plaide coupable car, dans l'alternative… Non, il n'y a pas d'alternative…

— Quelle alternative, madame Villard ? lui demanda le juge en fronçant les sourcils. Pourriez-vous approfondir ce que vous avez voulu dire ?

Esposito intervint de nouveau.

— Votre Honneur, ma cliente a été très claire avec moi. Elle a du mal à s'exprimer, mais elle a pleinement conscience des conséquences de ses actes et…

Il fut interrompu par une porte ouverte à la volée. Marnie se retourna, s'attendant à voir Tony Bogart. Or, c'était une femme qui venait d'entrer dans la salle d'audience. Julia Fairmont.

— Elle vous berne tous, proféra-t-elle en pointant l'index sur Marnie. Elle n'est pas et n'a jamais été ma fille. Alison a disparu et j'ai de bonnes raisons de croire que son mari, Andrew Villard, l'a poussée à la mer.

En voyant le greffier s'approcher d'elle, Julia agita frénétiquement les bras.

— Attendez ! Laissez-moi finir ! hurla-t-elle.

Elle semblait devenue folle. Etait-elle ivre ? se demanda

Marnie. Le greffier la prit par le bras et tenta de l'entraîner vers la sortie.

— Laissez-la, ordonna le juge en se levant. Je veux entendre ce qu'elle a à dire.

— Qui est cette femme ? s'enquit Esposito. Pourquoi lui permet-on de perturber le déroulement de l'audience ?

D'un regard sévère, le juge l'enjoignit au silence.

— C'est moi qui lui permets d'interrompre l'audience, maître Esposito.

Puis il se tourna vers Julia.

— Approchez, madame, et veuillez nous indiquer votre nom ainsi que votre lien avec la prévenue.

Julia s'avança vers la table du magistrat en lissant sa veste de lin et en arrangeant sa coiffure.

— Je suis Julia Fairmont, de Mirage Bay, déclara-t-elle avec un imperceptible tremblement. La prévenue logeait chez moi et se faisait passer pour ma fille. Elle m'a menti, elle m'a trompée et elle a profité de moi. Si cela n'est pas un crime puni par la loi, c'est un scandale !

Julia s'exprimait d'une voix amère, pleine de ressentiment, qui s'enflammait de seconde en seconde, et elle aurait probablement continué à déverser son fiel, si une autre arrivée intempestive ne l'avait pas interrompue.

De nouveau, les portes battantes s'ouvrirent brutalement et Andrew Villard fit irruption devant les magistrats. Un silence de plomb pesait sur la salle. Marnie dut se tenir à la barre pour ne pas tomber à la renverse. Elle n'y comprenait plus rien… Andrew avait-il forcé Julia à témoigner devant la cour ?

— Andrew Villard, se présenta-t-il. Je suis le mari de l'accusée.

— En ce cas, veuillez prendre place sur les bancs réservés au public, lui dit le juge en reportant aussitôt son attention sur Julia. Madame Fairmont, je vous prie de bien vouloir vous asseoir, vous aussi. Attendons-nous encore d'autres membres de la famille ou pouvons-nous poursuivre le débat ?

Julia fit quelques pas en direction des bancs, puis s'immobilisa au milieu de la travée centrale.

— Votre Honneur, cet homme n'est pas le mari de l'accusée, siffla-t-elle en pivotant sur ses talons. C'est le mari de ma fille, et l'accusée n'est pas ma fille.

Le juge se pencha en avant et darda sur elle un regard implacable.

— La prévenue a été déférée devant la cour sous le nom d'Alison Fairmont Villard, lui dit-il sans la quitter des yeux. Si la prévenue n'est pas votre fille, qui est-elle ?

— Elle s'appelle Marnie Hazelton, répondit Julia. Et elle n'a tué personne, ajouta-t-elle de mauvaise grâce, à l'exception peut-être de Butch Bogart.

Le juge abaissa ses lunettes.

— Sauf erreur de ma part, Marnie Hazelton est la victime de l'un des meurtres faisant l'objet de cette affaire.

— C'est exact, confirma Julia, et je suis au regret de vous apprendre que l'erreur provient du bureau du procureur. Marnie Hazelton n'est pas une victime, mais *l'accusée*.

A ces mots, Julia exhiba deux feuilles de papier : l'acte de naissance de Marnie, établi vingt-deux ans auparavant par Josephine Hazelton, un document manuscrit indiquant le poids et la taille du nouveau-né et comportant une description succincte de ses malformations ainsi que des empreintes à l'encre noire de petites mains et petits pieds.

Selon Julia, Gramma Jo avait insisté pour qu'elle signe ce document, mais elle avait accepté qu'elle en conserve l'unique exemplaire. Pour des raisons qu'elle ne précisa pas, elle ne l'avait pas détruit.

Marnie était stupéfaite d'entendre Julia confesser qu'elle avait eu un enfant en dehors du mariage. Il avait fallu qu'elle soit violemment menacée, forcément. Et par qui d'autre, si ce n'était Andrew ?

Le juge ne voulut pas entendre les détails de l'adultère de Julia. Il la pressa d'en venir aux faits et de produire son second document, un certificat de naissance à l'allure authentique, portant également les empreintes des pieds et des mains d'un très jeune enfant.

— Ceci est le certificat de naissance officiel de ma fille disparue, Alison Fairmont, indiqua Julia. Votre Honneur, si quelqu'un a falsifié les empreintes d'Alison figurant dans les bases de données judiciaires, personne n'a touché à celles-ci. Ce document est demeuré dans un coffre-fort depuis la naissance de ma fille.

Le juge réfléchit un instant, puis pria Julia, l'avocat, le procureur et le greffier de se rassembler autour de lui et, après une conférence en aparté, il se leva et annonça que la séance était suspendue jusqu'à l'après-midi, mais que personne ne devait quitter le tribunal.

— Nous avons la chance d'avoir dans le comté un excellent laboratoire d'expertise judiciaire, dit-il. L'audience reprendra, dès que les pièces fournies par Mme Fairmont auront été authentifiées, et les empreintes, analysées.

Quatre heures plus tard, il retirait les deux chefs d'inculpation prononcée à l'encontre de Marnie, arguant que les résultats des analyses du labo l'avaient convaincu que l'accusée n'était pas Alison Fairmont Villard, et il campa sur ses positions, lorsque le procureur objecta que, s'il était impossible que Marnie Hazelton se soit tuée elle-même, il n'était pas exclu, en revanche, qu'elle ait assassiné LaDonna Jeffries.

— La personne accusée de ce meurtre est Alison Fairmont Villard, rappela-t-il à la cour, et il n'y a personne ici présent qui réponde à ce nom. Si le ministère public souhaite inculper Mlle Marnie Hazelton d'un quelconque crime, les démarches nécessaires devront être entreprises. En attendant, Mlle Hazelton est libre.

— Non ! protesta le procureur. Votre Honneur, il est impératif que Mlle Hazelton soit maintenue en détention tant que nous n'avons pas déterminé de quoi elle est coupable.

— Chère madame, rétorqua le juge, ce qui me paraît impératif, c'est qu'avant d'accuser quelqu'un d'un crime capital, l'on s'assure qu'il s'agisse bien de la bonne personne.

Le procureur ravala sa frustration. Au regard qu'elle coula en direction de Marnie, il était clair qu'elle entendait la poursuivre, mais elle garda le silence, contrainte de se plier à la décision du juge.

Julia quitta la salle sans un mot à personne. Marnie remercia Paul Esposito et à peine lui eut-elle serré la main qu'Andrew s'approcha d'elle.

Il avait le teint cireux et les traits tirés de quelqu'un n'ayant ni dormi ni mangé depuis plusieurs jours. De la poche de sa chemise, il tira la chaîne en or à laquelle pendait la pièce de cuivre percée.

— Tiens, je crois que tu en as davantage besoin que moi, dit-il en la lui tendant.

Tremblante, Marnie reprit son bien. La main d'Andrew était glacée. Julia avait révélé son imposture et il allait sans doute faire l'objet d'une mise en examen. Marnie ne savait que lui dire.

— Tu dois avoir envie de me tuer, lui chuchota-t-il d'une voix rauque. Mais avant d'appuyer sur la détente, laisse-moi tout t'expliquer.

Marnie ne répondit pas. Son cœur cognait dans sa poitrine. Elle ne savait même pas si elle lui en voulait. Elle était à bout, épuisée, vidée, et elle n'avait qu'une hâte : sortir de cette salle d'audience, de ce tribunal, et voir si le soleil brillait encore.

# 33.

Marnie était interdite. Alors qu'elle imaginait le pire, Andrew se terrait dans une villa de luxe à quelques mètres à vol d'oiseau de chez les Fairmont, une résidence superbe, toute en bardeaux de cèdre, avec de vastes terrasses surplombant l'océan, un endroit de rêve.

— Je te sers quelque chose ? proposa-t-il en l'entraînant dans le salon rustique au centre duquel se dressait une magnifique cheminée à l'ancienne. Si tu veux, je peux préparer une omelette. J'imagine que tu n'as pas très bien mangé, ces derniers temps ?

— Non, on ne te sert pas de la gastronomie en prison, répliqua-t-elle sèchement.

A présent qu'elle avait un peu retrouvé ses esprits, elle était furieuse contre Andrew, furieuse qu'il l'ait abandonnée, furieuse qu'il ait attendu si longtemps avant de venir à son secours, alors qu'il était là, tout près.

— Marnie…, soupira-t-il. Ote-toi de l'idée que je suis responsable de ce qui t'est arrivé. Crois-moi, si j'avais pu t'épargner…

— C'est donc là que tu étais ? le coupa-t-elle en regardant autour d'elle. Dans ce nid douillet, alors que je tournais en rond dans quelques mètres carré. Et tu me demandes si j'ai bien mangé ? C'était l'enfer, Andrew. J'ai cru mourir. Et toi, tu étais confortablement installé dans cette résidence de vacances pour richards.

— Ne crois pas que je me la coulais douce, répondit-il en prenant une cannette de Red Bull dans le réfrigérateur.

— Bon, tu devais me donner des explications, s'impatienta-t-elle. J'attends.

— Ne t'énerve pas, j'y viens, dit-il après avoir bu une longue rasade de sa boisson énergétique. Je n'ai pas loué cette maison par plaisir. Le but était de tendre un piège à celui qui a monté un coup contre moi, et qui a probablement assassiné Alison. J'ignorais, bien sûr, que LaDonna se ferait tuer et qu'on t'accuserait de son meurtre.

— Désolée d'avoir bouleversé tes plans, jeta Marnie froidement.

Elle avait envie de le gifler. Depuis son arrestation, elle avait contenu toutes ses émotions, mais à présent la digue cédait.

Andrew s'adossa contre le bar, les bras croisés sur la poitrine.

— Vas-tu me laisser parler, oui ou non ? répliqua-t-il.

Elle se campa en face de lui et adopta la même posture que lui.

— Commençons par ton arrivée impromptue au tribunal ? exigea-t-elle. Comment savais-tu que j'y étais ?

— Diego Sanchez, le détective privé que j'avais engagé pour veiller sur toi, allait tous les jours consulter le calendrier des audiences. Malheureusement, il s'est fait virer de chez les Fairmont dès le premier jour, par Bret. Mais il s'est débrouillé pour accomplir quand même la mission que je lui avais confiée. Il savait tout ce qui se passait à Sea Clouds et il me tenait au courant.

— Tu savais donc que j'étais en prison, inculpée de deux meurtres…

— Oui, et tu vas me détester pour ça, mais je pensais que tu étais plus en sécurité en prison que chez les Fairmont. J'avais besoin de temps pour identifier l'assassin de LaDonna, et je ne voulais pas qu'il t'arrive malheur. Lorsque j'ai appris que tu allais plaider coupable, j'ai dû chambouler tous mes plans. Je ne pouvais pas te laisser faire ça.

— Comment as-tu fait pour convaincre Julia de témoigner ?

— En fouillant sa chambre, j'ai fini par trouver ton certificat de naissance, dans son coffre-fort. Puis je l'ai fait chanter, tout simplement. J'ai également insisté pour qu'elle fournisse l'acte de naissance d'Alison, afin que la cour puisse comparer vos empreintes.

— Dans son coffre-fort ? s'étonna Marnie. Tu as réussi à l'ouvrir ?

— Elle avait noté le code dans son agenda. Pas en clair, évidemment. Elle avait entouré certains mois sur le calendrier figurant dans les premières pages. A tout hasard, j'ai composé la combinaison des chiffres correspondant à ces mois sur le pavé numérique du coffre. Et, bingo ! il s'est ouvert ! Tu imagines mon choc quand j'ai découvert qu'elle était ta mère ? Et le sien lorsque je lui ai brandi le document rédigé par ta grand-mère sous le nez ?

Marnie visualisait la scène sans peine. Ce qui l'intriguait, en revanche, c'était ce piège qu'il comptait tendre à l'assassin.

— Dans ton plan initial, est-ce que j'étais censée servir d'appât ? demanda-t-elle.

Andrew parut surpris par la question.

— Absolument pas, répondit-il, je te le jure. J'avais mis ce plan au point il y a des mois, bien avant que nous ne venions à Mirage Bay.

Marnie l'écouta attentivement, tandis qu'il lui expliquait que le concert de rock n'était qu'un prétexte fallacieux pour se rendre au Mexique. Il n'était pas allé à Mexico, d'ailleurs, mais à Baja, en jet privé. C'était lui qui avait déposé ce cadavre sur la plage, avec la coopération d'un fonctionnaire de l'*oficina de juez de guardia*, l'équivalent mexicain du bureau du coroner. En contrepartie d'une coquette somme d'argent, cet homme avait subtilisé à la morgue la dépouille d'une noyée non identifiée.

— C'était risqué, concéda Andrew, mais c'était la seule façon de découvrir qui avait intérêt à ce qu'Alison soit morte.

— Quand j'ai entendu parler de ce corps, j'ai tout de suite pensé, en effet, que c'était Alison, déclara Marnie. Ç'aurait pu marcher.

Elle s'interrompit un instant, pensive.

— Tu penses donc qu'elle a été assassinée ? demanda-t-elle. A ton avis, le meurtre de LaDonna est-il en rapport avec le sien ?

— J'en suis presque persuadé.

Les questions se bousculaient dans l'esprit de Marnie.

— Qui a falsifié les empreintes digitales d'Alison ?

— Moi, juste après que nous avons conclu notre pacte. J'ai pris les tiennes pendant que tu dormais, à l'hôpital, et je me suis mis en quête de ton état civil. A ma grande surprise, je n'ai trouvé aucune trace officielle de ton existence. Sanchez non plus. C'est lui, d'ailleurs, qui a interverti tes empreintes et celles d'Alison.

— Comment ? voulut savoir Marnie.

— Juste après avoir eu son permis de conduire, Alison a causé un accident de la circulation, sans gravité, mais qui lui a valu d'avoir ses empreintes fichées dans la base de données de la police locale. Diego ne révèle jamais ses secrets, mais je sais que c'est un as de l'informatique. Il a dû pirater le système des flics.

Que risquait-on pour effraction dans les fichiers de la police et falsification d'empreintes digitales ? s'interrogeait Marnie. Sans doute très gros. Andrew devrait répondre aussi de ce délit.

— Pourquoi ne m'as-tu pas téléphoné pendant tout ce temps ? demanda-t-elle. Je me suis fait tout un tas de films. J'imaginais le pire.

Sentant les larmes lui monter aux yeux, elle détourna le regard.

— Je ne *pouvais* pas t'appeler. Diego a eu le temps d'inspecter la villa des Fairmont, avant que Bret ne le mette à la porte. La maison est truffée de micros. Il n'a pas pu les débrancher… ç'aurait été trop risqué.

Marnie était abasourdie.

— Des micros chez les Fairmont ? Qui peut bien avoir intérêt à les espionner ?

— Je n'en ai pas la moindre idée, mais une chose est sûre, c'est qu'il y avait des micros dans toutes les pièces, y compris dans notre chambre.

— N'empêche que tu aurais dû me dire pourquoi tu partais au Mexique, répliqua Marnie sur un ton chargé de reproche. A ce moment-là, tu ne savais pas que la maison était sur écoute.

— Tu te faisais déjà du souci parce que j'allais à un festival de rock… Je n'allais pas te dire que je voulais tenter de débusquer un assassin. Un tueur en série, même, peut-être. Je te l'ai dit, je suis presque certain que la personne qui a tué LaDonna a aussi assassiné Alison, voire Butch. Et je ne voudrais pas te faire peur, mais il est fort probable qu'elle frappe de nouveau. C'est pourquoi il faut l'arrêter, et vite.

— Soupçonnes-tu quelqu'un en particulier ?

— J'hésite encore entre plusieurs suspects.

— Julia ? spécula Marnie. Bret ? Tu sais qu'il avait une liaison avec LaDonna ? Tony Bogart, qui a tenté de me faire porter le chapeau ?

— Tous ceux-là, oui, plus un notaire véreux avec qui Julia s'envoie en l'air.

— Ah, bon ? fit Marnie avec curiosité.

Et, tout à coup, il lui vint à l'esprit que la liste n'était pas complète.

— Tu en oublies, ajouta-t-elle.

— Qui ?

Elle secoua la tête en réprimant un sourire nerveux.

— Et si tu préparais l'omelette que tu m'as proposée tout à l'heure ? dit-elle. Je meurs de faim.

— Vos désirs sont des ordres, très chère.

Soulagée qu'Andrew se soit si facilement laissé distraire de la conversation, Marnie l'observa qui s'activait entre le réfrigérateur et la cuisinière. Une question la taraudait : pourquoi était-il si sûr qu'Alison était morte ?

Les paupières à demi closes, bercée par le cri des mouettes, Marnie savourait à petites gorgées une coupe de champagne rosé. Une légère brise s'engouffrait par les portes ouvertes de la terrasse et lui agitait les cheveux. Des voiles blanches se balançaient sur l'océan, gonflées par le souffle du vent. Le ciel était d'un bleu limpide. Le soleil inondait le paysage de lumière. Pour la première fois depuis son arrivée à Mirage Bay, elle retrouvait la magie du lieu.

Andrew avait donc sacrifié le plan qu'il avait mis des mois à échafauder, son ultime chance de se disculper, pour lui rendre sa liberté à elle, songea-t-elle. Elle n'osait pas y croire. C'était trop beau pour être vrai. Alors qu'elle ne croyait plus aux miracles, un miracle s'était produit.

Elle tourna la tête vers lui. Il était allongé sur un canapé, ses pieds nus sur une table basse en rotin, une coupe de champagne à la main, étonnamment détendu. Après leur discussion, il avait troqué son costume sombre contre un short kaki et une ample chemise de soie, et il avait ouvert une bouteille de champagne.

En le regardant, elle se sentit submergée par une énorme bouffée d'amour. Elle avait toutefois conscience qu'elle ne devait pas se laisser tourner la tête. Tout n'était pas idyllique, elle voyait seulement les choses en rose par contraste avec les jours précédents : la prison, Sea Clouds…

— Quelle journée magnifique ! dit-elle en chassant les interrogations qui se formaient dans son esprit quant à l'avenir. Tu ne voudrais pas m'emmener en mer ? Je ne suis jamais montée sur un yacht.

— Jamais ? s'exclama Andrew. Vraiment ? Eh bien, nous allons remédier à cela sur-le-champ.

« Que va-t-il advenir de nous ? »

Malgré elle, Marnie ne pouvait s'empêcher de se poser la question, bien que, depuis qu'ils avaient quitté la maison louée par Andrew, elle flottait sur un petit nuage.

Le *Bladerunner* voguait en direction de San Diego. Andrew manœuvrait le gouvernail. Elle alla se blottir contre lui.

Avant de prendre la mer, ils avaient rendu visite à Gramma Jo. Celle-ci avait détaillé Andrew de la tête aux pieds, avant de demander s'il s'agissait de la surprise annoncée par Marnie. En rougissant, Marnie avait hoché la tête, puis elle avait renouvelé sa promesse : très bientôt, Gramma Jo serait de retour chez elle.

Andrew passa un bras autour de ses épaules. Marnie ferma les yeux. Très bientôt, sa grand-mère regagnerait son logis de toujours. Et, très bientôt, Andrew et elle devraient affronter la justice. Mais, pour le moment, elle ne voulait pas y penser, seulement savourer l'instant présent, se laisser porter par la mer et le vent.

Des vagues bleues se déroulaient contre la coque du voilier, faisant voler sur le pont des milliers de gouttelettes irisées. Marnie ne se lassait pas de lécher le goût salé sur ses lèvres.

— Je comprends pourquoi tu adores la mer, dit-elle. C'est fantastique.

— Je deviendrais fou sans la mer, répondit Andrew. Tu veux prendre la barre ?

Marnie opina de la tête, ravie. Il lui laissa sa place mais se campa derrière elle.

— Que dois-je faire ? demanda-t-elle.

— Diriger le bateau, répondit-il en riant. Tu verras, c'est instinctif. Ou ça ne l'est pas…

Marnie posa les mains sur le gouvernail, et fut surprise par la sensibilité du mécanisme. Il suffisait d'une simple caresse pour faire dévier cet immense bateau. Certains chefs d'entreprise et politiciens devraient prendre des leçons de navigation, songea-t-elle.

— Tu crois qu'elle est encore en vie ? demanda-t-elle soudain.

— Alison ? Bogart l'a vue tuer LaDonna…

— Mais pourquoi aurait-elle fait ça ?

— Pour se débarrasser de toi, pour t'envoyer à l'ombre. C'est d'ailleurs ce qui a failli se produire.

— Elle n'avait pas besoin de tuer. Il lui aurait suffi de dévoiler mon imposture.

— Si elle révélait qu'elle était vivante, j'étais blanchi. Alors que c'est à moi qu'elle en veut. Elle est rusée, tu sais ? Elle s'est liée avec Regine dans le seul dessein de l'éliminer.

Marnie se retourna afin de scruter le regard d'Andrew.

— Tu as la preuve de ce que tu avances ?

— Rien de suffisamment solide pour convaincre la cour, malheureusement. Alison ne m'a montré son vrai visage qu'après que nous avons été mariés. Pendant quelques mois, elle a été un ange, et puis, insidieusement, elle s'est mise à me harceler pour que je lui fasse enregistrer un disque, pour que je la fasse passer en première partie des concerts de mes têtes d'affiche.

— Et tu as refusé ?

— Je ne pouvais pas. Elle n'avait aucune présence scénique, elle n'avait pas l'étoffe d'une artiste. Dès que j'essayais de le lui faire comprendre, elle devenait comme folle. Elle me traitait de tous les noms, elle m'accusait de l'empêcher de faire carrière, parce que j'étais encore amoureux de Regine. Un jour, elle a mis mon bureau sens dessus dessous et elle a détruit tous les souvenirs que je gardais de Regine : des disques, des posters, des trophées… C'était une réaction puérile, certes, mais ce jour-là j'ai compris qu'elle portait en elle un dangereux pouvoir de destruction.

Pour Marnie, qui avait toujours eu d'Alison l'image d'une jeune fille douce et raffinée, il était difficile de l'imaginer se comportant avec une telle rage dévastatrice.

— Qu'est-il réellement arrivé à Regine ? demanda-t-elle prudemment.

— Alison était passée chez nous, ce soir-là, répondit Andrew lentement. Nous avons bu… beaucoup. Elle jouait la barmaid, c'est elle qui préparait les cocktails. Je suis presque sûr qu'à un moment donné elle a mis quelque chose dans nos verres. C'est pour ça que je suis tombé comme une masse et que Regine s'est noyée. Elle avait bien calculé son coup… Elle savait que son crime passerait pour un accident, et qu'on ne pratiquerait pas d'autopsie sur Regine.

Que ferait Andrew, si Alison était encore en vie ? brûlait de demander Marnie. Après tout ce qu'elle lui avait fait, elle ne pouvait l'imaginer la reprendre pour épouse. Elle sentait néanmoins qu'elle l'obsédait, qu'il voulait qu'elle soit morte ou qu'il voulait qu'elle revienne, qu'il voulait d'elle quelque chose, en tout cas. Elle s'abstint toutefois de poser la question. Inutile de gâcher ce moment de paix et de bonheur.

— Qu'allons-nous devenir ? murmura-t-elle.

— Si seulement je pouvais te répondre, soupira Andrew.

De ses mains, il couvrit les siennes sur le gouvernail, un contact qui enflamma tous les sens de Marnie. Sous la plante de ses pieds nus, les planches du pont étaient brûlantes. L'odeur musquée des voiles gorgées d'humidité lui piquait les narines.

Andrew plaqua son torse contre ses omoplates. Elle se laissa aller contre lui. Son souffle tremblait.

— Je sais ce que nous allons devenir, chuchota-t-il dans ses cheveux.

— Quoi ? fit-elle en renversant la tête vers lui.

Il se pencha au-dessus d'elle et l'embrassa longuement.

Le bateau se mit à tanguer. Il passa un bras autour de sa taille pour tenir le gouvernail et stabiliser le bateau. Puis, de nouveau, il l'embrassa en la serrant fort contre lui.

L'avant du yacht se souleva. Leurs lèvres se séparèrent. Marnie chercha avidement la bouche d'Andrew.

— Rien ne nous éloignera plus jamais, déclara-t-il en plongeant son regard dans le sien. Viens…

Et il l'entraîna dans l'escalier menant à la cabine.

— Qui va diriger le bateau ? s'inquiéta Marnie.

— Ne t'en fais pas, je l'ai mis en pilote automatique.

Lorsque Marnie ouvrit les yeux, lovée contre Andrew, le soleil déclinait.

— On remonte ? suggéra-t-elle.

— Oh, non, pas tout de suite…, grogna-t-il en faisant courir ses doigts sur son corps.

— Tu n'avais pas réservé une table dans un restaurant de San Diego ? lui demanda Marnie, bien qu'elle se sentît de nouveau gagnée par le désir.

— Tant pis…

Ils firent de nouveau l'amour dans la pénombre. Marnie n'avait jamais été aussi heureuse.

A 2 heures du matin, une corne de brume les tira du sommeil. Quelqu'un criait dans un porte-voix.

— Reste ici, chuchota Andrew en se levant vivement. Ce sont les gardes-côtes.

# 34.

Tony Bogart consulta sa boîte vocale. Il avait un message d'Andrew Villard, qu'il écouta avec un sourire qui s'élargissait de seconde en seconde. Villard était en détention préventive, inculpé de meurtre et de tentative d'escroquerie. Il voulait parler à quelqu'un, à lui, Tony, en l'occurrence. N'étant pas marié à Marnie Hazelton, il pouvait déposer contre elle, et, au son de sa voix, il semblait prêt à n'importe quel compromis pour sauver sa peau.

Tony sirota une gorgée de son café frappé. Garé devant un Starbucks, la capote de sa Corvette ouverte, il jubilait. Enfin, ce salaud de Villard se mettait à genoux devant lui.

Il alluma l'autoradio. Des notes de saxo s'échappèrent des baffles. Mais, exceptionnellement, le jazz ne lui était aujourd'hui d'aucun réconfort. Marnie Hazelton allait être jugée pour le meurtre de son frère. Mais Alison demeurait introuvable. Butch ne serait pas vengé et Tony ne pourrait pas faire son deuil tant qu'il n'aurait pas vu de ses yeux le corps rongé par les crabes de celle qu'il accusait de tous les maux.

*
* *

La nuit était tombée et un épais brouillard planait sur la côte de Mirage Bay, au travers duquel une silhouette se dirigeait à l'instinct. Sales et emmêlés, ses cheveux blonds collaient à son visage défiguré par les tissus cicatriciels. On aurait dit une vagabonde, mais elle savait exactement où elle allait. Grâce à elle, le glas sonnerait ce soir pour celui qui, par jalousie et cupidité, avait semé la mort autour de lui.

Dans la brume, la maison perchée sur les falaises se découpait telle une citadelle imprenable. Ses jambes se dérobaient sous elle, mais elle, gravit la pente sans s'arrêter, guidée par les lumières qui brillaient aux fenêtres. Le petit objet métallique qu'elle serrait au creux de sa main s'enfonçait douloureusement dans la chair de sa paume. La clé de la maison du malheur. En la glissant dans la serrure, elle s'annoncerait à haute et intelligible voix. La femme au cœur de glace qui régnait en maîtresse absolue sur les sujets de son palais aux sols de marbre pousserait un cri d'horreur en la voyant.

Bret regardait une vidéo porno, lorsque la porte de sa chambre s'ouvrit en grinçant.

— Qui est là ? bougonna-t-il sans détourner les yeux de son ordinateur.

— Suurpriise, répondit une voix d'outre-tombe.

Il pivota sur son fauteuil. Un zombie se tenait sur le seuil de la pièce, une femme échevelée, en haillons, qui souriait de toutes ses dents gâtées. Des cicatrices dépigmentées déformaient son visage, des gerçures sanglantes craquelaient ses lèvres. Qui que ce fût, elle était grimée avec art.

— C'est Halloween ? lança-t-il avec un petit rire nerveux. Bravo, vous avez du talent. On jurerait le fantôme de ma sœur.

— Ce n'est pas un déguisement. Ton plan a échoué, cher petit frère. Il était brillant, mais tu aurais dû savoir que je serai toujours plus forte que toi.

— Qui êtes-vous ? répliqua Bret.

La soi-disant revenante glissa une main sous ses vêtements en lambeaux. Des effluves pestilentiels soulevèrent le cœur de Bret, et il fut pris de sueurs froides à la vue d'une arme automatique.

— Tu ne me demandes pas où j'étais, pendant tout ce temps ? C'est pourtant ce que l'on attendrait de la part d'un frère dont la sœur a disparu depuis six mois.

— Ma sœur est morte. Fichez le camp d'ici ou j'appelle la police.

Un rire sardonique s'échappa des lèvres de la créature à l'allure de morte-vivante.

— Demande-moi où j'étais ! cria-t-elle d'une voix perçante.

— Où étais-tu… ? bredouilla Bret, désemparé.

— J'attendais le moment opportun pour revenir, répondit-elle en levant son revolver. J'ai bien choisi, n'est-ce pas ? Je me suis débarrassée d'Andrew et de sa petite garce. Il ne reste plus que toi et moi, maintenant.

Peu importe qui était cette cinglée, il fallait jouer son jeu, songea Bret.

— Où est Julia ? demanda-t-il. Où est maman ?

— En bas, en train de se soûler la gueule. Elle est au courant de notre manigance, Bret.

— Quelle manigance ? rétorqua-t-il. Nous avons tellement comploté, tous les deux, n'est-ce pas, frangine ?

Les yeux de la démente jetèrent des éclairs.

— Ne fais pas l'innocent, ça ne te servira plus à rien. Elle sait que nous avons tenté de me faire passer pour morte afin de nous partager mon héritage.

Bret réprima un tremblement. Sa sœur et lui avaient en effet élaboré un stratagème diabolique dans l'objectif de toucher la fortune qui échappait à Alison en raison de la stupide clause de moralité que leur grand-mère avait couchée dans son testament. Mais seule Alison était dans le secret. Et Alison avait péri noyée en mer.

— Ça ne tient pas debout, répliqua-t-il d'une voix qui se voulait assurée. Ma grand-mère a pris des dispositions testamentaires pour que son argent se transmette de femme en femme, de femme vertueuse en femme vertueuse, qui plus est. En aucun cas, son magot ne peut me revenir.

— Ne joue pas au plus malin avec moi, Bret. Tu sais comme moi qu'une clause du testament de grand-mère prévoit qu'au cas où je décéderais avant d'avoir touché mon héritage, c'est à toi qu'il reviendrait, si je n'avais pas eu de fille avant de mourir. Maman s'est bien gardée de t'en parler, alors qu'elle me croyait morte, mais pourquoi nous serions-nous donné tant de mal, hein ?

D'où cette femme tenait-elle tous ces renseignements ? s'interrogeait Bret.

— Notre plan aurait pu fonctionner, poursuivit-elle en agitant son arme, si ta cupidité ne t'avait pas poussé à tout ficher en l'air. Tu ne veux pas croire que je suis vivante, c'est ça, hein ? Que veux-tu que je te donne comme preuve que c'est bien moi qui te parle ? Le code du coffre de maman ? Le code grâce auquel j'ai pu mettre la main sur ce fichu testament ?

Lorsqu'elle récita la combinaison chiffrée, une terreur indicible s'empara de Bret. Il réprima un haut-le-cœur, porta une main devant sa bouche, mais tout son corps fut secoué d'un spasme et il ne put se retenir de vomir à ses pieds.

— Vous n'êtes pas Alison, balbutia-t-il en s'essuyant la bouche du revers de sa manche. Je l'ai vue se noyer. J'ai vu le courant l'emporter. Elle est morte.

Il régnait à présent dans la pièce une puanteur suffocante. Bret n'avait jamais pu supporter l'odeur du vomi.

Qui, diable, était cette femme ? Une complice de Julia ? D'où avait-elle tiré tout ce qu'elle savait ? Et pourquoi, si elle était si bien renseignée, voulait-elle lui faire payer, à lui, une machination entièrement orchestrée par Alison ? Car n'était-ce pas Alison qui avait eu cette idée machiavélique ? N'était-ce pas Alison qui pensait pouvoir sortir indemne d'un plongeon dans l'océan démonté ?

C'était elle qui avait tout préparé. Cet après-midi du 2 février, elle avait scié le bastingage du *Bladerunner* et escamoté tous les gilets de sauvetage du yacht, sauf un, qu'elle avait soigneusement dissimulé.

Elle avait tout prévu. Bret l'attendrait dans un canot, à l'abri des rochers, là où les courants étaient toujours moins forts, et il lui jetterait une corde. Elle était bonne nageuse, elle n'avait pas peur de quelques vagues. Et elle était rusée, aussi, mais elle était naïve… Pourquoi Bret aurait-il partagé un gâteau qu'il pouvait croquer à lui seul ?

— Maman sait tout, reprit la femme grimée. Je lui ai tout raconté. Elle sait que c'est toi qui as souscrit une assurance sur ma vie au bénéfice d'Andrew, de façon à ce que tout le monde pense qu'il m'avait poussée.

— C'est insensé, murmura Bret. Pourquoi lui aurais-tu tout avoué ?

— Pour qu'elle comprenne pourquoi il fallait que je te tue.

De dessous ses loques crasseuses, elle sortit un silencieux et le fixa sur son revolver.

— Ne fais pas ça, souffla Bret. Il y a des témoins, en bas. Elle sait que tu es là !

— Oublies-tu combien maman tient à moi ? Jamais elle ne me dénoncera, quoi que je fasse. De toute façon, elle ne t'a jamais aimé. Et elle te déteste encore plus, maintenant qu'elle sait que tu m'as lâchement abandonnée en pleine tempête.

— Que veux-tu de moi ? articula Bret faiblement.

— Je vais te donner le choix : soit tu avoues, soit je te fais péter la cervelle dans la minute qui suit.

— La cour ne tiendra pas compte d'aveux arrachés sous la menace, tenta de se défendre Bret.

— Tu n'iras pas devant la cour, petit malin. Tu mourras avant. Il n'y a que moi qui veuille entendre ta confession.

A ces mots, elle leva son revolver et appuya sur la détente. L'écran du moniteur vola en éclats. Bret s'affaissa au sol en gémissant et en se couvrant la tête. Elle rechargea son arme et pulvérisa l'unité centrale de l'ordinateur.

— Parle ! hurla-t-elle. Ou je te tire dessus, cette fois !

Terrorisé, Bret se recroquevilla sous le bureau.

— Que veux-tu savoir ? pleurnicha-t-il.

Avouer n'importe quoi. Il n'avait pas le choix. Au moins, il gagnerait du temps.

— Dis que tu m'as trahie parce que tu voulais le fric pour toi tout seul.

— C'est vrai, acquiesça-t-il. Je ne pensais pas que tu t'en tirerais.

En rampant sur le plancher, il s'approcha d'un paquet de photos, des photos d'Alison tombées de son bureau lorsqu'elle avait fait feu. Elles étaient presque à portée de main. En feignant un grognement de douleur et en se tenant la jambe, il se traîna un peu plus près…

— J'ai envoyé à Andrew un journal dont ta disparition faisait la une, avec des menaces anonymes destinées à l'inciter à te ramener à Mirage Bay. J'ai également laissé des messages anonymes à Tony Bogart pour lui faire croire que tu avais tué Marnie Hazelton. Ils ont réagi tous les deux au quart de tour. Tout marchait comme sur des roulettes. Jusqu'à ce que LaDonna m'apprenne que celle que je prenais pour toi était en réalité Marnie.

— Pourquoi t'en être pris à elle ?

— Pour la démasquer, prouver qu'elle n'était pas toi, me débarrasser d'elle pour toucher enfin ce maudit héritage. Une fois qu'elle était hors jeu, il ne me restait plus qu'à me débrouiller pour qu'Andrew soit accusé de ton meurtre.

Bret étouffa un rire nerveux.

— Tous les jurés auraient été convaincus de sa culpabilité, poursuivit-il. Faire passer sa poule pour sa femme… N'était-ce pas la preuve qu'il en voulait à ta fortune ?

— Et maintenant, Marnie est en prison et LaDonna est morte.

Oui, il avait tué LaDonna… Lorsque celle-ci lui avait dit qu'Alison n'était pas Alison mais Marnie, une idée avait germé dans son esprit. Pour se débarrasser de celle qui avait pris la place de sa sœur, il allait l'envoyer derrière les barreaux. Marnie n'avait-elle pas de bonnes raisons d'éliminer celle qui avait découvert sa véritable identité ?

De toute façon, LaDonna était devenue insupportable. Jalouse, possessive à l'excès, elle avait eu le culot, pour surveiller celui dont elle s'était amourachée, de s'infiltrer à Sea Clouds le soir de la réception en l'honneur d'Alison et d'Andrew. Coincée au dernier étage de la villa, elle avait dû faire diversion, pour s'échapper discrètement, en poussant un pot de fleurs sur Marnie, qu'elle prenait bien sûr pour Alison. Certes, elle ne méritait pas la mort pour autant. Ce n'était qu'une victime collatérale…

En fouillant dans la chambre d'amis, Bret avait trouvé des somnifères et un petit pistolet dans le tiroir de la table de chevet de Marnie. Son plan se goupillait à merveille. Le soir du match des Padres, il avait utilisé les petites pilules bleues pour droguer sa mère et Marnie, et il avait enregistré la seconde partie du match pendant qu'il se rendait sur les falaises, déguisé en sa sœur. Bogart lui avait fichu une sacrée trouille, mais il avait été plus rapide que lui, tout agent du FBI qu'il était. Jusqu'à ce soir, la chance lui avait souri de bout en bout.

En se tenant la cuisse, il se rapprocha encore des photos. Pour rien au monde, il n'avouerait le meurtre de LaDonna, mais pourquoi ne pas révéler un autre de ses péchés moins graves ? Gagner du temps. Avec un peu de chance, il parviendrait peut-être à s'emparer de l'arme de la folle qui le menaçait.

— Pendant des années, j'ai planqué un Caméscope dans ta chambre, dit-il. Et j'ai créé un site Web entièrement consacré à toi. Tu es une star, Alison. Des millions d'hommes se branlent en te regardant te masturber.

— Merci, Bret ! C'est la meilleure chose que tu aies jamais faite de ta vie !

Au rire démoniaque qui résonna à travers la pièce, Bret prit conscience que cette femme défigurée ne pouvait être personne d'autre que sa sœur. Il n'y avait qu'Alison pour se réjouir à l'idée d'être l'objet des fantasmes de milliers de pervers.

En lui jetant les photos à la figure, il bondit sur ses

pieds et se précipita sur elle. Dans la lutte, un coup de feu retentit.

Il s'effondra sur le parquet, le crâne en feu. Il avait l'impression que sa cervelle se liquéfiait mais il était encore conscient. Incapable toutefois du moindre mouvement, il leva le regard vers elle. Elle avait raison, elle était trop forte pour lui. Mais elle ne perdait rien pour attendre : il aurait sa revanche dans l'autre monde.

Telle fut sa dernière pensée avant qu'un voile noir ne s'abatte devant ses yeux.

Deux hommes de la SWAT firent irruption par les portes-fenêtres de la terrasse, tandis que Tony Bogart apparaissait sur le seuil de la pièce, talonné par Andrew.

— Il est mort, constata l'un des deux coéquipiers de la brigade d'intervention spéciale en s'agenouillant auprès de Bret. Notre tireur l'a eu.

Alison se laissa tomber à genoux dans la mare de sang qui s'élargissait autour de son frère. Andrew l'aida à se relever et la força à se détourner de ce sinistre spectacle.

Marnie venait de jouer sa dernière scène avec brio, grimée en Alison revenue de l'au-delà, une idée d'Andrew, mise à exécution avec la complicité de Tony Bogart dans le dessein de démasquer le véritable assassin : Bret.

Dans le coffre de Julia, Andrew avait également trouvé le testament d'Eleanor Driscoll. En partant au Mexique, il pensait que Bret, son suspect numéro un, mordrait à l'hameçon et viendrait identifier la dépouille de sa sœur noyée… Mais le meurtre de LaDonna l'avait contraint à revenir à Mirage Bay avant que son piège ne se referme sur quiconque.

Le frère d'Alison n'ayant selon lui aucun motif de tuer LaDonna, il avait abandonné cette piste. L'assassin de l'amie de Marnie avait clairement pour objectif d'envoyer Alison sous les verrous. Or, pour que Bret hérite de la fortune de sa grand-mère, il fallait qu'Alison soit morte, et non pas en prison pour le restant de ses jours. Ce qu'Andrew ignorait, c'est que LaDonna avait révélé à Bret l'imposture de Marnie. LaDonna, qui toute sa vie avait accumulé les erreurs avec les hommes, avait cette fois commis un impair qui lui avait été fatal.

Avec une tristesse infinie, Marnie détourna le regard, lorsque des ambulanciers emmenèrent le corps de son demi-frère sur un brancard.

Elle qui pendant des années avait rêvé qu'une bonne fée la transforme en la belle et riche Alison Fairmont, jamais elle n'avait été plus heureuse qu'aujourd'hui d'être Marnie Hazelton.

Mais quelles épreuves avait-elle dû traverser, songea-t-elle amèrement, pour dresser enfin le constat que rien ne lui était plus cher que la vie simple et modeste qu'elle avait menée avec sa grand-mère ? Etre soi-même, voilà ce qui comptait. Voilà ce qu'elle apprendrait à ses enfants, si un jour elle en avait.

En regardant la flaque de sang que Bret avait laissée sur le sol, elle éprouva soudain pour lui de la pitié. Il avait grandi dans le luxe, mais il n'avait jamais connu l'affection maternelle. Et, manifestement, personne ne lui avait jamais cité le vieux proverbe que Gramma Jo aimait tant à répéter : « Quoi que tu jettes à la mer, tes ordures, tes prières ou tes chagrins, la mer se souvient… »

# 35.

— Hospitalisez-moi, réclama Julia en triturant sa bague d'émeraudes et de diamants. Je veux faire une cure de sommeil d'au moins un mois.

Calé dans un fauteuil à haut dossier, le psychiatre recommandé par une amie hocha lentement la tête en caressant sa barbichette grisonnante, ce qu'il faisait systématiquement, chaque fois que Julia disait quelque chose.

— Vous traversez une passe difficile, répondit-il d'une voix apaisante. Votre fils est décédé dans des circonstances traumatisantes, votre fille a disparu, et un enfant né hors du mariage, aujourd'hui adulte, vient de refaire surface.

Julia avait sur la poitrine un poids qui menaçait de l'étouffer. La veille, elle s'était enfermée dans le salon télé et avait regardé seule le match des Padres. Assise dans le fauteuil préféré de Bret, elle avait bu une bière à même la cannette et pleuré pendant toute la durée du match, en se demandant comment elle avait pu en arriver à rompre tout dialogue avec son fils.

De la poche de son chemisier, elle sortit un mouchoir de fine dentelle irlandaise et se tamponna délicatement les yeux. Le médecin attendit patiemment qu'elle reprenne sa contenance. Au moins, il semblait comprendre combien elle souffrait.

— Avez-vous encore quelque chose à me dire ? demanda-t-il.

Elle réfléchit un instant. Son cerveau lui paraissait engourdi par la douleur.

— Oui, dit-elle enfin. Je voudrais vous parler de mon ancienne assistante, Rebecca. J'ai appris qu'elle avait signé un contrat avec un éditeur. Elle va écrire un livre sur toutes les familles en vue pour lesquelles elle a travaillé, dont les Fairmont, bien sûr.

Julia roula rageusement son mouchoir en boule et le fourra dans sa poche.

— Cette petite garce avait placé des micros dans toute la maison, ajouta-t-elle. Je la traînerai devant les tribunaux.

Bien que consciente que la colère possédait des vertus libératrices, comme le thérapeute le lui avait fait remarquer un peu plus tôt, elle inspira profondément afin de se calmer et s'efforça de penser aux points qu'elle avait pu omettre.

Le psychiatre savait déjà tout : à propos d'Alison et d'Andrew, de Marnie, de Bret… Il avait été extrêmement difficile pour Julia d'admettre que son fils était un assassin, mais le plus dur avait été de confesser la liaison clandestine qu'elle avait eue vingt-deux ans plus tôt avec un voyageur de commerce.

Néanmoins, elle s'était fait violence et avait relaté cet épisode malheureux de sa vie avec toute l'honnêteté dont elle était capable. Lorsque sa mère avait eu vent de son aventure extraconjugale, elle l'avait dénoncée auprès de son mari. D'un commun accord, Eleanor et Grant avaient décidé de surprendre Julia en flagrant délit d'adultère. Devant Julia, Grant avait proposé une forte somme à son amant, le forçant à choisir entre l'argent et sa maîtresse. L'amant avait empoché sans hésiter la liasse de billets, et Julia avait pris conscience qu'aux yeux de son amant comme de son époux elle ne valait pas plus qu'une poignée de dollars.

Elle n'avait jamais pardonné cet affront à Grant. A son décès, elle n'avait pas versé une seule larme, persuadée que la tristesse lui était désormais et à jamais un sentiment étranger. Elle se trompait.

— Qu'éprouvez-vous à l'égard de Marnie ? lui demanda le psychiatre. Revenons-en au moment où vous avez pris la décision de la confier aux bons soins de Josephine Hazelton.

— De la culpabilité, bien sûr. J'ai toujours été rongée par le remords. Je ne supporte pas d'entendre un bébé pleurer ni de voir un feu de cheminée. Les flammes me rappellent que je mourrai en enfer pour avoir abandonné mon enfant.

Elle se tut un instant, surprise elle-même d'extérioriser des souvenirs refoulés depuis plus de vingt ans.

— Je l'ai appelée Marnie, dit-elle, en référence au film de Hitchcock, *Pas de printemps pour Marnie.* J'aimais beaucoup la sonorité de ce prénom. Pour des raisons évidentes, je ne pouvais pas assumer cette enfant, mais je ne l'ai pas reniée parce que j'avais honte d'elle. C'est de moi que j'avais honte, je me faisais horreur. Chaque fois que je l'apercevais, chaque fois que je pensais à elle, mon cœur saignait douloureusement.

— Quelles relations allez-vous maintenant entretenir avec elle ?

— A mon avis, elle ne veut avoir aucun contact avec moi.

— Et vous, que désirez-vous ?

— Je ne sais pas vraiment… De toute façon, comment pourrait-elle me pardonner ? Comment pourrais-je me justifier ? Il n'y a pas de plus mauvaise mère que moi.

Julia fit tourner sa bague de fiançailles autour de son majeur. Pourquoi ne l'avait-elle jamais enlevée ? s'interrogea-t-elle soudain.

— Vous allez m'hospitaliser ? demanda-t-elle.

Des larmes roulèrent sur ses joues. Elle baissa la tête et leur laissa libre cours. Le médecin garda le silence, et, quand elle releva les yeux, elle lut de la compassion dans son regard.

— Excusez-moi, bredouilla-t-elle.

— Ne vous excusez pas, il n'y a pas de quoi, répondit-il. Madame Fairmont, pouvez-vous me dire, d'après vous, pour quelles raisons vous êtes devenue une si mauvaise mère ?

Elle ressortit son mouchoir de sa poche et se sécha les yeux.

— Je ne sais pas… Peut-être à cause de ma propre mère.

— Tout à fait, approuva-t-il. C'est votre mère qui a fait de vous ce que vous êtes devenue.

— Elle était pourtant mon modèle, murmura Julia.

— A tort. Votre mère ne s'est jamais souciée de vous ni de personne. Ce n'est que pour elle, pour flatter son ego, qu'elle s'efforçait de faire le bien à tout prix. Ses jugements de valeur n'étaient qu'une manière de rabaisser les autres, y compris vous, sa propre fille. Elle prétendait vouloir rendre le monde meilleur, mais elle-même n'était pas capable de s'occuper correctement de sa fille, tellement elle était absorbée par la contemplation de sa propre image.

Le psychiatre se redressa dans son fauteuil et se pencha vers Julia, comme pour s'assurer qu'elle ne perdrait aucune de ses paroles.

— Votre mère n'a jamais eu un brin d'humanité, et le drame, c'est qu'elle n'en avait absolument pas conscience. Vous êtes beaucoup plus humaine qu'elle, Julia.

Bien que choquée par les propos du médecin, elle y puisait un énorme réconfort.

— Pourquoi suis-je obsédée par mon apparence ? demanda-t-elle. Je passe mon temps à m'épiler… N'est-ce pas pathologique ?

— C'est une manière d'essayer d'être à la hauteur des attentes de votre mère. Vous visez la perfection physique, parce que vous savez que vous n'atteindrez jamais l'intégrité morale qu'elle avait érigée en critère absolu. Je ne fais que spéculer, bien sûr, et vous aiguiller sur des pistes de réflexion que vous explorerez vous-même plus tard.

Julia hocha la tête. Elle ne regrettait pas cette entrevue. Ce psychiatre lui avait ouvert les yeux, et il avait mis des mots sur ce qu'elle n'était jamais parvenue à analyser, encore moins à formuler.

— Pouvons-nous nous fixer un prochain rendez-vous ? suggéra-t-il poliment.

— Ce ne sera pas nécessaire, dit-elle. Je vous remercie, docteur, pour l'aide que vous m'avez apportée. Ne le prenez pas mal, mais je crois que je sais maintenant ce que j'ai à faire.

— Qu'allez-vous faire, madame Fairmont ?

En souriant, elle ramassa son sac à main.

— Vous n'approuveriez pas, répondit-elle.

Tony Bogart se gara à bonne distance de la maison de son père. Inutile que le vieux voie sa Stingray rouge flambant neuve ou il aurait encore droit à l'un de ses interminables sermons — « Où as-tu trouvé le fric pour te payer une bagnole à ce prix ? » etc., etc. — et Tony était las de ces épuisants affrontements.

S'il avait recherché la nouvelle adresse de son père, ce n'était que pour l'informer que le meurtre de Butch avait enfin été élucidé. Justice n'avait pas été rendue, malheureusement. Marnie avait avoué, mais comme elle avait joué un rôle clé dans l'arrestation de Bret, la cour avait été clémente envers elle.

Situé dans une banlieue populaire de San Diego, le pavillon de un étage ne semblait guère entretenu. Tony poussa le portillon du jardin et frappa à la porte d'entrée.

— Qu'est-ce que c'est ? bougonna une voix éraillée.

— C'est moi, papa, Tony. Je voudrais te parler.

— Entre, c'est ouvert.

Tony pénétra dans un salon meublé spartiatement. Son père était assis dans un fauteuil inclinable, en face d'un vieux poste de télévision à antenne. A côté de lui, une bouteille de bière vide, un téléphone sans fil et une télécommande reposaient sur une petite table bancale.

— Comment vas-tu ? lança Tony d'une voix empruntée. Ça faisait un bout de temps qu'on ne s'était pas vus.

Le vieil homme se contenta de hausser une épaule. Il n'avait pas changé. Toujours la même indifférence désabusée.

— L'assassin de Butch est passé aux aveux, déclara Tony. C'est une jeune femme de Mirage Bay, Marnie Hazelton.

— Je sais.

— Tu savais qu'elle avait avoué ?

— Je savais que c'était Marnie Hazelton.

Tony hocha la tête.

— Elle a dû passer à la télé, j'imagine. Tu te rends compte, elle va s'en tirer avec une tape sur les doigts. Alors qu'elle l'a tué de dix-sept coups de fourche. *Dix-sept.* Ce n'est pas de la légitime défense, ce n'est pas possible, c'est autre chose.

— Autre chose, ouais…, marmonna Vern Bogart. De la rage, de la haine… Sûrement beaucoup plus que cette fille n'en a dans le cœur.

— Tu la connaissais ? demanda Tony en scrutant le visage de son père.

— Pas vraiment, non, mais je sais qu'elle ne lui a pas donné dix-sept coups de fourche. C'est moi qui ai fait ça.

Tony eut un mouvement de recul. Les jambes flageolantes, il s'appuya contre le mur.

— Que dis-tu, papa ? bredouilla-t-il. Butch était ton fils, tu l'aimais.

Le vieil homme croisa les bras sur sa poitrine et baissa les yeux sur ses pantoufles élimées.

— Je n'ai jamais dit que je ne l'aimais pas, murmura-t-il.

Tony avait la gorge nouée.

— Pourquoi ? articula-t-il d'une voix à peine audible.

— Un jour, j'ai reçu un coup de fil d'un des amis de Butch, commença son père lentement. Ce jeune gars était inquiet. Il pensait que Butch allait finir par s'attirer des ennuis. D'après lui, ton frère était obsédé par une fille, qu'il suivait, qu'il harcelait sans relâche.

— Marnie ?

— Oui. Sur le coup, je n'ai pas voulu croire ce type. Comme tout le monde, je connaissais cette Marnie Hazelton de vue, la fille au bec-de-lièvre. J'ai dit au copain de Butch qu'il était impossible que mon fils s'intéresse à une laideronne pareille. Et que, si jamais il la coinçait derrière les fagots, il ne ferait que lui rendre service.

Le vieil homme exhala bruyamment un soupir.

— Butch m'a entendu et on a bien rigolé, tous les deux, poursuivit-il. Mais on plaisantait, seulement. Je ne pensais pas qu'il me prendrait au pied de la lettre.

Tony s'assit par terre contre le mur, abasourdi, ne sachant que dire. S'il comprenait bien, son père avait incité son frère à violer Marnie. Le bip des touches du téléphone lui fit lever les yeux. Son père avait l'appareil en main.

— Que fais-tu ? lui demanda-t-il.

— J'appelle les flics. Butch était vivant quand je l'ai trouvé derrière chez la vieille Hazelton. La fille gisait dans l'eau, inconsciente, et il essayait de l'achever à coups de fourche. Il avait un regard de bête sauvage, il lui vociférait les pires insultes, il blasphémait contre votre propre mère… Je lui ai arraché la fourche des mains et je l'ai assommé.

La voix du vieil homme était de plus en plus faible.

— Ça ne l'a pas arrêté, continua-t-il néanmoins. Rien n'aurait pu l'arrêter. Il a fallu que je le tue pour qu'il se taise.

— Tu l'as tué pour le faire taire ? s'écria Tony. Mais qu'est-ce qu'il disait, bon sang ?

— Que c'était moi qui lui avais dit de tuer cette pauvre fille pour mettre fin à ses misères. Que c'était moi qui lui avais dit de faire ça. J'ai été obligé de le faire taire. J'ai été obligé de l'arrêter.

Tony ne parvenait pas à imaginer un père, *son* père, s'acharnant sur son propre fils à coups de fourche.

— Qu'est-il arrivé à Marnie ? demanda-t-il, incrédule.

— A un moment donné, je me suis aperçu qu'elle avait disparu. Elle avait dû reprendre connaissance et s'enfuir. Je me suis douté qu'elle était partie vers les falaises. Effectivement, c'est là que je l'ai retrouvée.

Vern Bogart ferma les yeux.

— Mais je suis arrivé trop tard, ajouta-t-il.

— Elle avait déjà sauté ?

— Elle n'a pas sauté. La roche s'est effritée sous ses pieds. Je n'ai rien pu faire.

En silence, Tony écouta son père se livrer à la police. Son vieux venait de lui assener un choc dont il ne se remettrait jamais. Son père était encore plus dingue que son frère. Tony était issu d'une famille de psychopathes. Et sans doute portait-il, lui aussi, en lui les gènes de la folie. Un cinglé comme lui n'avait pas sa place au sein d'une institution comme le FBI, songea-t-il amèrement. Comment aurait-il pu protéger ses concitoyens, alors qu'il présentait tous les signes d'un grave déséquilibre psychique ? Sa passion pour les armes à feu, son agressivité à fleur de peau, ce désir compulsif de vengeance sur Alison…

Lentement, il se redressa et alla se poster devant la fenêtre. La cavalerie allait arriver d'une minute à l'autre. On emmènerait son père, on entendrait ses aveux et on le jetterait dans une cellule. Sa vie était finie.

Quant à son propre avenir, Tony ne voyait pas de quoi il serait fait. Quitter le FBI s'imposait, mais pour aller où ? Sa vie à lui aussi était fichue. Pourquoi son père avait-il mis des enfants au monde ? Pour leur offrir quoi ?

En entendant les sirènes se rapprocher, son cœur se serra douloureusement et, soudain, il sut ce qu'il allait faire de sa vie : la consacrer à des enfants défavorisés, des enfants qui n'avaient pas de parents pour leur montrer le droit chemin.

— Tout n'est peut-être pas perdu, mon grand…, se murmura-t-il à lui-même.

Julia se sentait terriblement sexy dans sa robe rose moulante, et elle était très fière de ce qu'elle s'apprêtait à faire. Jack Furlinghetti allait arriver d'un instant à l'autre. Cette fois, elle lui avait donné rendez-vous chez elle, à Sea Clouds. Excitée par la perspective de cette rencontre, elle serra dans sa main le petit flacon de médicaments, normalement délivré uniquement sur ordonnance.

Son pouls s'accéléra lorsqu'elle entendit les pas de Furlinghetti dans l'escalier. Elle avait laissé les grilles et la porte de la maison ouvertes, en lui disant de monter la rejoindre dans sa chambre.

— Jack, te voilà enfin ! ronronna-t-elle lorsqu'il apparut sur le seuil de la pièce, vêtu d'un pardessus si long qu'il traînait presque par terre.

Il laissa courir un regard de prédateur sur son corps.

— Tu es superbe, Julia.

— Toi aussi, Jack. Très beau manteau, le flatta-t-elle en devinant qu'il ne portait rien dessous.

— Je vais te faire connaître le nirvana, aujourd'hui, ma chérie, dit-il d'une voix suave.

— Jack, tu es un tel charmeur… Mais ça ne pourrait pas attendre que tu m'aies d'abord cédé la gestion du fonds ?

Le sourire de Jack s'effaça comme sous un coup d'éponge et une lueur mauvaise s'alluma dans son regard.

— Je ne crois pas, non, Julia.

Elle agita le flacon de médicaments sous son nez.

— Eh bien, moi, je crois que si, répliqua-t-elle.

— Du chantage ? fit-il avec un petit rire. Tu veux me faire chanter, moi ?

— Loin de moi cette idée, répliqua-t-elle. Je veux juste m'assurer que tu vas enfin me céder le contrôle de l'argent de ma mère.

— Poursuis-moi en justice, c'est moi qui gagnerai.

— Contre moi, sans doute, mais pas contre Marnie. N'oublie pas qu'elle est ma fille, mon dernier enfant vivant. C'est à elle que revient la succession, en toute légalité.

Des gouttelettes de sueur se formèrent aux tempes du jeune notaire aux dents longues.

— Certes, mais elle a tué, si je ne m'abuse, protesta-t-il.

— Figure-toi qu'il se trouve que non. C'est le père Bogart qui a tué son propre fils. Je viens de le lire dans le journal de ce matin. Tragique histoire.

De nouveau, elle agita la fiole de comprimés.

— Ces petites pilules rouges sont pour moi l'assurance que l'ardoise de Marnie restera propre. Elle est innocente, totalement blanche, tu comprends ? Et si tu n'en es pas convaincu, j'ai sur mon téléphone portable quelques photos de toi hautement compromettantes. Je suis sûre que tes associés te trouveront craquant dans ta combinaison de cuir noir.

Le visage de Jack se décomposa. Elle regarda son long manteau et lui adressa un clin d'œil.

— Tu aurais dû mettre une chemise, Jack, railla-t-elle. Celle que tu vas bientôt perdre.

# Épilogue

Trois mois plus tard, un groupe d'étudiants en biologie marine découvrit un squelette au large des Channel Islands. La même semaine, le coroner de San Diego identifiait le corps d'Alison Fairmont Villard, décédée par noyade.

La même semaine encore, un test de grossesse confirma que Marnie attendait un enfant. Andrew et elle étaient de retour à Long Island. Une nouvelle vie commençait pour eux. Le mariage fut programmé pour le mois de décembre.

Julia décréta que, ne voulant pas gâcher la fête, elle n'y assisterait pas, mais elle écrivit à Marnie que les cinquante millions de dollars de sa grand-mère Eleanor Driscoll seraient bientôt virés sur son compte.

Josephine Hazelton, en revanche, accepta avec joie de conduire sa fille adoptive à l'autel.

*Ce roman est dédié à ma mère, qui a rendu son dernier souffle le 2 février 2006, et qui, malgré les difficultés de la maladie, a su rester digne, témoigner de la compassion envers autrui, garder intact son sens de l'humour et faire preuve jusqu'au bout d'une grâce extraordinaire. Qu'elle repose en paix !*

*Edith Mary Stephenson-Bolster, 1916-2006*

**DANS LA MÊME COLLECTION**

*Par ordre alphabétique d'auteur*

| | |
|---|---|
| BEVERLY BARTON | *Dans l'ombre de l'assassin* |
| OLGA BICOS | *Nuit d'orage* |
| OLGA BICOS | *La mort dans le miroir* |
| LAURIE BRETON | *Ne vois-tu pas la mort venir ?* |
| BARBARA BRETTON | *Le lien brisé* |
| JAN COFFEY | *La dernière victime* |
| JASMINE CRESSWELL | *La Manipulatrice* |
| JASMINE CRESSWELL | *Le secret brisé* |
| JASMINE CRESSWELL | *La mort pour héritage* |
| JASMINE CRESSWELL | *Soupçons mortels* |
| JASMINE CRESSWELL | *Je saurai te retrouver* |
| CAMERON CRUISE | *La perle de sang* |
| MARGOT DALTON | *Amnésie* |
| MARGOT DALTON | *Kidnapping* |
| MARGOT DALTON | *Le sceau du mal* |
| MARGOT DALTON | *Crimes inavoués* |
| WINSLOW ELIOT | *L'innocence du mal* |
| LYNN ERICKSON | *Le Prédateur* |
| SUZANNE FORSTER | *Le cercle secret* |
| SUZANNE FORSTER | *Secrets* |
| TESS GERRITSEN | *Présumée coupable* |
| TESS GERRITSEN | *Crimes masqués* |
| TESS GERRITSEN | *Ne m'oublie pas* |
| HEATHER GRAHAM | *L'invitation* |
| HEATHER GRAHAM | *L'ennemi sans visage* |
| HEATHER GRAHAM | *Le complot* |
| HEATHER GRAHAM | *Soupçons* |
| HEATHER GRAHAM | *La griffe de l'assassin* |
| HEATHER GRAHAM | *Prémonition* |
| HEATHER GRAHAM | *L'ombre de la mort* |
| HEATHER GRAHAM | *Danse avec la mort* |
| HEATHER GRAHAM | *Noires visions* |
| HEATHER GRAHAM | *Nuits blanches* |
| HEATHER GRAHAM | *Apparences* |
| HEATHER GRAHAM | *La crypte mystérieuse* |
| GINNA GRAY | *Le voile du secret* |
| GINNA GRAY | *La cavale* |
| GINNA GRAY | *Les bois meurtriers* |
| KAREN HARPER | *Testament mortel* |
| KAREN HARPER | *Le saut du diable* |
| KAREN HARPER | *L'œuvre du mal* |
| KAREN HARPER | *Les portes du mal* |
| KAREN HARPER | *Une femme dans la nuit* |
| KATHRYN HARVEY | *La clé du passé* |

.../...

## DANS LA MÊME COLLECTION

*Par ordre alphabétique d'auteur*

| | |
|---|---|
| BONNIE HEARN HILL | *La disparue de Sacramento* |
| BONNIE HEARN HILL | *Mortelle perfection* |
| CHRISTIANE HEGGAN | *Miami Confidential* |
| CHRISTIANE HEGGAN | *L'Alibi* |
| CHRISTIANE HEGGAN | *Intime conviction* |
| CHRISTIANE HEGGAN | *Labyrinthe meurtrier* |
| CHRISTIANE HEGGAN | *Par une nuit d'hiver* |
| CHRISTIANE HEGGAN | *Troublantes révélations* |
| CHRISTIANE HEGGAN | *Intention de tuer* |
| CHRISTIANE HEGGAN | *Meurtre à New York* |
| METSY HINGLE | *Le masque de la mort* |
| METSY HINGLE | *La fille de l'assassin* |
| METSY HINGLE | *Noces noires* |
| GWEN HUNTER | *Faux diagnostic* |
| GWEN HUNTER | *Virus* |
| GWEN HUNTER | *Les mains du diable* |
| GWEN HUNTER | *Le triangle du mal* |
| GWEN HUNTER | *La piste du mal* |
| LISA JACKSON | *Noire était la nuit* |
| LISA JACKSON | *Dans l'ombre du bayou* |
| CHRIS JORDAN | *L'étau* |
| PENNY JORDAN | *De mémoire de femme* |
| PENNY JORDAN | *La femme bafouée* |
| R.J. KAISER | *Qui a tué Jane Doe ?* |
| ALEX KAVA | *Sang Froid* |
| ALEX KAVA | *Le collectionneur* |
| ALEX KAVA | *Les âmes piégées* |
| ALEX KAVA | *Obsession meurtrière* |
| ALEX KAVA | *Le Pacte* |
| RACHEL LEE | *Neige de sang* |
| RACHEL LEE | *Le lien du mal* |
| RACHEL LEE | *Secret meurtrier* |
| DINAH McCALL | *Le silence des anges* |
| HELEN R. MYERS | *Mortelle impasse* |
| HELEN R. MYERS | *Les ombres du doute* |
| HELEN R. MYERS | *Mort suspecte* |
| HELEN R. MYERS | *Suspicion* |
| HELEN R. MYERS | *La marque du diable* |
| CARLA NEGGERS | *L'énigme de Cold Spring* |
| CARLA NEGGERS | *Piège invisible* |
| CARLA NEGGERS | *La dernière preuve* |
| CARLA NEGGERS | *Le voile noir* |

.../...

**DANS LA MÊME COLLECTION**

*Par ordre alphabétique d'auteur*

| | |
|---|---|
| BRENDA NOVAK | *L'étrangleur de Sandpoint* |
| BRENDA NOVAK | *Noir secret* |
| MEG O'BRIEN | *Le piège* |
| MEG O'BRIEN | *En lettres de sang* |
| MEG O'BRIEN | *Pluie de sang* |
| MEG O'BRIEN | *La déchirure* |
| MEG O'BRIEN | *Spirale meurtrière* |
| SHIRLEY PALMER | *Zone d'ombre* |
| SHIRLEY PALMER | *Le bûcher des innocents* |
| EMILIE RICHARDS | *Le refuge irlandais* |
| EMILIE RICHARDS | *Mémoires de Louisiane* |
| EMILIE RICHARDS | *Le testament des Gerritsen* |
| EMILIE RICHARDS | *L'héritage des Robeson* |
| EMILIE RICHARDS | *L'écho de la rivière* |
| EMILIE RICHARDS | *Promesse d'Irlande* |
| EMILIE RICHARDS | *Du côté de Georgetown* |
| NORA ROBERTS | *Possession* |
| NORA ROBERTS | *Le cercle brisé* |
| NORA ROBERTS | *Et vos péchés seront pardonnés* |
| NORA ROBERTS | *Tabous* |
| NORA ROBERTS | *Coupable innocence* |
| NORA ROBERTS | *Maléfice* |
| NORA ROBERTS | *Enquêtes à Denver* |
| NORA ROBERTS | *Crimes à Denver* |
| NORA ROBERTS | *L'ultime refuge* |
| NORA ROBERTS | *Une femme dans la tourmente* |
| NORA ROBERTS | *Clair-obscur* |
| FRANCIS ROE | *L'engrenage* |
| FRANCIS ROE | *Soins intensifs* |
| KAREN ROSE | *Le lys rouge* |
| M. J. ROSE | *Rédemption* |
| M. J. ROSE | *Le cercle écarlate* |
| M. J. ROSE | *La cinquième victime* |
| JOANN ROSS | *La femme de l'ombre* |
| SHARON SALA | *Sang de glace* |
| SHARON SALA | *Le soupir des roses* |
| SHARON SALA | *Meurtre en eaux troubles* |
| SHARON SALA | *L'œil du témoin* |
| SHARON SALA | *Expiation* |
| SHARON SALA | *Si tu te souviens* |
| MAGGIE SHAYNE | *Noir paradis* |
| MAGGIE SHAYNE | *Un parfait coupable* |

…/…

**DANS LA MÊME COLLECTION**

*Par ordre alphabétique d'auteur*

| | |
|---|---|
| TAYLOR SMITH | *Le carnet noir* |
| TAYLOR SMITH | *La mémoire assassinée* |
| TAYLOR SMITH | *Morts en série* |
| ERICA SPINDLER | *Rapt* |
| ERICA SPINDLER | *Black Rose* |
| ERICA SPINDLER | *Le venin* |
| ERICA SPINDLER | *La griffe du mal* |
| ERICA SPINDLER | *Trahison* |
| ERICA SPINDLER | *Cauchemar* |
| ERICA SPINDLER | *Pulsion meurtrière* |
| ERICA SPINDLER | *Le silence du mal* |
| ERICA SPINDLER | *Jeux macabres* |
| ERICA SPINDLER | *Le tueur d'anges* |
| ERICA SPINDLER | *Collection macabre* |
| AMANDA STEVENS | *N'oublie pas que je t'attends* |
| AMANDA STEVENS | *La poupée brisée* |
| AMANDA STEVENS | *Juste après minuit* |
| TARA TAYLOR QUINN | *Enlèvement* |
| ELISE TITLE | *Obsession* |
| CHARLOTTE VALE ALLEN | *L'enfance volée* |
| LAURA VAN WORMER | *La proie du tueur* |
| GAYLE WILSON | *Les disparus du Mississippi* |
| KAREN YOUNG | *Passé meurtrier* |

**6 TITRES À PARAÎTRE EN MAI 2009**

MIRA

Composé et édité par les
*éditions* Harlequin

Achevé d'imprimer en Allemagne
par GGP Media GmbH, Pößneck
en février 2009

Dépôt légal en mars 2009
N° d'éditeur : 14127